운명의 업

Karma of Fate

운명의 업 6
김해수 판타지 장편 소설

초판 1쇄 찍은 날 § 2003년 3월 7일
초판 1쇄 펴낸 날 § 2003년 3월 15일

지은이 § 김해수
펴낸이 § 서경석

편집장 § 문혜영
편집책임 § 김희정
편집 § 박영주 · 유경화
마케팅 § 정필 · 강양원 · 이선구 · 김규진 · 홍현경

펴낸곳 § 도서출판 청어람
등록번호 § 제1081-1-89호
등록일자 § 1999. 5. 31
어람번호 § 제1-0362호

주소 § 경기도 부천시 원미구 심곡1동 350-1 남성B/D 3F (우) 420-011
전화 § 032-656-4452 팩스 § 032-656-4453
http://www.chungeoram.com
E-mail § eoram99@chollian.net

ⓒ 김해수, 2002

값 7,500원

ISBN 89-5505-516-1 (SET)
ISBN 89-5505-634-6 04810

김해수 판타지 장편 소설

운명의 업

Karma of Fate

6
|변화|

도서출판
책람

목

차

인물 소개

라니오스 : 이 글의 주인공으로 세상을 유지하는 존재인 하이 엘프의 한 명이다. 분명 좋은 능력과 실력을 갖추었으나 워낙 주변의 수준이 높다 보니 빛나지 못하는 서글픈 주인공.

아힌세르린 : 애칭 세린. 히로인이다. 레아시아의 진정한 모습으로 2만 년을 넘게 산 웜 급의 그린 드래곤이다. 하지만 온순한 성격을 가진 보통의 그린 드래곤과는 달리 상당히 난폭한 성격인 데다 매우 빠바박—업계 용어—한 성격마저 가지고 있는…….

티니 : 뱀파이어와 서큐버스의 혼혈이 된 비운의 엘프 소녀. 그러나 본인은 상당히 빠르게 적응하고 있는 듯하다. 라니오스의 두 번째 애인이다.

쟈밀 : 라니오스의 삼촌이라는 것 외에 아무것도 밝혀지지 않은 정체 불명의 인물. 그의 동료들과 함께 어떤 일을 진행시키고 있는 듯하다. 모르는 이들에게는 매우 차갑지만 친한 인물에게는 매우 다정하게 대한다. 라니오스의 문제만 불거지면 지나치게 흥분하는 점이 문제라면 문제. 이번 권 마지막 부분에서 상당히 큰 위기를 맞이한다.

아아크 : 영웅전쟁의 영웅 중 하나인 에아크 하스의 후손. 주가에 상당한 소질이 있으며 재가 프리스트로서 상당한 신성력도 보유하고 있다. 물리적, 또는 정신적으로 큰 충격을 받으면 순간 좀비와 같은 모습이 되는 문제가 있다.

레미엘 : 프로튼 왕국의 국왕. 젊은 나이에도 불구하고 상당한 수완을 가지고 있으며 여자를 밝히는 것이 문제인 인물. 슬슬 추태를 줄이고 멋진 모습을 보여가는 중.

아아크 : 이드:쟈밀과 모종의 계약을 맺고 있는 인물로 이계에서 온 듯하다. 신계와 마계의 우두머리를 이길 정도인 것으로 보아 결코 만만치 않은

실력을 가진 인물로 보인다.

아리나스&아시아스 : 크로이츠의 황제. 아직 10살을 넘긴 지 얼마 되지 않은 어린 황제이지만 상당히 총명하여 국정에 상당한 재능을 보인다. 서로 쌍둥이여서 그런지 마음이 잘 맞는다.

레노 : 이드의 동료였던 듯한 엘프. 이드를 사랑하고 있으나 정작 당사자인 이드는 그런 그녀의 마음을 받아주지 않는다. 이드를 도와 그의 뒤를 따른다.

애거트 : 이드의 부하, 또는 동료로 추측되는 인물. 지름이 2미터에 달하는 거대한 챠크람 인피니티를 사용한다. 그 실력은 현재의 란슬로 이상. 운명을 볼 수 있는 눈을 가졌다. 더불어 아아크의 친형이기도 하다.

세인 : 이계에서 온 듯한 인물. 지금의 세계로 오기 전부터 라니오스를 알고 있었던 듯한 모습을 보인다.

스프린 : 세인의 가디언. 세인과 서로 좋아하는 사이인 듯하며 이드와도 무언가 관계가 있었던 듯하다.

리히터 : 이드의 부하로 보이는 인물. 애거트와도 동료로 보이는 관계이며 그의 실력 역시 보통은 아닌 듯.

헤라즈 : 이드의 부하이며 암살 길드 '라트라' 의 현 길드 마스터. 티니를 좋아하는 듯한 모습을 보이지만 정작 티니는 그에게 별 관심이 없는 듯하다. 더불어 이번 권 외전의 주인공.

데잘 : 테올의 동생. 본래는 쟈밀의 부하나 동료가 아닌 듯하지만 현재는 쟈밀에게 협력하고 있다. 아무래도 테올의 영향력이 짙은 듯.

테올 : 데잘의 형인 줄 알았으나 사실은 누나였던 존재. 일전에 쟈밀에게 사랑을 고백한 적이 있었으나 거절당한 이후로 남자의 모습으로 살아가고 있던 듯하다.

아즈라우드 : 이드와 행동을 함께하고 있는 그린 드래곤으로 영웅전쟁이 있을 당시 죽었던 것으로 알려졌었다. 아힌세르린의 아버지이기도 하다.

히아스 : 세인에 이어 나타난 두 번째 이계인. 라니오스를 장인어른이라고 부르고 있는데…….

아바돈 : 현재 쟈밀의 비서로 일하고 있는 꼬마 인큐버스. 인큐버스라고는 하지만 아직까지 한 번도 경험이 없는 어리버리 꼬맹이. 이번 권에서는 라오에 의해 여러 가지로 수난을 당한다.

서로의 운명은 엇갈려만 가고… (2)

“결국 어떻게 해도 같은 결과만이 기다리고 있을 뿐이다.
전부 헛수고야.”
“아냐!”
“지금도 너는 필사적으로 부정하지만 결국은…….”
“아냐!”
“이미 여기 그 예가 있잖아?
운명은 거역한다고 해서 거역할 수 있는 게 아냐.
설령 그 운명이 바뀌어진다고 해도 그것 역시 운명이며,
바뀌어진 것일 뿐이지 거스르거나 부순 것이 아냐.”
“…….”
“ ‘부처님 손바닥 위’ 라는 말을 알고 있나? 결국 그렇게 될 뿐이지.”

―???

아바돈의 능력

　　같은 시각, 아바돈을 끌고 갔던 라오는 한 거대한 저택 앞에 도착해 있
었다. 그 저택은 보통의 상식으로는 도저히 존재할 수 없다고 생각될 정
도로 비합리적인 설계 구조를 가지고 있었지만 그런 것은 신경도 쓰지
않는다는 듯, 그리고 이런 건물은 무너질 수밖에 없다고 생각하는 이들
의 생각을 비웃기라도 하는 듯 굳건하게 서 있었다.
　　"여기 맞지?"
　　"네에……."
　　라오는 그 문제의 저택을 손가락으로 가리키며 아바돈에게 질문했다.
아직도 화가 덜 풀린 듯 얼굴이 붉으락푸르락하는 라오의 모습에 아바돈
은 무슨 일이 터질 것 같은 불안감에 휩싸여 있었다.
　　"저어… 역시 그냥 돌아가는 게……."
　　"나한테 명령하지 말랬지! 두 번 말하게 할래?!"
　　아바돈은 조심스럽게 라오를 말려보려고 했으나 그녀는 막무가내였

다. 이윽고 그녀는 저택을 바라본 채 허리를 꼿꼿하게 세우더니 마치 세상이 떠나갈 듯한 큰 목소리로 저택을 향해 외쳤다.

"당장 다 나와!!"

쿠르르르—

그녀의 외침으로 돌풍이 생겨나고 땅이 울렸다. 그리고 그 여파로 인해 그녀와 아바돈의 앞에 버티고 서 있던 저택까지도 눈에 띄게 흔들렸다.

"무슨 짓이냐?!"

"웬 놈이냐?!"

"침입자다!"

"적이다!"

덜컹—

벌컥—

챙그랑!

투캉—

라오의 상당히 과격한 외침에 대한 반응은 빨라서 3초도 안 되어 수많은 이들이 저택에서 뛰쳐나왔다. 개중에는 급하게 나오느라 창문 등의 보통은 출입구로 쓰지 않는 곳을 이용하여 뛰쳐나오는 이들도 있었고, 심지어는 벽까지 부수며 나오는 이들도 있었다.

"감히 어떤 놈이 이런 무례한… 커억……!"

그들 중 우두머리인 듯한 중년의 외모를 한 악마가 앞으로 나서며 짐짓 위압감 담긴 모습으로 라오에게 따지려고 하였다. 하지만 어디까지나 그것은 희망 사항에 불과한 것이었다. 그는 난데없이 자신의 저택을 찾아와 이런 난동을 부리는 자가 누구인지 알았기 때문이다. 덕분에 그는 막 하려던 말(내용:감히 어떤 놈이 이런 무례한 짓을 하는 것이냐? 당장 뼈와 살을 분리하고 척추를 접은 뒤 팔뚝을 썰어 포를 뜨고 다리몽둥이를 짤라서…
이하 생략)을 도로 입 안으로 밀어 넣으며 라오에게 허리를 굽힐 수밖에
없었다. 그렇게 하지 않을 경우 그 다음에 무슨 일이 일어날지는 자명했
고, 당연히 자신들의 안전은 보장할 수 없게 되기 때문이다.

"무, 무례를 용서하시기를. 위대하신 분께서 어인 일로 이곳까
지……."

"네가 노티파이 가문의 당주냐?"

상대에게 질문하는 라오의 말투와 태도는 매우 거만했다. 하지만 그런
그녀의 행동은 물론 그녀에게 허리를 굽히고 있는 상대 악마의 태도까지
도 너무 당연하다고 생각하게 만들 정도로 라오의 위압감은 이미 주변에
있는 모든 이들을 찍어 누르고 있었다.

"예, 제가 현 당주인 담폰트 레글랑 노티파이입니다."

"내가 오늘 여기 온 이유는 말이지……."

라오는 잠시 뜸을 들이는 듯하더니 곧 엄지손가락으로 자신의 뒤에 서
서 우물쭈물하고 있는 아바돈을 가리켰다. 아바돈은 그제야 라오가 자신
을 이런 곳에 데리고 온 이유를 알아채고는 크게 당황했다.

"이 녀석과 한번 싸워봐."

아바돈은 자신이 예상했던 대사가 라오의 입에 나오는 순간 헛바람을
들이키며 표정을 굳혔다. 그도 그럴 것이, 지금 라오가 하는 행동은 아바
돈으로서는 아무리 생각해도 자신을 곤란하게 만들려고 한 행동이라 생
각되었기 때문이다.

"에? 하지만 저 녀석은……."

"다 알고 온 거니까 일단 해보기나 해봐."

당황한 것은 상대 담폰트 역시 마찬가지였다. 이미 자신들의 눈앞에서
사라진 지 수백 년이 지나 기억 속에서 잊혀질까 말까 한 때 나타난 것에

도 놀라움과 어이없음 등의 감정이 교차하고 있는데, 거기에 한 수 더 떠서는 저런 존재까지 데리고 나타나다니(정확히는 아바돈이 라오에게 끌려온 거지만)…….

"자, 너희들이 좋아하는 1:1 결투로 하도록 하고 빨리 누가 아바돈과 싸울 건지 결정해."

잠시 담폰트 측에 작은 소동이 일어났다. 그것은 과연 누가 아바돈과 싸울 것인지를 정하기 위해서였다. 여전히 그를 별것없는 전투 능력을 가진 인큐버스로 알고 있던 그들은 아바돈의 진정한 실력이 어느 수준인지 전혀 모른 채 단순히 매우 나약한 녀석이라고만 생각하고 있기에 생긴 문제였다. 게다가 그들은 아바돈이 라오와 같이 온 것으로 인해 아바돈을 함부로 하지 못하고 있었다.

"으음… 그래, 사퀼. 네가 나가라."

"저, 저요?"

담폰트가 지목한 자는 아무리 봐줘도 외모부터 아바돈보다 약할 것 같은 자였다. 게다가 조금은 얼빵하게 생겨서 오히려 그게 더 귀여운 요소를 부각시켜 주는 아바돈에 비해 사퀼이라는 자의 외모는 이리 찌그러지고 저리 찌그러진(…), 말 그대로 '메주' 같은 얼굴이었다. 그런 그의 외모는 외모부터 그가 결코 높은 계급의 악마가 아니라는 것을 알려주고 있었다.

"장난하냐? 빨리 센 녀석으로 안 내보내?!"

결국 그들의 어처구니없는 태도에 화가 난 라오는 인상을 찌푸린 채 빽 소릴 질렀고, 그녀의 반응에 당황한 담폰트는 무언가 이상한 느낌에 적당히 약한 녀석을 내보내겠다는 생각을 철회하였다. 그는 아무래도 라오가 원하는 것은 '진짜' 결투라고 결론을 내렸다. 비록 그가 생각하기에 그렇게 했다가는 일방적으로 아바돈의 패배가 점쳐진다 생각될지라도.

"레보던트, 네가 나가라."

"예, 아버님."

담폰트가 지목한 것은 자신의 넷째 아들인 레보던트였다. 아바돈의 다른 형제들 중에서도 유난히 아바돈을 괴롭혔던 그는 아바돈과 달리 매우 키가 크고 비쩍 마른 데다가 눈빛도 가늘고 날카로워 전체적으로 약삭빠른 이미지를 주고 있었다.

"아무래도 저분께서는 적당히 지는 것을 원하지 않으시는 것 같다. 전력을 다해라. 비록 그것이 어떤 결과를 초래하게 되더라도 말이다."

"하, 하지만……."

"어차피 저분이 마음만 먹는다면 우리 모두가 덤빈다 하더라도 살아남을 수 없다. 잠자코 시키는 대로 하거라."

"예."

담폰트의 귀띔에 레보던트는 고개를 끄덕이며 앞으로 나갔다. 그는 이래도 죽고 저래도 죽는다면 기왕 예전부터 마음에 안 들던 녀석인 아바돈 녀석이나 해치워 버리고 죽을 생각을 하고 있었다. 어차피 버린 자식, 죽인다고 해도 아쉬워할 이는 아무도 없으니 말이다.

"확실히 알아두라고. 아바돈, 넌 결코 약하지 않아. 알았어? 겁먹지 말고 있는 힘껏 싸워."

"아, 하지만……."

"만약에 지거나 하면 내가 널 없애 버릴 거야. 알았어?"

"흐윽……."

순간 '없애 버릴 거야'라고 말하며 자신을 노려보는 라오의 눈동자에서 아바돈은 자신을 옭아매는 진득한 살기를 느끼고는 겁에 질려 버린 나머지 그만 눈물을 글썽이고 말았다. 비록 능력적으로는 압도되지 않고

견딜 수 있더라도 심성이 약한 데다가 겁이 많은 아바돈에게 있어 이 정
도의 살기는 그의 마음을 불안하게 하였기에 그만 울음이 나와 버린 것
이다.

"야, 또 울래?! 아예 지금 죽여줄까?"

"아, 아니요……."

"그럼 빨리 나가 싸워! 그리고 이겨!"

그 말을 끝으로 라오는 아바돈의 등을 떠밀며 앞으로 내보냈고, 그렇
게 조금은 어처구니없는 방식으로 아바돈과 레보던트의 대치가 시작되
었다. 하지만 이미 아바돈은 레보던트와의 눈싸움에서부터 지고 있었다.
레보던트가 두 눈을 날카롭게 뜬 채 아바돈을 노려보고 있는 반면 아바
돈의 경우에는 오히려 겁에 질린 듯 몸을 떨고 있었으니 말이다. 하지만
라오는 더 이상 아바돈에게 아무 말도 하지 않은 채 레보던트와 아바돈
사이로 이동한 뒤 손을 들어 올렸다.

"자, 그럼 준비, 시작!!"

라오는 손을 내리며 외치자마자 곧바로 뒤로 이동한 뒤 둘의 싸움을
관전하기 시작했다. 그리고 그녀가 싸움의 시작을 선언하자마자 레보던
트는 맹렬한 속도로 아바돈을 향해 돌진했다. 그의 양손에 들려 있던 단
검에 서려 있는 한기는 그것을 스쳐 가는 공기들을 얼어붙게 할 정도로
차가웠다.

"나를 원망하지 말아라, 못난 동생아."

"히익……!"

피잇―

사실 보통 이런 경우라면 아바돈이 맥없이 레보던트의 단검에 목숨을
잃게 되거나 하는 내용이 나오지 않는다는 것은 어느 독자 분이나 알고
계실 것이다. 그리고 보통의 경우는 아바돈이 겁을 먹으며 두 손으로 머

리를 감싼 채 바닥에 주저앉아 버리고, 그로 인해 레보던트의 단검은 허공을 가른다는 식의 패턴을 많이 써먹게 마련이다. 하지만 그 다음 이어진 행동은 라오를 제외한 모두의 예상을 깨버리고 있었다.

탁!

우두둑―

파앙!

"크아악!!"

거의 찰나와도 같은 순간에 일어난 일이었다. 자신의 가슴을 노리고 단검을 찔러오는 레보던트의 팔을 잡아챈 아바돈은 곧 이어 그의 팔을 뒤로 꺾었고, 그로 인해 레보던트의 몸이 앞으로 숙여지자 아바돈은 다시 반대로 몸을 회전시키며 그의 명치에 강한 일격을 날려 버린 것이었다. 그리고 그로 인해 레보던트의 몸은 뒤로 크게 꺾인 채 허공에서 수번을 회전한 뒤 바닥에 떨어졌다.

털썩―

"어, 어라?"

그 모습을 보고 있던 이들은 물론 당사자인 아바돈 자신도 방금 일어난 일에 대해 믿지 못한 채 자신들의 감각과 기억을 의심하고 있었다. 애초에 그렇게 될 것이라 예상하고 있었던 라오의 경우에는 그 정도가 덜했지만, 그녀 역시 자신이 생각했던 것 이상의 모습을 보이고 있는 아바돈의 모습에 잠시 할 말을 잃었다.

"뭐, 뭐냐?! 너, 대체 무슨 짓을 한 거냐?!"

"그, 그렇게 물어보셔도……."

믿을 수 없다는 표정으로 두 눈을 부릅뜬 채 떨리는 손으로 아바돈을 가리키는 레보던트의 모습도, 당황한 모습에 역시 떨리는 손으로 자신을 가리키며 얼빠진 대답을 하는 아바돈이나, 대체 무슨 일이 일어났던 것인지에 대해 실감하지 못하고 있는 주변 인물도 도저히 방금 전 일어났던 일에 대해 인정하는 모습을 보이는 이가 없었다. 라오를 제외하고 말이다.

"그, 그래. 넌 비록 인큐버스라고 해도 상당히 고위 급이었지?"

레보던트는 상당히 얼이 나간 웃음을 지었다. 그의 웃음은 도저히 현재 그의 상태가 정상이라고 생각할 수 없는 웃음이었다.

"그래, 환상이야. 이 녀석, 꽤나 많은 여자들의 정기를 빼앗았나 보군. 나마저 속일 정도의 환영 능력이라니 말야. 에, 에헤헤헤."

하지만 그의 말대로 방금 아바돈이 사용한 능력을 환상이라고 생각하는 이는 아무도 없었다. 심지어 그렇게 말한 레보던트까지도. 하지만 그는 억지로라도 그렇게 생각하지 않으면 제정신이 아닐 것 같았다.

"조, 좋아. 이번에는 아까처럼 쉽게 넘어가지 않을 거라고. 간다!"

하지만 이미 한 번 당해서인지 레보던트의 공격은 조금 전보다 훨씬 조심스러워질 수밖에 없었다. 하지만 그렇다고 해서 얌전히 당하기만 할 수는 없는 노릇인데다 자신은 방어에 취약한 편이었기에, 만약 방어에 들어가면 자신이 압도적으로 불리해진다는 것을 알았기에 그는 곧바로 다음 공격에 들어갔다.

"어디 이것도 받아봐랏!"

피피피핏—

그의 양손에 들린 단검이 허공에 수많은 궤적을 그리며 아바돈과 보는 이들의 눈을 어지럽혔다. 그리고 그것이 언제까지나 그렇게 허공에서 춤을 출 것 같은 느낌마저 들려는 순간 그렇게 궤적을 그리며 허공을 가르던 단검들은 각각 아바돈의 허리와 어깨를 노리고 날아들었다.

"허억……!"

파팟—

아까 전에는 그래도 자신을 얕보고 한 단순한 패턴의 찌르기 공격이었기에 그리 어렵지 않게 받아넘긴 아바돈이었지만 이번에는 상황이 좀 달랐다. 그는 갑작스럽게 변화를 거듭하며 자신의 급소를 노리는 상대의 단검을 피하기에 급급한 상황이 되어버린 것이다.

"히익, 으힉, 히익……!"

물론 아바돈 역시 중간중간 어설프게나마 반격을 시도해 보았지만 그래 봐야 어설픈 반격이었다. 그리고 그런 '어설픈' 반격이 이미 수많은 싸움을 거친 레보던트의 실력과 감각을 넘어 그에게 공격을 작렬시킬 수는 없었다. 하지만 레보던트의 경우에도 상대인 아바돈의 반응과 움직임이 너무나 빨랐기에 쉽사리 그에게 공격을 맞출 수가 없었다.

"으랴으랴!!"

피피피핏—

"히야앗!"

쉬쉬쉬쉭—

하지만 둘의 싸움이 진행되는 사이 어느덧 아바돈은 상당히 자연스러운 모습으로 레보던트와 공격을 주고받고 있었다. 게다가 중간중간 제법 위력있는 기술까지 쓰는 아바돈의 모습에 노티파이 가문의 모든 이들은 경악을 금치 못했다.

"저 녀석이 저렇게 강했단 말인가……?!"

가장 먼저 감탄을 바깥으로 표현한 것은 다름 아닌 담폰트였다. 그는 자신의 아들이 틀림없는 자신의 친아들이었음에도 인큐버스라는 이유 하나만으로 무시하고 멸시했었기에, 또한 아바돈의 성격이 너무나도 내성적이고 싸움을 싫어했었기에 그의 실력을 볼 기회가 한 번도 없었고, 그 '본 적 없는' 실력을 보는 지금 이 순간 그는 자신의 생각이 얼마나 틀렸는가를 알 수 있었다.

‘대체 얼마나 노력을 했던 것일까?’

분명 아바돈은 인큐버스가 틀림없었다. 그리고 지금도 그는 분명 인큐버스이다. 그런 아바돈이 저 정도의 전투 능력을 가지기 위해 했던 노력은 분명 보통이 아니었으리라. 그럼에도 자신은 ‘미천한 인큐버스 따위의 능력 같은 것은 볼 필요조차 없다’ 고 치부하며 그를 무시하고 있었던 것이다.

담폰트는 내심 아바돈에게 미안한 생각이 들었다. 아바돈은 자신의 관심을 받기 위해 그렇게 열심히 노력했건만 자신은 그가 태어난 직후 한 번도 그를 돌아봐 주지 않았기에.

“으합!”

슈카카칵—

레보던트의 단검은 또다시 허공을 갈랐다. 그와 아바돈의 능력 차이는 현격했다. 심지어 아바돈이 오른쪽으로 들어오던 공격을 왼쪽인 줄 알고 피하다가 뒤늦게 오른쪽임을 확인하고 다시 몸을 틀어도 아슬아슬하게나마 피할 정도였던 것이다.

“하압!”

슈욱—

하지만 아바돈에게는 치명적인 약점이 있었다. 그에게는 전투 경험이 한 번도 없다는 것이 문제였던 것이다. 물론 약한 몬스터나 마물과는 몇 번 싸워본 적이 있기는 했지만 그와 비슷한 수준이거나 하다못해 어느 정도 기본적인 수준을 갖춘 ‘마족다운 마족’ 과 싸운 적 역시 한 번도 없었다. 때문에 그는 자신이 수련하던 시절에 보았던 교본에 나온 대로의 싸움 방식을 취하고 있었고, 그것은 다양한 변화와 변칙적인 공격을 주로 하는 레보던트와의 싸움에서 크게 불리하게 작용했다. 그의 공격 방식은 소위 말하는 ‘정공법’ 에서 상당히 벗어난 것들이 많았기 때문이다.

그런 비상식적이면서도 날카롭고 실용적인 공격이 나올 수 있는 것은 레보던트가 얼마나 노련한 전사인가를 보여주는 예이기도 했다.

레보던트의 경우에는 말 그대로 '교과서대로만' 공격하는 아바돈의 공격 패턴이 빤히 보였기에 그리 어렵지 않게 아바돈의 다음 공격 패턴이 예상되었고, 덕분에 서로의 신체적 능력의 차이가 큼에도 불구하고 비교적 수월하게 피할 수 있었다.

덕분에 둘은 서로에게 제대로 된 공격, 마땅한 결정타를 날리지 못한 채 속사 위주의 공격만을 주고받고 있었고, 그것은 보는 이들에게 처음은 화려했을지 모르나 어느 정도 시간이 흐른 지금에 와서는 지루한 파공음의 연속으로밖에 생각되지 않고 있었다.

사실 이쯤 되면 어느 정도 전투를 한다는 이들은 짐작하고 있었다. 이미 아바돈의 우세라는 것을. 하지만 싸움의 당사자 중 한 명인 레보던트는 순순히 패배를 시인하지 못한 채 계속해서 아바돈과의 싸움을 끌어가고 있었다.

'인정 못 해, 인정할 수 없다고! 어째서 내가 이런 녀석 따위에게 져야 하는 거야?!'

자신의 형제 중 가장 멸시한 녀석이다. 아니, 저런 인큐버스 따위가 자신의 형제라는 사실만으로도 충분히 기분 나빴고 얼마 지나지 않아서는 아예 형제라고 생각하지도 않게 되었다. 그런 '경멸하던 녀석'에게 이렇게까지 고전하는 자신을 레보던트는 용납할 수 없었던 것이다.

'인정할 수 없어, 인정할 수 없어, 인정할 수 없어, 인정할 수……'

점점 흥분하게 된 레보던트는 마침내 더 이상 자신을 제어할 수 없는 정도에 이르고 말았다. 그리고 이성을 상실한 그의 행동은 너무나도 큰 빈틈을 만들어내고 말았다.

"으아아아아!!"

쿠아앙―

거대한 폭음이 공간 전체를 뒤흔들었다. 분명 그것을 제대로 맞으면 설령 아바돈이라 하더라도 큰 상처를 입었을 것이다. 하지만 그 정도로 큰 기술을 사용하기 위해 만든 빈틈은 너무나도 컸고, 아바돈은 그것을 놓치지 않았다.

"타아!"

파캉―

하지만 역시 레보던트는 훌륭한 전사였다. 그는 이미 늦은 상황에서도 최대한 자신의 몸에 오는 충격을 줄이기 위해 하던 공격을 다시 거두며 자신의 가슴을 방어했다. 하지만 아바돈의 공격은 거기서 그치지 않았다.

"하아!"

팍―

"크윽……!"

순간 아바돈의 모습이 땅속으로 꺼지는 듯하는가 싶더니 이미 아바돈은 몸을 낮게 숙인 상태로 레보던트의 발목을 걸어챘다. 방금 전 가슴에 전해진 충격으로 인해 이미 반쯤 몸의 균형이 무너진 상태에서 당한 공격이었기에 순식간에 그의 몸의 균형은 무너져 버렸고, 균형이 무너진 그의 몸은 곧 공중에 떠올랐다.

'이, 이대로는… 죽는다!'

"히얍!"

곧 이어 자신의 턱을 노리고 날아드는 어퍼컷. 레보던트는 그 어퍼컷에 맞고 떠오를 자신과 계속해서 공중에서 추격타를 맞거나 강력한 마무리 공격을 당할 생각에 두 눈을 질끈 감았다. 이미 만회하기에는 너무 늦었기에 그는 모든 것을 포기하고 있었다.

툭—

하지만 그것은 생각만으로 그치게 되었다. 아바돈은 자신에게 더 이상의 공격을 하지 않고 그저 가볍게 쥔 주먹으로 자신의 가슴을 툭 쳐 보였을 뿐이다.

쿵—

하지만 레보던트는 공중에 떠 있던 상태였기에 그대로 엉덩방아를 찧으며 착지하는 추태를 보였다. 물론 자신이 어떤 추태를 연출했는지에 대해 잘 알고 있는 레보던트였기에 그는 곧바로 일어서며 아바돈을 노려보았다. 하지만 레보던트가 노려보는 대상인 아바돈은 그의 시선에 멋쩍게 웃으며 양손을 좌우로 들어 올리며 어깨를 으쓱해 보였다.

"저기… 이 정도로 하면 안 될까요?"

휘청—

아바돈의 실없는 웃음과 어이없는 행동에 레보던트는 순간 온몸의 힘이 빠졌다. 그리고 그것은 다른 이들 역시 마찬가지였다.

"흐이구, 여튼간 저 녀석은……."

특히 라오의 경우 그 정도가 심했는데, 그녀는 맥이 빠진 얼굴로 허리를 숙인 채 이마에 손을 짚으며 끙끙대는 것이었다.

"이제 더 이상 싸우는 건 별 의미가 없다고 생각해요. 게다가 솔직히 좀 전에 레보던트 형님께서 실수를 하지만 않으셨다면 아마도 계속 아까의 상황이 이어지다 결국 둘 다 지칠 뿐이었잖아요."

"……."

레보던트는 아무 말도 없었다. 사실 아바돈이 은근히 자신을 띄워주고 있어서 그렇지 어느 면을 보나 자신의 완패였다. 그는 찡그린 표정으로 아바돈을 바라보며 질문했다.

"너… 내가 밉지 않냐?"

“네?”

“내가 밉지 않느냔 말이다. 네가 어렸을 때부터 너를 미워하고 괴롭혔던 나를.”

아바돈이 어렸던 시절 레보던트가 아바돈에게 저지른 일은 장난이라 하기에 너무나도 그 정도가 심했다. 심지어 자칫했으면, 정확히는 아브람트가 그를 구해주지 않았으면 목숨을 잃을 뻔했던 일도 비일비재했었다.

“밉지 않다고 하면 거짓말이겠죠. 하지만 저는 형님에 대한 복수와 처벌을 ‘용서’로 정하기로 했어요.”

“……?”

“형님이 더 이상 저를 미워하지 않게 말이죠.”

아바돈의 대답에 고개를 갸웃하며 인상을 찌푸리던 레보던트는 뒤이어 나온 아바돈의 설명에 인상을 구겼다. 하지만 기분이 나빠서이거나 한 것은 아니었다.

그는 부끄러웠다. 지금까지 자존심, 자긍심을 망쳐 가면서까지 아바돈을 괴롭히던 자신의 모습이 떠올랐던 것이다. 생각해 보면 그 얼마나 한심한 일이었는가? 양심의 가책이라는 구차한 핑계는 제쳐 두고 그러한 이기적인 이유만으로도 충분히 부끄러운 일이었고, 때문에 그는 자신의 자존심 때문에라도 아바돈에게 사과를 할 수밖에 없었다.

“…미안하다. 그때는 내가 잘못했다. 나를 용서해 줄 수 있겠냐?”

“물론이죠.”

다른 이들은 알아들을 수 없는 작은 목소리였다. 사실은 그 사과의 말을 들은 아바돈 본인도 알아들을 수 없을 정도로 작은 목소리였지만 그는 레보던트의 입 모양의 움직임으로 그가 하는 말이 무엇인지를 대강이나마 알아내었고, 그의 말이 끝나는 순간 즉각 대답을 하였던 것이다.

“…….”

레보던트는 더 이상 아무 말도 하지 않은 채 몸을 돌려 저택으로 향했다. 몇몇 시종들과 부하 악마들이 ‘레보던트님, 괜찮으십니까?’ 라고 외치며 그에게 다가갔지만 그는 거칠게 그들을 뿌리치며 혼자 저택 안으로 들어갔다.

“저기… 라오님, 화내시는 거 아니죠?”

이미 다시 라오의 곁에 돌아온 아바돈은 아직도 어처구니없다는 표정으로 이마에 손을 얹은 채 반쯤 허리를 굽힌 라오의 모습을 보았다. 그러다 보니 자연 그의 말투는 조심스러워질 수밖에 없었다.

“화 안 났어.”

“정말이죠……?”

분명 라오는 화가 나지는 않은 상태였다. 하지만 여전히 불안감을 느끼던 아바돈이 재차 질문하는 순간 결국 라오의 짜증은 또다시 폭발하고 말았다.

“화 안 났다고 하잖아! 왜 여러 번 대답하게 하는 건데?!”

“죄, 죄송합니다.”

사실 라오의 성격은 이렇게까지 신경질적이지 않았다. 하지만 왠지 이 아바돈이라는 녀석이 옆에 있으면 자신도 모르게 괜한 짜증을 부려보고 싶어지는 것이었다. 실제로는 전혀 화가 나지 않았음에도 말이다.

‘우후훗, 정말 재미있단 말야.’

그녀는 즐기고 있었다. 그녀가 가볍게 짜증을 내는 척만 해도 크게 질색을 하며 머리가 땅에 닿게 허리를 숙여 연신 ‘죄송합니다’ 를 연발하는 아바돈의 모습을 보는 것을. 사실 그녀는 아바돈과 같이 있으면 묘하게 즐거워지기까지 하고 있었다.

“괜찮아, 괜찮아. 내가 잠깐 흥분했나 봐.”

"가, 감사합니다."

'괜찮다' 라는 라오의 말에 아바돈은 또다시 '감사합니다' 를 연발하고 있었다. 그 모습은 도저히 방금 전까지 레보던트를 압도하던 악마와 그가 같다는 생각을 하지 못하게 하였다.

"계속 그러다가는 진짜 화낸다?"

"에, 옛."

그제야 아바돈은 하던 짓을 그만두고 허리를 세웠다. 라오는 곧 담폰트를 바라보며 씨익 웃음을 지어 보였다.

"자, 어때? 너희가 쓰레기라고 생각한 아바돈은 이렇게 훌륭한 아이였다고. 이런 잘난 아들을 그렇게 미워한 것에 대한 반성 좀 해보는 게 어때?"

라오의 비웃음 담긴 말에 담폰트는 물론 그의 아들들의 안색까지 흙빛이 되었다. 심지어는 아바돈이 이 저택에 있던 시절 그를 따돌리거나 괴롭히는 데 일조했던 시종들 역시 안색을 바꾸며 은근슬쩍 아바돈에게서 시선을 피해 눈을 내리까는 것이었다.

"자, 아바돈. 너는 이렇게 대단한 녀석이니까 기죽고 살아갈 필요 없어. 알았지?"

"네."

라오는 문득 자신을 바라보며 활짝 웃는 아바돈의 모습을 보며 생각했다. '귀엽다' 라고. 여간해서는 마음이 넘어갈 정도가 되지 않는 라오였지만 아바돈의 귀여운 외모는 어느새 라오의 마음에 쏙 들고 있었다.

'설마 내가 이 녀석한테 유혹당하고 있는 건 아니겠지?'

아바돈은 인큐버스다. 그러므로 라오를 유혹하는 것이 가능하다. 사실 두 존재 간의 절대적인 수준의 차이는 이런 것이 아예 불가능함에도 라오는 이러한 생각을 하고 있었다. 그렇지 않고 자신이 아바돈에게 호감을 가지게 되었다고 생각하려니 왠지 그렇게 생각하기에 거부감이 들려고 하는 것이다.

"자, 아바돈. 가자."

"네? 네, 네."

라오는 더 이상 이 노티파이 가문의 저택에는 볼일이 없다는 듯 몸을 돌렸다. 물론 아바돈 역시 그녀를 따라 몸을 돌리려다 돌연 무언가 생각이 난 듯 다시금 담폰트를 바라보더니 이내 그를 향해 허리를 숙였다.

"아버님, 안녕히 계십시오."

"아, 아……."

그리고 아바돈은 몸을 돌렸다. 조금은 어색한 자신의 아버지의 대답을 뒤로하고 그는 라오를 좇아 노티파이 가문의 영역을 벗어났다.

"라오님."

"응? 뭐?"

문득 아바돈은 라오를 불렀다. 라오는 자신을 부르는 아바돈의 목소리에 왠지 모르게 기분이 좋아지는 것을 느끼며 그를 향해 고개를 돌렸다.

"…감사합니다. 저 같은 녀석을 위해 이렇게까지……."

"……."

쑥쓰러운 웃음을 지으며 자신에게 감사를 하는 아바돈의 모습에 순간 라오는 얼굴이 붉어졌다. 하지만 이내 자신을 제어하여 붉어진 얼굴을 다시 하얗게 되돌린 뒤 애써 그의 시선을 무시하며 대답했다.

"가, 감사할 것까지는 없어. 그, 그냥 내가 심심해서 한 일이니까."

하지만 여전히 아바돈은 미소 짓고 있었다. 지금의 그는 너무나도 행복했기 때문이다.

"자, 돌아가야지."

"네!"

돌아가는 길에 있어 둘의 발걸음은 가벼웠다.

"끄음……."

이거 원 정신이 없군. 게다가 머리는 왜인지 모르게 띵한 것이 영 별로이기도 하고.

쨱. 쨱.

꼭 이상하게 그걸(?) 하고 난 다음날 아침에는 꼭 참새 우는 소리가 나는 거지?

"그런데……."

아마도 내가 잠든 것이 저녁 먹기 조금 전의 늦은 오후 때쯤이었을 것이다. 아직 초봄인데도 해가 떠 있을 시간이었으니까.

'왜 내가 사랑하는 여자는 둘 다 그렇게 능숙한 건데에~?!'

이것만은 차마 입 밖으로 외칠 수가 없었다. 누가 들어서 결코 좋을 내용이 아니었으니까.

어제 나도 너무나 갑작스럽게 저지른 일이다 보니 아직까지도 꽤나 경황이 없는 그때였지만 나는 그녀들에 비하면 정말로 형편없는 솜씨에 그야말로 절망을 해야 했다.

'게다가 오래 산 세린은 둘째 치더라도 티니는 이제 15살이잖아?!!'

그렇다. 오히려 세린 이상이라고 생각할 수도 있기까지 했던 티니의 기술(?)이었다. 어느 정도였는가 하면 그(?) 순간에는 오히려 내가 티니의 노예가 된 것이 아닌가 할 정도로 나는 그녀에게 농락당했던(…) 것이다. 아… 정말 충격이었고 지금도 충격이다.

"아따따따… 그런데 왜 이렇게 몸이 피곤한 거지?"

그리고 또 하나의 궁금한 점은 이것이었다. 사실 나는 티니가 이리 굴리고 저리 굴리는 통에(…) 그다지 움직이지도 않았다. 절정(!) 때에 이르렀을 때는 상당히 많이 움직였지만 그것은 세린 때에도 그랬으므로 전체적으로 그렇게 격렬하지 않았음에도 지금의 나는 그때보다 훨씬 많이 퍼진 상태였던 것이다. 게다가 지금도 그 피로가 다 풀리지 않은 상태이니 그때 내가 거의 정신을 잃다시피 잠이 들 때의 피로는 지금에 와서 생각하면 그 정도가 아직도 정확히 측정이 되지 않을 수준이었다.

'그래도 티니는 멀쩡하던데…….'

게다가 더 신기한 것은 티니였다. 그녀는 그렇게 격렬하게 하고서도 얼굴색 하나 변하지 않은 채 곧바로 케라트웬에게 예법을 배우러 간 것이었다. 아니, 오히려 더 기운이 나는 듯한 모습이었다고 해야 하나?

"단순히 기분이 좋아서 그랬던 것일까, 아니면……."

하지만 나에게 더 이상의 지식이 쌓이지 않는 이상 무언가 알아낼 수 있는 것은 없었다.

"자, 그럼 목욕이라도 하고 올까?"

나는 막 복도를 지나가던 시종 한 명을 불러 목욕물을 준비시켰고, 곧바로 목욕실로 향했다.

그들의 고민과 수난

웅성웅성—

시끌시끌—

거대한 동굴 안. 지금 이 동굴이라고 할 수조차 없는, 작은 성도 세울 수 있을 정도로 거대한 크기를 자랑하는 동굴 안에는 수십, 수백 명의 인간, 엘프, 드워프 등의 인간 및 유사 인류들이 모여 있었고 개중에는 오크나 오우거 등의 몬스터들도 보였다. 하지만 사실 그들의 정체는 실제로 인간이나 유사 인류, 혹은 몬스터가 아닌 폴리모프한 드래곤들이었다.

"거 시끄럽군."

"전부 모으는 데 하루가 넘게 걸리다니, 참 오래 걸렸네요."

"그것도 아직 다 온 게 아니잖아."

"게다가 아예 결석할 녀석들도 있겠지."

리크라테스, 제르카테스, 마그루라, 그리고 세린은 자신들의 주변에

널려 있는—폴리모프한 상태의—드래곤들을 보며 한마디씩 내뱉었다. 겉으로는 별 감흥이 없는 듯한 말투였으나 2만 년이 넘는 세월을 살았으면서도 이 정도의 드래곤이 모인 것을 본 것은 단 한 번뿐이었기에 긴장으로 인해 속이 바작바작 타고 있었다.

"모두 조용히들 하시오!"

끝도 없이 이어질 것 같았던 웅성거림은 누군가의 외침으로 인해 순식간에 가라앉았다. 그리고 그 목소리의 주인공이 모습을 드러내는 순간 모든 드래곤들은 탄성을 질렀다.

"그대들은 예나 지금이나 전혀 변하지 않았군."

폴리모프한 그의 모습은 20대 중반의 청년의 모습에 골드 드래곤인 듯 그의 머리카락은 금색이었다. 그리고 그 자신이 상당한 세월을 살아왔고 그에 맞는 경험과 능력이 있다는 것을 증명이라도 하듯 그의 온몸으로부터 짙은 위압감이 흘러나왔다.

"아니, 그때에는 지금보다 훨씬 많은 드래곤들이 있는 데도 이 정도였으니 오히려 더 시끄럽고 방정맞아진 것인가?"

"……."

제법 도발적인 그의 말에 몇몇 드래곤이 인상을 찌푸렸다. 하지만 아무도 그의 행동에 대해 직접 따지지는 않았다. 젊거나 어린 드래곤의 경우에는 용기가 나지 않았고, 어느 정도 나이가 든 드래곤들은 스스로 잘 인내했던 것이다.

"이미 대강의 사정은 들었으리라 생각되오. 그러므로 자세한 설명은 생략하도록 하겠소. 하지만 아직 우리가 이렇게 모인 사정을 잘 모르는 드래곤이 있다면 지금 질문하기 바라오."

웅성웅성—

수군수군—

또다시 드래곤들 사이에 술렁임이 일어났다. 그것은 상대에게 질문하기 전 우선 자신들끼리 아는 것은 자기들끼리 해결하겠다는 뜻이었다.

그리고 그 상태로 잠시 시간이 흘렀지만 아무도 질문을 하지는 않았다. 곧 장내에 모인 드래곤들은 다시금 조용해지며 자신들 앞에 서 있는 이의 다음 이야기를 기다렸다.

"허흠, 다시 말하는 것이지만 자네들도 이번 모임이 신족과 마족의 침입, 그리고 이 세계의 붕괴로 인해 벌어진 일이라는 것을 잘 알고 있을 것이오."

"그리고 하이 엘프에 관한 일도 말이지……."

리크라테스가 작게 뒤에 붙인 한마디는 작았지만 적어도 그의 주위에 있던 드래곤들은 그 말을 들을 수 있었다. 상당수의 드래곤은 그의 그 한마디를 '저게 무슨 소리 하는 거야?'라는 식으로 넘겨 버렸지만 일전에 그로부터 하이 엘프에 관한 이야기를 들었던 이들은 두 눈을 크게 뜨며 놀랐다. 어떤 이들은 이미 알고 있었고 짐작하고 있었다. 하지만 이 모임을 주선한 드래곤인 리크라테스의 입으로부터 그 이야기가 나오자 드래곤들 사이에서 또다시 커다란 술렁임이 생겨났다.

"하이 엘프라니, 그게 무슨 소리지?"

"역시나……."

"이봐, 무슨 이야기인지 설명 좀 자세히 해봐."

"뭐야? 단순히 마족과 신족을 두들겨 패자는 이야기가 아니었단 말야?!"

"역시 이번에도 하이 엘프인가……?"

장내는 순식간에 아수라장이 되다시피 하였고 이곳저곳에서 큰 소란이 벌어졌다. 이곳에 있던 상당수의 드래곤은 이제 와서야 듣는 하이 엘프의 진실에 대해 간략하게나마 듣고는 크게 경악했다.

“그, 그게 정말이야? 하이 엘프를 깨운다니…….”

“미쳤어… 미쳤다고!”

“차라리 신족, 마족과 싸우다 죽겠어!”

주로 하이 엘프와 싸운 적이 있거나 그들과 마주친 적이 있는 나이 든 드래곤들 사이에서 탄성이 터져 나왔다. 하이 엘프에 대해 이야기로만 들었기에 그들의 힘에 대한 현실감이 없고, 이제야 그들의 정체를 들은 대부분의 젊은 드래곤들은 왜 그렇게 저들이 무서워하는지를 알 도리가 없었다. 게다가 지금까지 같은 드래곤이 아닌 이상 적수라고 할 만한 존재를 만나보지 못한 그들로서는 더욱 그러하였다.

“갈!!”

앞에 나서 있던 골드 드래곤은 또 한 번 호통을 쳤고 장내는 다시 조용해졌다. 하지만 경외와 존경, 그리고 어느 정도의 두려움까지 품고 있던 그들의 시선은 이제 설명을 요구하는 강렬한 눈빛으로 바뀌어 있었다. 아무래도 자신 하나의 목숨이 아닌 드래곤 전체의 운명이 걸릴지도 모르는 문제였기에 그들은 매우 진지했다.

“조용히들 하시오! 그대들이 원하는 대로 곧 이번 안에 대해 설명해 드리도록 하겠소.”

그는 곧 리크라테스를 바라보며 가벼운 눈짓을 해 보였다. 그의 눈짓에 리크라테스는 살짝 고개를 끄덕이며 그의 옆으로 나서며 입을 열었다.

“안녕하십니까? 이미 아시다시피 제가 오늘의 모임을 주선한 골드 일족의 리크라테스입니다. 지금부터 설명해 드리겠습니다. 앞으로 이 중간계에 일어날 일들과 우리들 드래곤이 해야 할 일을…….”

사각사각―

슥삭슥삭―

어느새 예전처럼 깔끔하게 정리된 쟈밀의 사무실 안에서는 아바돈 혼 자만이 의자에 앉아 책상 위에 올려진 서류들을 정리하기 시작했다. 서 명만 하면 되는 간단한 서류부터 구체적인 사항을 채워주어야 하는 서류 까지 다양한 종류의 서류들이 아바돈의 손길을 기다리고 있었고, 어느새 제법 익숙해진 아바돈은 상당히 자연스럽게 서류들을 해치워 가고 있었 다.

"후우, 다했다. 오늘도 이걸로 끝!"

오늘도 무사히, 그리고 어제보다도 빠르게 일을 마친 아바돈은 자리에 서 일어나며 팔을 위로 뻗어 크게 기지개를 켰다. 그리고 곧 자리를 빠져 나온 뒤 차를 끓이기 시작했다.

"흥, 흐흥, 랄라라~"

기분이 좋은 듯 아바돈은 콧노래를 부르며 찻잔에 차를 따랐다. 그런 데 그는 두 개의 잔에 차를 붓고 있었다.

"흐음, 지금쯤 오실 때가 되었는데……."

달칵―

아바돈이 그렇게 중얼거릴 무렵 때맞춰 문이 열렸다. 그리고 방 안으 로 들어온 인물은 바로 아바돈이 기다리고 있던 이였다.

"아바돈, 나 왔어."

"어서오세요, 라오님."

활짝 웃으며 자신을 향해 인사하는 라오의 모습에 아바돈 역시 마주 웃으며 그녀에게 인사를 하였다. 그녀는 곧 소파에 앉으며 앞에 놓인 찻 잔을 집어 들었다. 그녀는 찻잔을 자신의 코앞에 가져가 잠시 그 향기를 음미하는가 싶더니 곧 한 모금 마시고 다시 찻잔을 내려놓았다.

"흐음… 방금 끓였나 봐? 내가 올 줄 어떻게 알고 있었지?"

"어제도 그저께도 항상 이 시간쯤에 오셨으니까요."

라오의 질문에 아바돈은 간단하게 대답했다. 그가 말한 대로 요즘 들어 그녀는 항상 이 시간이 되면 이곳, 쟈밀의 집무실로 놀러 왔기 때문이다. 그리고 아바돈이 생각하기에 그 이유는 아마도 자신에게 있는 것 같았다.

"호오~ 그런데 이 공간에서는 어차피 시간이라는 게 거의 통용되지 않는 공간이잖아?"

"그래도 시계라는 게 있잖아요."

그 이후로 라오와 아바돈은 차를 마시며 여러 가지 잡담을 하였다. 그것은 주로 요즘 일어나는 일에 관한 것이나, 아니면 개인적인 일에 대한 것이었다.

"그런데 쟈밀님은 왜 이렇게 안 오시는 걸까요?"

"글쎄… 아무래도 이번에는 꽤나 악착같이 쫓아다니는 것 같은데? 레이 오빠 잡으려고 말야."

"하아……."

라오의 대답에 아바돈은 조금은 어처구니가 없는 듯 기묘한 표정을 지으며 작은 한숨을 쉬었다. 아바돈의 그런 모습을 본 라오는 피식 웃으며 다시금 찻잔을 들어 올렸다.

"뭐 그 정도 가지고 그래? 한 번은 레이를 잡겠다고 거의 수십 년을 술래잡기한 적도 있는 둘이었는데. 아, 넌 몰랐겠구나."

"정말요?"

수십 년 정도라면 라오는 물론 자신들 같은 존재에게도 그다지 긴 시간은 아니었다. 하지만 그렇다고 해서 결코 그 수십 년 내내 소위 라오가 말하는 '술래잡기'만을 한다고 하기에는 제법 긴 시간이었다. 때문에 아바돈은 그러한 쟈밀의 질기디질긴 성격에 내심 놀라워하며 두 눈을 크게 떴다.

"흐음… 이것에 대해 이야기해 줄까?"

"네."

역시 쟈밀 팬(?)인 아바돈이라 그런지 쟈밀에 관한 이야기를 해주겠다는 라오의 이야기에 두 귀를 쫑긋 세우며 금세 열렬한 관심을 보이기 시작했다.

'귀엽다…….'

강아지? 아니면 토끼 같다고 해야 할까? 어쨌든 너무 귀여웠다. 하지만 그녀가 오늘 아바돈을 찾아온 것은 어제같이 별 생각 없이 놀러온 것이 아니었기 때문에 그녀는 아바돈에게 쟈밀의 이야기를 해주기 앞서 조건을 하나 붙였다. 지금 아바돈은 그녀가 슬며시 던져 준 미끼를 덥석 물어버린 상태였고, 덕분에 라오는 쾌재를 불렀다.

"대신 조건이 있어."

"조건… 이요?"

상당히 짓궂은 미소를 지으며 검지손가락을 세워 보이는 라오의 모습에 아바돈은 왠지 모를 불안감을 느꼈다. 그도 그럴 것이, 비록 길지는 않았지만 그녀가 저런 미소를 지을 때마다 그녀는 자신을 겁주거나 짓궂은—어디까지나 라오 본인의 주장이다. 사실 말이 '짓궂은' 이지 당하는 동안 당사자인 아바돈은 혼이 빠질 것 같은 두려움을 맛보게 된다. 그런데 악마에게도 육체와 혼이 따로 있던가?—장난을 하는 등 전혀 자신에게 즐겁지 않은 일을 저질렀기 때문이다.

"내 실험에 조금만 협력해 주었으면 하는데……."

"실… 험… 이요?"

아니나 다를까, 실험이란다. 어감부터 상당히 불안하게 만드는 상황이었다. 자기 꼬리가 예쁘다고 하면서 붙들고 놓아주지 않을 때만 해도 장난이 아니었는데 자기를 실험대에 올려놓았다가는 얼마나 자신을 괴롭힐까 하는 생각에 아바돈은 벌써부터 은근히 몸이 후들거리기 시작했다.

"왜 그렇게 겁먹은 표정을 짓는 거야? 설마 내가 무슨 험한 짓을 하기라도 할 거라 생각하는 거야?"

'충분히 그렇게 생각하고도 남지요.'

이것이 솔직한 감상이었지만 만약 그것을 입 밖으로 토했다가는 자신의 안전을 보장할 수 없는 사건이 일어날 것이 뻔했기에 그는 솔직한 자신의 생각을 이성의 벽 저편으로 던져 놓은 채 거짓을 말해야 했다.

"아, 아니요. 그래도……."

"정말……! 험한 짓 안 한다니까!"

적당히, 적당히 슬슬 말을 돌려서 은근슬쩍 빠져나가 보겠다는, 조금은 대담한(?) 생각을 해보았고 막 실천에 옮겨보려던 참인 아바돈이었지만 그것을 미리 눈치 챈 건지, 아니면 우연이었는지 곧바로 자신을 붙들고 놓지 않겠다는 라오의 눈빛을 마주해야 했다.

"…정말 험하게는 안 하죠?"

"그럼! 우리 귀여운 아바돈을 함부로 할 녀석이 감히 어디 있겠어?!"

'바로 당신이 그러잖아요…….'

역시 실제로 입 밖으로 내었다가는 무슨 일을 당할지 모르는 대사를 하며 아바돈은 속으로 눈물을 삼켰다. 그는 이미 정상적으로 돌아올 수 있으리라는 생각은 포기한 채 제발 살아서만 돌아오자는 비장한 결심마저 하며 속으로 커다란 한숨을 쉬었다. 겉으로 그렇게 한숨을 쉬었다가는 또다시 두 눈을 치켜뜬 채 무서운 표정을 한 라오의 추궁을 받아야 할 테고, 그 다음에는 어김없이 겁주기의 연속기가 이어질 테니…….

"헤에~ 그럼 결정난 거다?"

"네에?"

더 더욱 수상한 웃음을 짓는 라오의 모습에 아바돈은 무언가 잘못되어도 한참 잘못되었다는 생각이 온몸을 엄습하는 것을 느꼈다. 하지만 이미 늦었다는 사실 역시 뼈저리게 실감하고 있었기에 이미 포기해 버린 상태였다.

그런 아바돈의 속을 아는지 모르는지 라오는 씨익 웃으며 문밖으로 손짓을 해 보였다.

"레이 오빠, 레디 언니! 아바돈이 허락했어요~"

찰칵―

"아, 다행이군요."

"잘했어, 라오야. 히힛."

아바돈의 두 눈이 커졌다. 그녀가 한패거리(…)를 데리고 왔다는 것도 충분히 놀랄 일에 경악할 일이었지만, 무엇보다 지금 한참 쟈밀에게 쫓겨 다녀야 할 레이가 지금 자신의 눈앞에 멀쩡하게 서 있었기 때문이다.

"어, 어라……? 레이님, 분명 쟈밀님에게…….."

"아, 그거 말입니까?"

쟈밀에 대한 걱정과 자신의 온몸을 엄습하는, 어쩌면 지금 자신이 라오에게 받고 있는 것 이상의 불길한 느낌에 아바돈은 더욱더 불안해지기 시작했다. 하지만 정작 레이의 경우 별일없었다는 듯 싱긋 웃으며 검지 손가락을 세워 보이며 평소와 같은 가벼운 목소리로 대답하였다.

"쟈밀이라면 지금쯤 푹~ 쉬고 있을 겁니다."

아바돈은 검지를 세우며 싱긋 웃는 그의 모습에서 무언가 잘못되었다는 것을 느꼈다. 저런 대사는 보통 악당이, 그것도 대체로 조무래기가 아닌 보스 급의 악당들이 주인공의 절친한 친구를 잡아둔 채 주인공에게 하는 대사가 아닌가. 그런 점에서 대악당인 레이라면 그런 류의 대사를 할 자격은 충분하고도 남았기에 그 점에서는 의심하거나 할 것이 없었다. 하지만 문제는 그게 아니었다. 정말 쟈밀이 푹 쉬고 있을지에 대해서도 이미 기대하고 있지 않지만 문제는 과연 레이가 쟈밀을 제압할 수 있었는지에 대한 것이었다.

"설마… 쟈밀님을……."

"에이, 설마 저희 셋이서 무슨 짓이라도 했을 것 같습니까?"

"뭐야, 아바돈. 너, 설마 나와 레이 오빠, 레디 언니가 쟈밀을 습격하기라도 했다고 생각한 거야?"

물론 말투는 부드러웠다. 하지만 자신을 보는 시선까지 그랬을까? 당연히 아니었다. 라오와 레디는 매섭게 치켜뜬 눈으로 아바돈을 노려보았고, 레이 역시 겉으로는 웃고 있었으나 어딘지 모르게 귀기가 섞인 채 아바돈을 내려다보고 있었다. 물론 라오의 경우에는 처음부터 대놓고 아바돈을 째려보며 말했지만.

"서, 설마요. 제가 어찌 감히 그런 생각을 하겠습니까?"

아바돈은 그래도 최근 들어 두터워진 용기와 남자다워짐―…어디가?―으로 인해 간신히 울음이 나오는 것을 막을 수 있었고, 더불어 재빨리는 아니지만 어쨌든 둘러대기도 할 수 있었다.

물론 그의 속은 이랬다.

'지금 이 상황에 그게 아니면 뭡니까?

하지만 이번에도 역시 실제로 입 밖에 내었다가는 목숨을 보장받지 못할 발언이었기에 고이 목구멍 안으로 도로 밀어 넣을 수밖에 없었다.

"어머나, 얘 정말 이쁘다. 어쩜 이렇게 귀여운 인큐버스가 또 있을까?"

설령 레디가 자신의 얼굴을 만지작거리며 감탄사를 외치더라도…

"응? 얘, 라오야. 지금 얘 허리에 감겨 있는 이게 그 예쁘다는 꼬리야?"

“네, 얼마나 예쁜 색인데요.”

“호오~ 정말이네? 이런 예쁜 색은 상당히 드문데.”

레디에 라오까지 가세해서 자신의 꼬리를 만지작거리는 한이 있어도 아바돈은 아무 말 없이, 어색하게나마 웃음을 지으며 다 받아주고 있었다. 이미 그는 살아가는 요령(…)을 터득해 가고 있었던 것이다. 참으로 놀라운(…) 학습 능력(…)이라고 할 수 있겠다.

“자자, 어쨌든 이미 허락했잖아? 설마 남자가 한 입으로 두말하지는 않겠지?”

“그래, 자자. 빨리 해치워 버리고 오자고.”

“예에…….”

“그럼 아바돈 군, 잠시 실례하겠습니다.”

이윽고 라오는 아바돈의 손을 잡은 채 쟈밀의 집무실 밖으로 그를 끌고 나갔고, 곧 레디와 레이 역시 피식 웃으며 둘을 따라 집무실 밖으로 나갔다. 그리고 이제는 아무도 남지 않은 집무실 책상에 쌓인, 아직 결재가 끝나지 않은 서류들만이 쟈밀을 기다리고 있었다.

“끄아아아아악!!”

아바돈은 쟈밀이 레이, 라오, 레디의 세 명의 협공(?)을 받고 정신을 잃었거나 아니면 어딘가에 감금되어 있을 것이라고 생각했다. 하지만 그의 생각은 틀린 생각이었다. 그는 지금 자신이 절대 거역할 수 없는 존재에게 붙들려 어느 방에 갇혀 있는 상황이었다.

“그아아아아악!”

겉으로 보기에는 너무도 소녀답게 꾸며진 방문이었다. 문 위쪽에는 꽃으로 만든 링이 걸려 있었고 손잡이에는 제법 귀여운 곰 인형이 장식으로 매달려 있었다. 그리고 문에 향수를 뿌린 듯 문으로부터 은은한 꽃 향기가 나오기도 했다.

"떠아아아아악!!"

하지만 그런 예쁘장한 방문 안으로부터 들려오는 것은 처절한 비명 소리였다. 그리고 그것은 바로 쟈밀의 비명 소리였다.

우드득―

우득, 우득―

뿌드드득―

"꺼아아아아악!!"

방 안으로부터 비명 소리와 더불어 뼈가 부서지는 소리마저 들려왔다. 그것은 단순히 뼈마디 한두 군데가 부러지는 것 정도가 아닌, 아예 가루로 만들어 버릴 때 뼈가 바스러지는 소리와도 흡사했다. 하지만 그것과도 미묘하게 달랐다.

"포, 포츈님… 제발… 그만……."

"어머, 쟈밀, 벌써 항복이야? 약하네?"

"그아악… 지금 제……."

"에잇!"

뿌가가각―

"떠하아하아이아악!"

또다시 뼈 부서지는 소리가 들려왔다. 물론 그와 거의 동시에 쟈밀의 처절한 비명 소리 역시 들려왔다. 하지만 정작 그의 뼈마디를 분지르고 있는 당사자 포츈은 뭐가 그리 재미있는지 여전히 들뜬 듯한 목소리로 계속해서 그의 뼈마디를 매만져 주고 있었다.

"아이, 그러니까 나랑 한 번만 해달라니까."

"안 됩니다!"

하지만 지금 계속해서 무언가를 해달라는 포츈의 부탁에도 쟈밀은 단호하게 거절했다. 그 목소리만은 지금 그가 겪고 있는 처절한 고통 속에서도 뚜렷하게 울려 퍼졌다.

"아이이잉~ 왜 안 되는데에~?"

"안 되는 건 안 되는 겁니다!"

"그래? 그럼……."

꽈드드드득―

"끄아아아악!!"

또다시 방 안으로부터 뼈가 박살나는 소리가 들려왔다. 물론 더불어서 쟈밀의 처절한 비명 소리도.

"왜 안 돼, 왜 안 돼, 왜 안 돼, 왜 안 돼?!"

빠득, 빠드득―

"끄으으으으윽……!"

또다시 한참 동안 쟈밀의 뼈마디를 박살 내던 포츈은 결국 지쳤―을 리가 없잖아?!―는지 방 안으로부터 더 이상 아무 소리도 들려오지 않았다. 하지만 잠시 후 그녀의 울먹이는 소리가 들려오기 시작했다.

"흐윽! 쟈밀은 바보, 바보, 바보야! 내가 다시 각성할 때까지 얼마나 쟈밀만 생각하고 있었는지 모르는 거야?!"

"……."

"나도 사랑해 줘, 사랑해 줘. 사랑받고 싶어, 사랑받고 싶단 말야. 날 사랑해 줘!"

"……."

"흐아앙~ 쟈밀은 나빠. 나빴어. 키스 한 번이 뭐가 그렇게 어려운 거야?!"

포츈의 행동은 그야말로 칭얼대는 어린아이의 그것과 다를 게 없었다. 물론 그 행동의 과격함의 정도는 실제 어린아이와는 너무나도 차이가 났지만 그녀가 보이는 모습만큼은 어린아이였다.

"…저는 결코… 포춘님을 이성으로 사랑할 수 없습니다. 그것만은 아무리 당신이 뭐라 하셔도 어쩔 수 없습니다."

"흐윽, 훌쩍."

울음을 멈추지 않던 포춘은 너무 울어 이제 목이 메여서인지, 돌연 분위기가 무거워지는 쟈밀 때문인지, 아니면 둘 다인지 서서히 울음이 줄어들기 시작했다.

"왜… 안 되는데? 쿨쩍."

"……."

자신을 사랑할 수 없다는 쟈밀의 말에 그 이유가 궁금해진 포춘은 쟈밀에게 질문을 하였으나 쟈밀은 침묵으로 일관할 뿐이었다. 결국 그의 태도에 화가 났는지 포춘은 크게 소리를 질렀다.

"몰라! 쟈밀 따위 이제 몰라!"

콰작—

그녀는 자신의 방문을 부숴 버리며 밖으로 뛰쳐나왔고 이내 문 맞은편에 있던 통로의 벽, 그리고 벽 뒤에 있던 공간마저 부숴 버리며 어디론가 이탈해 버렸다. 그리고 포춘의 방 안에 있던 쟈밀은 천천히 방 안에서부터 걸어나와 그녀가 사라진 공간을 바라보며 씁쓸하게 웃었다.

"저에게도… 최소한의 지킬 것이 있습니다."

포춘에게 한참 당해서인지 쟈밀의 옷은 여기저기가 찢겨 나가 있었다. 특히 상의의 경우에는 누더기나 걸레를 걸쳤다고 해도 믿을 만큼 이미 그 원형이 남아 있지 않았고 바지의 경우에도 저것이 바지인지, 아니면 트렁크 팬츠인지 구분이 가지 않을 정도였다. 하지만 조금 전까지 한참 동안 이리 부서지고 저리 박살나던 그의 뼈는 어느새 다 회복되었는지 지금은 아무 이상도 보이지 않은 상태였다.

“자아, 그러면 우선 레이 녀석부터 해치우러 가볼까?”

쟈밀이 허공에 가벼운 손짓을 하자 다 찢어진 거적과도 같았던 그의 옷은 언제 그랬냐는 듯 원래 그의 복장으로 되돌아왔다. 더불어 아까 전까지만 해도 어딘지 우울한 분위기를 연출하던 쟈밀의 모습은 간데없고 지금 그의 모습은 그야말로 살기가 너무 짙은 나머지 거의 광기라고 할 정도의 모습이었다. 그리고 쟈밀은 두 손을 꽉 쥐었다 폈다를 반복하며 온몸으로 살기와 귀기를 발산하는 상태로 어딘가 걸음을 옮기고 있었다. 물론 그가 갈 곳은 레이가 있을 만한 곳이었다.

“흐음… 쟈밀 살아 있을까요?”

문득 튀어나온 라오의 중얼거림에 레이는 평소와 같은 눈웃음과 미소를 지으며 검지손가락을 세우는 제스처를 취한 상태로 대답했다.

“물론이죠. 쟈밀이 그렇게 어이없게 죽을 리는 없다고요.”

“하지만 쟈밀도 운도 없지. 안 그래도 요새 사랑 못 받는다고 투덜거리던 포츈님에게 정통으로 걸리다니…….”

“그러게 말야. 여튼간 연애 한번 제대로 하기도 어려운 때라니까, 여러 가지로.”

레디의 말에 라오는 문득 무언가가 생각난 듯 손가락을 튕기며 레디를 바라보았다. 방금 레디의 입에서 나온 ‘연애’라는 단어에 문득 생각나는 것이 있었기 때문이다.

“참, 레디 언니, 그 아아크라는 아이 어떻게 됐어요?”

“응? 아아크?”

“네, 그 빨간 머리 바보 있잖아요.”

아아크의 이야기를 물어오는 라오의 모습에 레디는 조금은 얼굴을 붉히기까지 하며 막 그에 대한 이야기를 해주려고 하였다. 하지만 그 순간

들려오는 '빨간 머리 바보' 라는 말에 레디는 조금은 흥분해서는 두 주먹을 굳게 쥐고 라오의 양 관자놀이를 세게 눌렀다(일명 '짱구 엄마').

"뭐야? 방금 나의 아아크를 '빨간 머리 바보' 라고 한 거야?"

"아야야야! 레디 언니, 아파요오~"

"아파도 싸!"

"후에에엥~"

잠시 레디와 라오 사이에서 작은 소란이 일어났고 레이는 그 모습이 재미있는 듯 눈웃음을 지으며 바라볼 뿐이었다. 그리고 그 소동은 제법 시간이 지나서야 레디의 속이 가라앉는 것을 통해 진정될 수 있었다.

"아야야, 머리야."

"또 한 번 우리 아아크 험담 하기만 해봐라."

"히잉~ 솔직히 험담이라고 할 정도는 아니었잖아요."

"어. 찌. 되. 었. 든."

"치이…….."

그렇게 어느 정도 레디의 흥분이 가라앉고 나서야 라오는 레디의 이야기를 들을 수 있었다. 레디는 옆에 놓인 의자에 앉으며 무릎에 깍지를 낀 채 무릎을 당겨 가슴 앞으로 가져가며 이야기를 시작했다.

"아아크라… 요새 수련 중이더라고."

"수련이요?"

"응, 그 애거트인지 뭔지 하는 얼간이 형을 이기겠다고 지금 열심이던데?"

"흐음…….."

그때, 문득 무언가 생각이 났는지 레이가 그녀들 사이의 대화에 끼어들었다. 그는 여전히 평소 같은 미소를 지으며 그녀들에게 질문했다.

"흐음, 그리고 보니 그 애거트라는 청년, 운명을 볼 수 있는 능력이 있었지요, 아마?”

“응, 그런데 그게 왜?”

“…아뇨, 별것 아닙니다.”

왠지 묘한 반응을 보이는 듯한 레이의 모습에 궁금해진 레디는 그에게 그 이유를 물었지만 레이는 그저 고개를 한번 저으며 싱긋 웃을 뿐 더 이상은 아무것도 대답하지 않은 채 다시 고개를 돌릴 뿐이었다. 물론 라오와 레디는 설명을 요구하는 눈치를 보내었지만 겨우 그 정도에 굴해서 대답해 줄 레이는 아니었다. 하지만 이미 아아크와 애거트의 가문인 하스 가에 무언가 의아함을 느낀 라오와 레디는 스스로 열심히 머리를 굴려보기 시작했다.

“그러고 보니 지금의 하스 가문은 에아크 하스의 자손이 아닌…….”

“그렇구나!”

와장창—

그리고 잠시 후 무언가 생각난 듯 중얼거리는 라오의 목소리에 레디는 아차 하는 표정으로 자리에서 벌떡 일어났다. 그녀 역시 그제야 지금의 하스 가문이 누구의 직계 후손들인지에 대해 생각해 낸 것이다.

“레이… 설마 지금 생각하고 있는 건……?”

“어라? 예상보다 금방 알아차리시는군요. 네, 맞습니다.”

“뭐예요? 대체 무슨 이야기를 하는 거예요?”

아직 무슨 이야기를 하는 것인지에 대해 이해가 되지 않은 라오는 자기를 쏙 빼놓고 자기들끼리 다 알고 있다는 식으로 쑥덕거리는 것에 불만을 느낀 듯 양 볼을 부풀리며 둘의 대화에 끼어들었다. 그녀의 모습에 레이와 레디는 그만 피식 웃어버렸다.

“아, 미안. 라오는 영웅전쟁 때의 일에 대해서 잘 모르지?”

“아, 라오 양, 죄송합니다. 그만 저희가 라오 양을 배려해 드린다는 걸

잊어버렸네요."

둘의 사과의 말에 라오는 잠시 표정이 풀어지는 듯하였으나 곧 또다시 무언가에 불만이 있는 듯 다시금 얼굴을 구기며 레이를 올려다보았다.

"뭐예요? 그럼 아직도 레이는 나를 어린애 취급 하고 있었다는 건가요?"

"에? 그렇다고 말한 적은……."

"레이가 말하는 '배려'가 무슨 뜻인지 내가 아직도 모를 것 같아요?"

라오는 이마를 살짝 찡그린 채 날카로운 눈으로 레이를 바라보았고 레이는 어색한 미소로 그녀의 눈빛을 받아주고 있었다. 잠시 둘 사이에 말 없는 대치가 발생하였으나 그것도 잠시였다.

"…아니라고 말하지는 못하겠군요."

"흥."

막 라오가 여전히 삐친 표정을 지은 채 고개를 옆으로 돌리는 순간 그들 셋이 아닌 다른 이의 목소리가 셋의 귀를 울렸다.

"저기… 아직 멀었나요?"

그 목소리의 주인공은 아바돈이었다. 그는 방 곳곳에 설치된 '무언가'에 의해 몸 곳곳이 결박당한 채 방 한가운데에 매달려 있었다. 그를 묶고 있는 그 '무언가'는 겉으로 보기에는 단순히 금속의 줄로 보였으나 자세히 보면 그것 자체가 마치 생명체라도 되는 듯 미세하게 꿈틀대고 있음을 알 수 있었다.

"아참! 미안해, 아바돈. 우리가 그만 깜빡하고 있었어. 레이 오빠, 아직 멀었어요?"

"흐음… 이제 거의 다 되었군요. 한 30초 정도만 참아주시지 않겠습니까, 아바돈 군?"

"예에……."

하지만 무언가를 당하고 있는 아바돈은 지금 자신의 상황이 꽤나 불편한 듯 안색이 그리 좋지 않은 상태였다. 게다가 그의 이마로는 계속해서 식은땀이 흐르고 있었다. 그 모습을 바라보던 레디는 지금까지 자신들이 이 실험에 샘플로 사용했던 존재들과 아바돈을 비교하며 내심 긴장을 하였다.

"그런데 정말 될까요?"

"제가 생각하기에 아바돈 군은 보통의 악마들과 다른 무언가가 있습니다. 게다가 지금까지의 진척으로 보니… 그다지 무리는 없을 듯하군요."

"헤에…….."

그래도 레디와 레이의 경우에는 그저 막연한 기대의 표정 비슷한 것을 하고 있었지만 라오의 경우에는 그렇지 않았다. 레이가 평소에 하는 '실험'이라는 행위는 대부분 보통의 이들이 상식적으로 생각하는 '실험'이라는 행위와 상당히 동떨어져 있었기 때문이다. 게다가 뭐니 뭐니 해도 그 문제의 피실험체가 자신이 마음에 들어하는 대상이었기에 그 걱정은 제법 심했다.

"아바돈, 혹시 어디 아퍼? 아니면 조금이라도 이상한 데가 있는 건 아니지?"

어느 만큼 시간이 지났었을까? 라오는 지금까지도 계속 아바돈을 보고 있었다. 심지어는 레이, 레디와 이야기를 나눌 때에도 그녀는 흘끗흘끗 아바돈을 바라보고 있었던 것이다.

'설마 내가 얘한테 마음이 있는 건 아니겠지?'

하지만 라오는 곧 고개를 저었다. 이미 자신은 사랑을 느껴본 적이 있어서 잘 알고 있다. 지금 자신이 아바돈에게 가지는 감정은 사랑이 아니라는 것을. 오히려 동생처럼 돌봐주고 싶다는 쪽에 가까웠다.

　게다가 이미 자신은 사랑하고 있는 사람이 있지 않은가? 비록 이루어
지기는커녕 이제 만날 수 있는지에 대한 여부마저 불투명한 대상이라고
는 하지만.

　그렇게 잠시 자기 마음을 정리하며 계속해서 아바돈을 바라보고 있은
지 얼마나 지났을까? 제법 시간이 지나도록 대답을 하지 않던 아바돈은
그제야 입술을 달싹이며 대답을 하였다.

　"괘, 괜찮아요. 참을 정도… 는 되네요."

　"어… 그럼 다행이지만……."

　그래도 아직 잘 참고 있는 아바돈의 모습에 라오는 작은 안도감을 느
꼈다. 하지만 그렇게 안도감을 느끼며 작은 한숨을 쉬는 그녀의 모습에
레디와 레이는 입가에 웃음을 지으면서도 더 더욱 그녀에게 사실을 말하
지 못하게 되었다.

　지금까지 저 실험을 하다가 죽거나 재기가 불가능할 정도로 크게 다치
거나, 아니면 미쳐 버린 실험 대상들이 한둘이 아니라는 것, 그리고 지금
까지 이 실험이 성공한 적은 단 한 번도 없었다는 것까지도.

　'하지만 보아하니 이번에는 성공할 것 같군. 적어도 1차는 말이지.'

　그래도 실험의 주최자라고 할 수 있는 레이는 자신의 생각보다 잘 참
아주고 있는 아바돈의 모습에 기쁨을 느꼈다. 더불어 그는 자신의 단발
머리로 손을 뻗어 이리저리 꼬면서 만지작거리기 시작했는데 그것은 가
장 감정이 고조되었을 때 나타나는 그의 버릇이었다.

　'그래도 참 대단한 녀석을 발견했군. 저 정도면 상급 악마 정도가 아
니라 가만히 놔둬도 앞으로 수백 년, 아무리 길어도 수천 년 정도면 악마
왕까지도 가능하겠어.'

　문득 레이는 악마들은 물론 천사들 사이에서도 그와 비슷한 유래가 없
는 몽마 계열의 악마가 악마들의 왕이 되는 모습을 상상해 보았다.

“푸훗.”

상상만 해도 재미있는 일이었다. 인큐버스가 악마왕이 된다는 것은 둘째 치더라도 저런 반쯤 넋이 나간 듯한, 나쁘게 말하자면 얼이 빠진 듯한 모습의 귀여운 악마왕이라니. 과연 그런 악마왕에게 순순히 복종을 맹세할 악마가 얼마나 될지에도 관심이 가는 레이였다.

투캉—

그때 막 레이의 연구실 방문이 부서지는 소리가 들렸다. 물론 소리만이 아니라 실제로 그의 연구실의 방문은 이미 두 쪽으로 부러진 채 저쪽 방구석에 뒹굴고 있었다.

“뭘 그렇게 실실 쪼개고 있는 거냐?!”

그 문제의 ‘정체 불명의 괴한’ 은 다름 아닌 쟈밀이었다. 그는 매우 노한 상태인 듯 이미 진작에 암흑 모드로 들어가 있는 상태로 두 눈에는 살기 어린 날카로운 광채까지 뿜으며 레이를 노려보고 있었다.

“아아… 쟈밀, 오셨군요. 벌써 끝나신 겁니까?”

레이는 이렇게까지 빨리 쟈밀이 돌아올 줄은 전혀 생각지도 못하고 있던 차였기에 자신의 눈앞에서 온몸으로 살기를 뿌리고 있는 쟈밀의 모습에 제법 당황하고 있었다. 물론 겉으로는 별로 당황하지 않았다는 듯 조금은 어색하게나마 웃음까지 짓고 있었지만 그렇다고 해서 겉으로나마 그가 태연하게 보이는 것은 아니었다.

“오늘이야말로 네놈의 그 못돼먹은 성깔머리를 완전 개조시켜 주겠다!”

“어, 어어어……!”

“받아라! 로넬 휨!”

“데, 델루이드!”

파캉—

“크윽!”

레이는 방금 전의 공격으로 지금의 쟈밀이 자신을 결코 봐줄 생각이 없다는 걸 뼈저리게 느꼈다. 그는 정말로 ‘분노’ 한 상태인 것이다.

“아하하하… 쟈밀, 왜 이렇게 화를 내십니까? 일단 제 이야기를 들…….”

“필요없다!”

콰콰콰쾅—

하지만 이미 상당히 맛이 가버려 꼭지가 돌아버린 상태의 쟈밀에게 레이의 말이 제대로 귀에 박힐 리가 없었다. 그는 지금 레이가 뭐라고 해도 무조건 ‘필요없다!’ 로 일관하며 그가 서 있는 방향을 향해 무차별 공격을 퍼붓고 있는 것이다.

“꺄아아아악!!”

“어머나～♡”

제법 기습적인 쟈밀의 공격에 레이의 경우는 별 소리 없이 공격을 피했지만 라오의 경우에는 조금 달랐다. 그녀는 생각보다 강맹한 그의 공격에 놀라서는 비명을 지르며 옆으로 몸을 날렸다. 그리고 이미 그의 공격을 충분히 예상하고 있던 레디의 경우는 상당히 애교스러운 비명(…)을 지르며 옆으로 슬쩍 몸을 피했다.

“죽어랏! 오늘이야말로 끝장을 내주마!”

사실 쟈밀이 이렇게까지 흥분할 필요도, 그럴 이유도 없었다. 하지만 포츈에게 사로잡혀 한참을 혹사당하는 동안 쟈밀의 스트레스는 극도로 상승해 있는 상태였고 레이는 재수없게도 아직 그의 스트레스가 전혀 가라앉지 않은 상태에서 그에게 발견당한 것이었다.

“꺄악, 꺄악, 꺄아아악!”

“어머나～♡ 어머머～♡”

아무래도 자신들이 공격 목표가 아닌 만큼 이제 와서는 그다지 위험을 느끼지 못한 채 제법 여유까지 가지며 쟈밀의 공격을 피하고 있는 라오와 레디였지만 그녀들은 여전히 비명(…)을 지르며 쟈밀의 공격을 피하고 있었다. 그것은 둘의 쟈밀에게 제재를 가하려는 의도가 숨어 있기도 했다.

쿠쾅—

쨍그랑—

쟈밀이 반쯤 이성을 상실한 채 검을 휘두르고 있었으니 지금 그들이 있는 레이의 실험실이 멀쩡할 리가 없었다. 쟈밀이 휘두르는 검, 로넬 휩에 의해 방 안의 각종 기구와 자재들은 여지없이 박살이 나고 있었다.

"지, 진정하시라고요. 이건 좀 심하……."

"닥쳐! 이거나 받아랏!"

쿠아아아—

쟈밀의 손에 들린 로넬 휩으로부터 강렬한 기운들이 폭사되었다. 그것은 마치 끓어오르는 지옥의 용암과도 같이 거칠었고, 또한 주변에 끼치는 영향 또한 컸다. 그 기운으로 인해 엄청나게 넓었던 시험실 안 전체에 강한 폭풍이 불어닥쳤고, 덕분에 실험실 안의 집기들이 여기저기로 허공을 날기 시작했다.

"타앗!"

쿠구구구—

그리고 쟈밀은 검을 세로로 내리그었다. 그러자 검에 맺혀 있던 기운들은 일제히 레이를 향해 몰려들듯이 나아갔다.

"이거… 원……."

하지만 그 거대한 기운과 압도적인 기세에 걸맞게 그것이 레이를 향해 다가오는 속도는 이전에 그가 펼치던 기술과 비교하면 상당히 느린 편이었다. 물론 다른 기술들에 비해서이지 결코 느리다는 것은 아니었지만 말이다.

하지만 쟈밀의 행동에는 크나큰 문제가 있었다. 물론 레이는 진작에 쟈밀이 펼친 기술의 영향권으로부터 몸을 피한 상태였지만 그의 뒤에는 바로 아바돈이 있었던 것이다. 게다가 지금의 그는 여전히 그 '살아 있는 듯한 금속 선'들에 의해 허공에 매달린 상태였기에 쉽사리 몸을 뺄 수가 없었다. 무엇보다 레이에게는 피하기 쉽다고 하지만 아바돈에게는 전혀 그렇지가 않은 것 역시 큰 원인이었다.

"아바돈!!"

순간 누군가가 아바돈의 앞에 나타났다. 자신의 있는 힘을 모두 짜내는 듯한 속도로 순식간에 아바돈 앞에 나타난 라오는 허공에 손을 들어 올렸다.

"알테라테!"

곧 그녀의 양다리에 검은빛을 띤 핏빛 붉은색의 기운이 생겨났다. 그리고 그것은 곧 형태를 갖추어 그녀의 양다리에 마치 긴 부츠와도 같은 것이 생겨나게 되었다. 그것은 전체적으로 날렵한 디자인을 하고 있었는데, 그것의 핏빛 붉은색은 섬뜩한 느낌보다는 그 섬세한 디자인과 함께 어딘지 고혹스러운 느낌을 주고 있었다. 게다가 전체적으로 기계적인 디자인을 이루고 있어서 다른 한편으로는 정교함과 힘을 느낄 수 있는 모양이기도 했다.

"타아!"

파카캉―

라오의 양다리에 붉은색의 기운이 맺히는가 싶더니 곧 그녀는 자신과 아바돈을 향해 날아오는 기운을 향해 다리를 내질렀다. 그녀의 다리와 기운이 충돌하는 순간 발생한 충격음과 충격파가 또다시 실험실 전체를 진동시켰다.

"아~타타타타타타!!"

카카카카카카카캉—

그녀의 발차기로 인해서인지, 아니면 당황한 쟈밀이 자신의 힘을 거두려고 한 것인지 그녀와 아바돈을 향해 날아오는 기운이 주춤해졌다. 그리고 라오는 그 기세를 몰아 연달아 발차기를 날렸고, 그것이 효과가 있는지 쟈밀이 날렸던 기운은 점차 그 크기와 기세가 약해지고 있었다.

"호와탓!"

그렇게 수십, 수백 번의 발차기를 날린 후 날린 돌려차기로 쟈밀이 날렸던 기운은 사라졌다. 하지만 그 기운에 정면으로 받아치던 라오 역시 제법 충격이 있었는지 그녀는 순식간에 아바돈이 있는 곳 바로 밑까지 밀려나며 곧바로 바닥에 주저앉고 말았다.

"헤이구야… 큰일 날 뻔했네……."

바닥에 주저앉은 라오는 곧바로 한숨을 쉬며 안도의 표정을 지었고, 이내 아직도 허공에 매달려 있는 아바돈을 올려다보며 그에게 질문했다.

"아바돈, 괜찮아? 어디 다치지는 않았고?"

다행히 아바돈은 겉으로는 그다지 다친 데는 없어 보였다. 다만 방금 전 폭풍으로 인해 날아다니던 집기들에 의한 가는 상처들이 있을 뿐이었다.

"예? 아, 예… 저, 저는 괜찮습니다. 신경 써주셔서 감사합니다, 라오님."

아바돈은 방금 전의 일로 인해 상당히 겁에 질린 듯하였다. 그도 그럴 것이, 라오가 약간만 위압감을 발산해도 금세 겁을 집어먹으며 '잘못했습니다'를 연발하는 아바돈인데 방금 전 쟈밀의 모습에 멀쩡할 리는 없었던 것이다. 그만한 살기와 더불어 귀기까지 발산하는 쟈밀의 모습은

지금까지 자신이 태어난 이래 경험한 일 중 최고의 두려운 일이 되고도
남았다.

“쟈밀! 정말 정신 좀 똑바로 차리란 말이에요! 조수 죽일 일 있어요?!”

“아… 미, 미안. 아바돈, 괜찮냐?”

쟈밀은 제법 성질까지 부리며 조금은 히스테릭한 목소리로 자신을 향
해 소리 지르는 라오의 모습에 당황한 듯 엉거주춤한 모습으로 아바돈에
게 안위를 물어보았다. 물론 이미 그의 정신은―비교적―온전하게 되돌
아온 상태였다.

“예… 전 별일없어요.”

“후아, 다행이다.”

아바돈의 대답에 라오는 안도의 한숨을 쉬며 그대로 바닥에 쓰러지다
시피 해버렸다. 그리고 마침 그때에 맞춰 아바돈의 온몸을 감고 있던 금
속 선이 풀리기 시작했다. 곧 다시 자연스럽게 움직일 수 있게 된 아바돈
은 라오에게 조금 더 가까이 다가갔다. 라오는 자신을 내려다보며 걱정
스러운 표정을 하고 있는 아바돈을 바라보며 말했다.

“저기… 아바돈, 나 좀 부축해 줄래?”

“네? 아…….”

“뭐 해? 부축해 달라고.”

“예, 예. 그럼… 감히 실례를…….”

그제야 아바돈은 엉거주춤한 자세를 풀며 라오에게 다가가 그녀를 부
축해 일으켜 주었다. 아바돈에게는 다행히도 라오는 몸을 일으키자마자
아바돈에게서 떨어졌다. 그리고는 잔뜩 화가 난 모습으로 쟈밀에게 따지
고 들기 시작했다.

“제발 좀 정도껏 하란 말이에요! 도대체가 한번 뚜껑이 열리면 도저히
제어하지 못하는 건 예나 지금이나……!”

“미, 미안해…….”

아까 전까지만 해도 살기와 귀기를 사방으로 풀풀 풍겨대며 공포 분위기를 연출하던 쟈밀이 지금에 와서는 고개를 숙인 채 어쩔 줄 몰라 하는 모습으로 변해 있었다. 그 모습을 본 레이가 쟈밀이 라오에게 신경이 팔려 있다는 것을 눈치 채고는 슬그머니 자리를 뜨려고 시도했다. 그리고 레이가 막 지금은 부서지고 없는 방문이 있던 곳을 지나가려던 순간.

“어딜 도망쳐!”

파악—

하지만 아무리 그래도 레이를 그냥 놓칠 정도로 쟈밀이 무르지는 않았다. 그는 레이가 도망치려 한다는 것을 눈치 채고는 아무거나 옆에 잡히는 대로 레이를 향해 집어 던졌다.

“이크!”

“쟈밀! 큰이……!”

쩍—

하지만 쟈밀은 소기의 목적인 ‘레이를 맞춘다’는 목표를 달성할 수는 없었다. 게다가 그것도 모자라서 또 한 가지의 큰 사고를 저지르고 말았는데, 그는 레이를 맞추기는커녕 오히려 다급한 모습으로 막 방 안으로 들어오려던 루나의 얼굴을 정통으로 맞춰 버린 것이다.

“루, 루나!”

게다가 전력 투구로… 그리고 쟈밀이 던진 것은 바로 반쪽으로 쪼개진 탁자였다. 그것에 정통으로 얼굴을 직격당한 루나는 그대로 정신을 잃고 쓰러져 버렸다. 쓰러질 때 그녀의 얼굴은 누구나 평소의 아름다운 그녀의 얼굴과는 매우 거리가 멀어 있다고 할 정도로 망가진 상태였다 (얼굴 전체에 시퍼런 멍이 들고 뭉개진 코는 쌍코피가 터진 상태였다). 게다가 그녀를 향해 던진 탁자의 재질이 대리석이었다는 점과 그 대리석으로 이

루어진 탁자가 또다시 반으로 쪼개어졌다는 점으로 미루어보아 루나가
안면에 받았을 충격은 보통이 아니었을 것이다.

털썩―

루나는 그대로 바닥에 대자로 드러누워 버리고 쟈밀은 크게 당황한 모
습으로 엉거주춤 루나에게 다가갔다. 그리고 레이는 그 와중을 틈타 잽
싸게 달아나 버렸고 라오와 레디, 아바돈은 아직도 방금 전에 일어난 사
건에 대한 정리가 잘 되지 않는 듯 반쯤 넋이 나간 모습으로 레이가 빠져
나가 지금은 상당히 이미지가 구겨진 모습으로 바닥에 뻗어 있는 루나와
쟈밀이 있는 입구 쪽을 바라보고 있었다.

'아무리 상황이 상황이고 지금은 기절해 있다고 하지만 루나 언니가
저런 표정을 하게 될 날이 있을 줄이야……'

이것이 두 여자의 공통적인 생각이었다.

'쟈밀님… 오늘은 참 고생이 많으시구나.'

이것은 아바돈의 생각이었다.

아바돈이 반쯤은 부득이하게 피실험체가 되고, 라오가 레디에게 '짱
구 엄마'를 당하고, 쟈밀이 레이의 실험실에 들어와서 난동을 부리고, 그
와중에 루나가 쟈밀에 의해 대리석 식탁으로 안면을 직격당해 쌍코피를
흘리며 쓰러진 사건이 일어난 그 시간이 되기 조금 전, 루나가 쟈밀에게
그 내용을 전하지 못하고 기절해 버린 '큰일'이 벌어지고 있었다.

티딕―

장소는 소브런의 변방, 인적은커녕 몬스터들조차 거의 없는 변방 중의
변방이었다. 그곳의 허공에 작은 균열이 생겨난 것이다.

티딕―

비록 그 속도가 빠른 것은 아니지만 분명히 균열은 점점 커지고 있었

다. 그리고 그 속도 역시 점점 더 가속이 붙고 있었다.

파바바박—

그리고 결국 계속 커져 가는 균열을 이기지 못한 공간은 깨져 나가기 시작했다. 마치 깨져 나가는 유리창처럼 공간은 수십, 수백의 파편과 함께 그 속을 드러내고 있었다.

"그아아아악!!"

그리고 그 깨진 공간의 틈새에서 누군가의 외침 소리가 들려왔다. 외침이라기보다 거의 악에 받쳐서 지르는 괴성에 가까운 그 소리는 처음에는 메아리와도 같이 멀게 들렸으나 시간이 지날수록 빠르게 가까워지고 있었다.

챙강—

그리고 조금씩 바스러지던 공간이 일순 한 번에 부서졌다. 그 면적은 작은 마차 한 대가 충분히 드나들 수 있을 정도가 되어 있었다.

"우아아아아악!!"

그리고 예의 그 괴성도 점점 더 가까워지고 있었다. 이미 그것은 지옥에서 막 기어올라 오려는 악귀라고 착각할 수 있을 정도로 처참하기까지 했다.

슈아아악—

그리고 마치 공기가 급속히 빨려 나가는 듯한 소리와 함께 그 괴성의 주인공이 모습을 드러내었다. 대략 30대 중후반으로 보이기는 했지만 겉으로 꾸민 상태에 의해 그보다 훨씬 젊어 보이는 외모를 한 사내였다. 그의 모습은 전체적으로 성숙한 정장 신사의 모습을 한 듯도 하였으나 온몸에 피를 뒤집어쓴 지금의 그 모습은 도저히 그런 생각을 할 수 없게 만들어주고 있었다.

"허억, 허억, 허억, 허억……."

털썩—

그는 몸을 움직일 수 없을 정도로 매우 지쳤는 듯 더 이상 움직이지 못하고 그 자리에서 쓰러져 버렸다. 그가 온몸에 뒤집어쓴 피는 다른 이의 피가 아닌 자신의 피였는지 그가 쓰러진 바닥에 흘려져 있는 피는 점점 더 그 웅덩이의 크기를 확장시켜 가고 있었다.

"괜찮으십니까, 마스터?"

그리고 방금 전 그 중년의 사내가 나온 공간의 균열 사이에서 한 명의 여성이 나타났다. 엷은 하늘색의 머리카락을 허리 위까지 기른 여성이었다. 그녀의 표정은 차분했고 팔다리는 보통의 인간 여성에 비해 가늘었다. 그러한 여러 가지 이유로 인해 전체적으로 가냘픈 인상을 주는 그녀의 외모는 대략 20세 전후의 인간 여성으로 보였다. 하지만 어딘지 인간을 초월했다고 생각할 정도의 미모는 그녀에게 어딘지 모를 신비감을 부여해 주고 있었다. 그녀는 상당히 불안한 표정을 지으며 남자 옆에 무릎을 꿇으며 앉았다.

"보면 모르겠냐? 하나도 안 괜찮아."

"다행이군요, 이렇게 아무 이상이 없으시다니."

분명 사내는 '하나도 안 괜찮아' 라고 했음에도 여자는 안도하는 표정을 지으며 자신의 허리 옆에 달린 작은 가방에 손을 집어넣어 몇 가지 약품과 붕대를 꺼내었다.

"우선 응급 처치를 하겠습니다. 마스터의 체력이 회복되면 그때 마법으로 치유하도록 하겠습니다."

"어, 부탁해……."

곧 여성은 남자의 몸에 붕대를 감기 시작했다. 물론 그전에 소독약으로 상처를 소독하고 연고를 바르는 것 역시 잊지 않았다.

"아따따따따……! 아, 아퍼!"

“죄송합니다. 하지만 지금으로서 이게 최선이라고 판단하였습니다. 추궁은 나중에 듣겠으니 부디 지금은 참아주십시오, 마스터.”

물론 지금은 여전히 침착한 표정을 지은 채 남자의 몸에 붕대를 감아 가는 여성이었지만, 만약 남자가 지금처럼 엄살을 부리는 것이 아니라 정말 고통스러운 상태였다면 아무리 그녀라도 평정심을 유지하지는 못했을 것이다. 지금의 상태가 결코 위급한 상황이 아니라는 것을 알고 있는 그녀였기에 감히 자신의 주인에게 이렇게 대담하게 말할 수 있는 것이었다.

“그런데 말이야…….”

“네?”

계속 치료를 받고 있던 남자는 문득 무언가 할 말이 있는 듯 여성을 올려다보았다. 그리고는 무언가 불만이 있다는 듯 살짝 미간을 찌푸리며 그녀에게 질문했다.

“너… 왜 웃는 거야?”

“아…….”

하지만 미간을 찌푸린 남자의 모습에도 불구하고 여성의 미소는 더욱 짙어졌다. 그녀는 생긋 웃으며 자신이 웃음 짓고 있는 이유에 대해 설명해 주었다.

“하지만 제가 이렇게 마스터를 도울 수 있는 기회는 얼마 없었는 걸요.”

“…고작 그게 전부냐?”

“하지만 저에게는 그것이 삶의 전부랍니다, 마스터.”

“쳇, 이래서 난 가디언이 싫어.”

이제는 어느 정도 괜찮아졌는지, 아니면 기분상의 문제인지 남자는 조금 거칠게 몸을 일으켰다. 그리고는 막 여자가 자신의 몸에 붕대를 감기 위해 벗겨놓은 옷 중 셔츠와 겉옷, 코트를 집어 들며 말했다.

"자, 빨리 움직이자고. 우린 바쁘단 말야."

"예? 하지만……."

여성은 무언가 불안하다는 표정으로 자신들이 오느라 깨뜨려 버린 공간을 바라보았다. 남자도 그녀가 우려하는 바가 무엇인지 알았기에 고개를 끄덕였다.

"나도 알어. 하지만 알아서 원상 복구시켜 줄 분들이 있으니 우리는 빨리 자리를 뜨면 되는 거야."

"그래도……."

"아, 우스컴에 이 세계의 데이터는 입력시켜 두었겠지?"

남자의 질문에 여자는 잠시 자신의 손목에 감겨 있는 기계 장치를 조작하더니 곧 고개를 끄덕였다.

"네, 마스터가 입력시킨 모든 데이터가 온전하게 보존되어 있습니다."

"그럼 다행이고. 아마 위성이 없는 관계로 데이터 보정에 시간이 좀 걸릴 거야."

"네."

"아, 그리고 워프는 쓰지 않는 게 좋을 거야. 자살하고 싶지 않다면 말야."

"그 점에 대해서는 이미 숙지하고 있습니다. 걱정하지 않으셔도 됩니다, 마스터."

여성의 대답에 남자는 몸을 돌리며 발걸음을 옮겼다. 그리고 여성 역시 그의 뒤를 쫓아가기 시작했다.

"기다리십쇼, 장인어른. 제가 갑니다."

아무도 듣지 못할 정도의 작은 목소리로 남자가 중얼거렸다.

비슷한 시각, 세인은 순간 알 수 없는 한기가 자신의 몸을 훑고 지나가는 것을 느꼈다.

"으음?"

"무슨 일이에요, 주인님?"

갑작스러운 세인의 반응에 스프린은 의아한 표정을 지었다. 그도 그럴 것이, 자신이 알고 있는 자신의 주인 세인은 식사 중에 여간해서는 다른 행동을 하지 않기 때문이다.

"아니… 갑자기 온몸에 한기가 스치고 지나가는 것 같아서… 아마 착각이겠지."

하지만 그렇게 말하면서도 세인의 얼굴에서는 여전히 불안함이 떠나지 않고 있었다. 누가 그러지 않았던가? 보통 이럴 때는 그다지 좋지 않은 일이 연이어진다고…….

"에이, 기분 탓일 거야."

하지만 그는 거세게 고개를 저으며 억지로 기분 탓이라고 생각해 버렸다. 그는 좋지 않은 일을 오래 느끼거나 기억하고 있는 성격이 전혀 아니었기에 이런 일은 보통 그리 어렵지 않게 떨쳐 낼 수 있었다.

하지만 그것은 어디까지나 '보통' 의 경우였다. 지금 자신의 몸을 훑고 지나갔던 한기에 대한 불안감은 묘하게 자신의 머리 속에 찰싹 달라붙어 도저히 떨어질 줄 모른 채 억척같이 붙어 있어 자신을 괴롭히고 있었다.

"스프린……."

순간 무언가 생각난 것이 있는지 그는 단숨에 남은 식사를 비워 버린 뒤 제법 비장한 얼굴로 스프린을 바라보았다. 이마로 식은땀까지 흘리고 있는 세인은 제법 상당한 각오가 되어 있는지 비장감마저 느껴지고 있었다.

"네? 무슨 일인데요?"

"부탁이 있어."

"말씀하세요."

"나 좀 기절시켜 줘."

잊자고 생각하면 여간해서는 정말로 잊을 수 있을 정도로 속이 편한 세인이었다. 하지만 그것도 '여간해서는' 이었을 뿐 모든 일을 마음대로 잊지 못하는 그였다. 만약 그런 것이 가능하다면 이미 그는 인간이 아니었으리라.

때문에 생각해 낸 방법이 기절이었다. 어차피 잠이나 자려고 해도 잠이 올 턱이 없었고, 잊어보자고 딴 일을 해보려 해도 마땅히 할 일이 없었다. 때문에 차라리 기절한 다음에 이 일에 대해서 잊어버리기를 기대해 보자고 생각하는 세인이었다.

"…그렇게 심각해요?"

스프린도 알고 있었다. 낙천적인 생활 태도를 가진 자신의 주인이었지만 그가 단번에 잊지 못할 정도의 일은 오히려 보통 사람보다 더 후유증이 남는다는 것을.

"응, 부탁해."

"…알았어요."

스프린은 상당히 심각한 모습으로 허리에 차고 있던 마나 블래스터를 뽑았다. 그리고는 그것의 옆에 달린 버튼을 조종해 공격 형태를 비살상 모드로 바꾼 뒤 출력을 최대로 올렸다. 이 정도가 아니면 자신의 주인은 여간해서 기절하지 않는다는 걸 알고 있는 스프린이기에 선택의 여지는 없었다.

스프린의 손에 들린 마나 블래스터는 곧바로 사용자인 그녀의 마나를 빨아들이기 시작했다. 그리고 곧 빨아들였던 마나를 총구 앞에 모으기 시작했다. 그 빛은 점점 더 커지기 시작했고 어느새 성인 남자의 주먹 두 개를 합친 것보다 클 정도가 되어 있었다.

"어금니 꽉 물어요."

"으, 웅."

투앙!

푸학—

쩌억—

곧 마치 공기덩어리가 폭발하는 듯한 거성, 파이를 사람 얼굴에 힘껏 정통으로 던졌을 때와 상당히 유사하지만 그것보다는 스케일이 훨씬 큰 소리, 그리고 무언가가 벽에 납작하게 내팽개쳐질 때 날 법한 소리의 세 가지가 거의 동시에 일어났다.

문제의 두 남녀가 이미 멀찌감치 사라진 직후에서야 쟈밀 일행은 그 현장에 도착할 수 있었다.

"누구야, 이렇게 험악한 방식으로 이곳에 넘어온 녀석이?!"

쟈밀은 매우 짜증이 난 듯 순식간에 인상을 구겼다. 그도 그럴 것이, 지금 그의 앞에 있는 공간의 균열은 매우 거칠게 찢고 부순 흔적이 역력했기 때문이다.

"그래도 전보다는 상황이 심각하지 않다는 게 다행이라면 다행이군요. 그때는 공간이 마구 비틀려서 붕괴 현상까지 일어났잖아요."

그의 옆에서 레이가 한마디 거들었다. 하지만 지금 그의 얼굴은 웃음을 짓기에는 상당히 곤란한 상태였다. 그도 그럴 것이, 지금 그의 얼굴은 퉁퉁 부어 있어서 본래의 모양을 알아보기가 거의 불가능에 가까울 정도였기 때문이다. 물론 그 이유는 쟈밀에게 두들겨 맞았기 때문이다.

"지금 말로만 떠들고 있을 때가 아니잖아요. 빨리 원상 복구시켜야죠."

"그, 그렇지……."

그리고 막 쟈밀 일행이 손을 쓰려고 하는 순간 그들 옆의 공간이 갈라지는가 싶더니 두 명의 인물이 모습을 드러내었다. 그들은 쟈밀과 그 일행들에게 있어 매우 친숙한 인물이었다.

"아, 제가 조금 늦었군요."

"젠장, 또 어떤 녀석이 이렇게 등신같이 공간을 넘어온 거야?"

테올의 경우에는 자신이 온 지금 이미 다른 올 만한 이들은 다 와 있다는 것에 대해 부끄러운지 허리를 숙이며 가벼운 사과를 하였고, 데잘의 경우에는 거칠게 뜯겨진 공간을 보며 투덜거렸다.

"아, 테올… 양……!"

쟈밀에게 두들겨 맞으면서까지 테올을 보기 위해 이곳에 왔던 레이는 오늘 자신이 여기 오기 위해 쟈밀에게 그렇게 얻어맞았다는 사실이 결코 후회할 만한 것이 아니라고 느꼈다. 그도 그럴 것이, 지금 자신의 눈앞에 있는 테올은 오랜 세월 동안 보지 못했던 그의 본모습, 여성으로서의 그의 모습으로 나타난 것이었다.

남자 모습일 때도 전혀 남자라고 생각하지 못할 그의 가냘픈 외모는 더욱 그 빛을 발하고 있었고, 더욱 커져서 반짝이는 눈망울은 하늘의 별이 무색해질 정도였다.

"아, 안녕하세요, 레이님."

"아… 예."

아직도 레이는 지금의 테올 모습에 넋이 나간 상태인 듯 반쯤 얼이 빠진 모습으로 어정쩡하게 대답하고 있었다. 쟈밀 역시 상당히 놀란 모습으로 그녀를 바라보고 있었다.

"테올… 너……."

하지만 테올은 아무 대답도 하지 않은 채 살며시 얼굴을 붉히며 작게 미소 지었다.

"저… 역시 포기 못할 것 같아요."

"……."

“저는 바라보고 있는 것만으로도 좋아요.”

“테올······.”

잠시 쟈밀과 테올 사이에 기묘한 분위기가 흘렀다. 테올은 여전히 부끄러운 시선을 하면서도 마치 쟈밀에게 무언가를 요구하는 듯한 시선을 한 채 그를 올려다보고 있었고 쟈밀은 어색한 시선으로 슬며시 고개를 돌렸다. 하지만 그런 어딘지 어색한 분위기는 그다지 오래 가지는 못했다.

“자자, 지금 연애하러 온 거 아니잖아?! 빨리 깨지는 공간이나 붙여놓자고.”

“그렇습니다. 일단 할 일은 해두고 이야기를 하던가 하자고요.”

상당한 시스터 콤플렉스를 가진 데잘과 테올을 사모하는 레이가 그들 사이에 끼어들었기 때문이다. 하지만 그로 인한 둘의 반응은 달랐다. 살았다고 생각하며 안도의 한숨을 쉬는 쟈밀과 달리 테올의 경우는 어딘지 아쉬운 모습을 하고 있었던 것이다.

“그래요, 일단 할 일은 해야죠.”

둘의 분위기가 이상하게 흐르는 것에 약간은 질투가 났는지 루나도 거들었다. 덕분에 일시적이나마 쟈밀은 테올에게서 완전히 빠져나올 수 있었다.

“그럼 일단은 저 공간을 복구한 뒤에 이야기를 하던가 하자고.”

“예······.”

약간은 힘이 빠진 듯한 목소리로 테올이 대답했다. 그러던 와중 데잘이 무언가 생각이 난 듯 쟈밀을 향해 한마디 했다.

“아, 그러고 보니 말야······.”

“뭐가 또 어쨌는데? 또 새 불만 사항이라도 생겼냐?”

하지만 막 무언가를 말하려고 하는 사이에 쟈밀이 그의 말허리를 자르며 들어왔고, 그다지 유쾌하지 못한 말투와 이야기 내용에 데잘은 할 말도 잊은 채 쟈밀에게 마주 따졌다.

"넌 왜 내가 뭘 말하려고 하면 다짜고짜 불쾌하다는 식으로 대하는 거야?"

"네가 그렇게 만들잖아."

"으그그극……!"

막 또다시 쟈밀과 데잘 사이의 눈싸움이 시작되려고 하는 사이 그제야 테올도 데잘이 할 말이 무엇인지를 생각해 내었고, 결국 그녀가 막 본격적으로 말싸움을 하려는 둘을 말리며 데잘을 대신해서 쟈밀에게 설명해 주었다.

"데잘, 얌전히 좀 있으렴. 쟈밀, 죄송해요. 데잘이 하려고 한 말은 이 세계의 초차원 결계에 대한 이야기였어요."

"결계? 결계가 뭘 어쨌길래?"

테올의 이야기에 쟈밀은 알아들을 수 없다는 표정을 지었고, 데잘의 경우에는 자신의 이야기를 제대로 들어주지도 않고 다짜고짜 따지고 들었던 쟈밀을 보며 삐친 듯한 표정을 지었다. 덕분에 쟈밀은 평소에는 그다지 하지 않던, 특히 데잘에게는 해본 역사가 거의 없었던 사과라는 것을 해야 했다.

"미안하다, 그래. 그런데 결계가 어쨌길래?"

"사실 우리가 조금 늦은 이유도 거기 있다고."

"그러니까 그 결계가 어떻게 됐는데? 뜸 들이지 말고 빨리 말해 봐!"

결국 또다시 쟈밀과 데잘 사이에 눈싸움이 시작되려고 했고, 결국 최종 설명은 테올이 하게 되었다.

"초차원 결계가 전부 부서졌어요."

"뭐라고?!"

"그리고 더 놀라운 것은 그 행위를 한 것이 아무래도 '인간', 또는 비슷한 종류의 지성 생명체 같아요. 저희들 같은 존재가 아니고 말이죠."

"……?!"

쟈밀은 잠시 동안 황당함으로 인해 할 말을 잃고 말았다. 인간이란다. 인간이 아니더라도 일단 그런 계열의 지성 생명체라고 한단다. '육체' 라는 것에 구속당해 있는 존재가 한 짓이란다. 그게 대체 상식적으로 있을 수나 있는 일이란 말인가?!

물론 쟈밀쯤 되면 그런 초차원 결계 정도 부수는 일은 그리 힘든 일이 아니다. 다만 조금 귀찮을 뿐인 정도이다. 하지만 그런 귀찮음을 감수하면서까지 결계를 부술 이유가 없기 때문에 가만히 놔두고 있었다. 아니, 오히려 부수면 안 되는 것이었다.

"…육체라는 것을 가지고 차원 이동을 한 녀석들이 이런 짧은 시간에 두 번이나 생겨났다는 것만 해도 황당할 참인데 지금 그 육체를 가지고 차원의 틈새를 누비면서 초차원 결계를 '때려 부순' 녀석이 있다는 사실을 지금 나보고 믿으라는 거야?"

"네가 안 믿는다고 이미 일어난 일이 바뀌지는 않는다."

하지만 이미 쟈밀의 귀에 데잘의 비꼬는 투의 말은 들려오지 않고 있었다. 그는 지금 매우 혼란스러운 상태였던 것이다.

'대체 왜 이런 때에 따로따로 일어나도 골치 아픈 일들이 연속해서 한꺼번에 일어나는 거냔 말이다. 누가 나에게 해명 좀 해봐!'

꼭두각시 삼으려고 했던 이드라는 녀석은 이미 자신의 계획을 벗어난 행동을 하기 시작한 지 오래였고 애거트라는 운명을 볼 줄 아는 괴팍한 녀석이 출현했다. 누군가가 고의적으로 차원을 건너온 현상이 두 번이나 발생했고, 그것도 모자라 이번 두 번째 넘어온 녀석은 넘어온 김에 신고식이나 하자고 생각했는지 이 세계에 설치한 초차원 결계를 말 그대로 '때려 부숴' 버렸다. 자신은 물론 다른 이들의 예상보다도 훨씬 빨리 각성해 깨어난 포츈 때문에 얌전히 일을 보기는 힘들어지고, 여튼간 그 외에도 직접 나열했다가는 며칠 밤은 꼴딱 새고도 남을 정도로 많은 자잘한 일들까지, 그야말로 지금 이 세계는 갈수록 '아수라장', 험하게 말하면 '개판'이 되어가고 있었다.

'에이, 그래도 긍정적으로 생각하자. 어차피 똑같은 일, 기왕 좋게 생각하자…….'

아무리 이드라는 녀석이 자신의 의도에 벗어나는 행동을 한다고는 하지만 아직까지는 계획에 큰 변동이 없었다. 애거트라는 녀석이 운명을 볼 줄 알지만 아직 자신들까지 꿰뚫어 보기에는 한참 모자란 녀석이다. 차원 이동을 해온 녀석들이 있다고는 하지만 아직까지 이렇다 할 행동을 하고 있지는 않았고, 오히려 일전의 행동으로 보아 먼저 넘어온 녀석들은 란이나 자신들에게 도움이 될 듯하였다. 두 번째 녀석―어쩌면 녀석들―이 초차원 결계를 때려 부숴 버렸다고는 하지만 어차피 붕괴할지도 모르는 세계 조금 일찍 망가지기 시작한다고 해서 이상하다고 할 것까지는 없었다. 게다가 그것은 단순히 결계가 아닌가? 설령 이 세계를 포기하지 않게 되어도 복구하는 데는 큰 무리가 없으리라. 아무리 포츈이 자신에게 매달려도 잠시―정말 잠시?―고통을 감수하면 끝이었고, 자신이 괴롭다는 점을 제외한다면 그녀의 빠른 각성은 오히려 경사스러운 일이었다. 물론 그녀는 아직 완전히 각성을 한 것이 아니었기에 자신에게 절대적인 힘을 행사할 정도는 아니다. 게다가 그녀의 성격으로 미루어보아 가능하다고 해도 그럴 리가 없었기에 일단 그쪽은 조금 귀찮다는 것을 빼면 안심이다.

'그래, 아직은 충분히 안전해. 게다가 본격적으로 이상해진다고 생각했을 때 손을 써도 늦는 것은 아직 없… 지.'

포츈의 일이 약간 문제가 되지만 역시 그녀는 조금 신경이 쓰일 뿐 그다지 '큰일'을 벌일 정도는 아니다. 그녀의 목적은 어디까지나 자신이었으니까.

"쟈밀~ 뭐 해요~? 공간 다 박살날 때까지 기다릴 거예요오~?"

이런저런 생각들로 인해 머리 속이 과부하에 걸린 쟈밀의 귀에 문득 레이의 목소리가 들려왔다. 그의 목소리는 아예 자신을 놀리려고 작정하고 뱉은 말인지 은근히 말꼬리를 늘이는 것이 제법 도발적이었다.

"뭐 해요오~ 빨리 안 오면 다 깨질지도 몰라요오~"

게다가 그 정도는 더욱 심해지고 있었다. 저 레이 녀석은 지금 자신의 심정이 얼마나 복잡한질 모르는 건지, 아니면 알고서도 불난 집에 기름을 뿌리겠다는 건지…….

"니가 하면 되잖아!"

"어머나, 냉정하셔라~"

하지만 레이도 더 이상은 위험하다고 생각했는지 곧 깨진 공간을 복구하기 시작했고, 곧 테올을 시작으로 쟈밀을 제외한 나머지 인물들도 그를 거들기 시작했다. 그리고 그들이 깨진 공간을 모두 복구하고 나서도 쟈밀은 계속 무언가를 생각하고 있었다. 그는 지금 막상 그 물꼬가 터져버린 고민거리 때문에 지금 머리가 지끈거리는 중이었다.

"…그래서 저는 저희 드래곤이 다시 한 번 힘을 모아 이 세계를 지켜야 한다고 생각합니다!"

제법 길다고 하면 긴 리크라테스의 연설이 끝났지만 그는 너무나도 조용한 드래곤들의 반응에 당황해야 했다. 가끔 동의를 하며 고개를 끄덕이거나 아직 확실한 결정을 내리지 못한 듯 고개를 갸웃거리는 드래곤들도 가끔 눈에 띄었으나 역시 상당수의 드래곤들은 자신의 의견에 부정적이거나 별 관심 없다는 듯한 반응을 보이고 있었다.

"……."

잠시 레어 안에 정적이 감돌았다. 리크라테스는 자신의 예상보다도 훨씬 좋지 않은 상대 드래곤들의 반응에 제법 당황하고 있었고, 그의 의견에 대해 부정적인 생각을 하고 있는 드래곤들은 그들 나름대로 아무 말도 꺼내지 못하고 있었다. 아무리 그들이라고 해도 도저히 그런 위험한 일은 그만 하자는 식의 '겁쟁이 같은' 발언은 하지 못하겠다는 생각이 들고 있었기 때문이다.

"……."

"……."

그리고 그 정적은 얼마간 계속 이어졌다. 아무도 자신의 생각을 이야기하거나 하지 못했고, 그 상태는 마치 언제까지나 지속될 것 같았다.

"뭐예요? 다들 꿀 먹은 벙어리같이. 다들 입 안에 트롤 한 마리씩 넣고 씹고 있나요?"

그러던 중 누군가가 그 길었던 정적을 깨며 입을 열었다. 그 '배짱 좋은 드래곤'은 현재 엘프로 폴리모프한 상태의, 에메랄드 빛 머리카락을 허리 아래까지 기른 여성의 모습을 하고 있었다. 세린은 마치 짜증이 난다는 듯한 시선으로 주변에서 자신을 바라보고 있는 드래곤들을 한번씩 주욱 훑어본 뒤에 계속해서 이야기를 이었다.

"대체 뭐냐고요! 명색이 최강의 생물이라는 칭호를 가진 드래곤들이 대체 이게 뭐예요?! 그렇게 하이 엘프가 무서워요?!"

그녀의 한마디에 대부분의 드래곤이 움찔했다. 그리고 아힌세르린은 그 기세를 몰아 쐐기를 박았다.

"최강의 생물이란 단어는 이미 드래곤을 떠났군요. 차라리 그런 칭호는 하이 엘프에게 넘기고 당신들은 레어에 처박혀서 평! 생! 잠이나 자고 있으라고요. 하이 엘프에 대한 두려움으로 온몸을 덜~ 덜 떨면서 말이죠!"

그리고 아힌세르린의 그 한마디를 시작으로 드래곤들 사이에서 커다란 술렁임이 시작되었다. 물론 그 이유는 그녀의 말에 대한 여러 가지 자기 입장을 밝히는 것에 대한 것이었다.

"자네같이 젊은 드래곤들은 몰라, 하이 엘프가 얼마나 무서운지!"

"단순히 죽음이 두려웠다면 우리도 이러지 않아! 하지만 상대는 하이 엘프라고!"

하이 엘프에 대한 노골적인 두려움을 표하는 것은 대부분 나이가 지긋한, 이미 에인션트에 접어들었고 개중에는 레전드 급을 바라보거나 이미 레전드 급에 접어든 노룡들뿐이었다. 그들은 이미 한 번 이상 하이 엘프에 대해 경험해 본 적이 있었기에 그들이 얼마나 두려운 존재인지 잘 알고 있었고, 그것은 오랜 세월이 지난 지금도 그들의 뇌리에 또렷하게 박혀 있었다. 드래곤이란 종족이 망각을 모른다는 것에 엄청난 원망이 생기는 순간이었다.

"세린의 말이 맞아! 어차피 하이 엘프도 엘프잖아. 왜 우리가 엘프들 따위에게 쫄아 있어야 하는 거지?"

"네 말이 맞다! 엘프 따위가 대수냐?"

"엘프들 따위 당장 밟아버리자!"

"고작 부활의 능력뿐이 없는 하이 엘프 따위는 별것 아니다! 몇 번을 살아나든 그냥 뭉개 버리자고!"

반면 다른 무리, 대부분이 막 웜 급에 접어든 젊은 드래곤들의 경우에는 반대의 양상을 보이고 있었다. 한창 자랄(…) 나이인 데다 막 드래곤의 최대 능력인 용언을 쓸 수 있게 된 만큼 그들은 혈기 왕성했고, 무모하다 싶을 정도로 용기와 패기가 넘쳤다. 이미 그들은 자신들 드래곤의 적수가 될 만한 존재는 같은 드래곤뿐이라는 생각이 강하게 인식되고 있는 상태였다. 특히 그중에서도 유난히 성격이 불 같은 레드 드래곤들은 그 정도가 더욱 심했고, 이번에도 가장 먼저 선동성 발언을 한 것은 레드 드래곤 중에서도 성격이 급한 편이라고 알려진 마그루라라는 이름을 가진 레드 드래곤이었다.

"그런데 왜 우리들 드래곤이 그런 일을 해야 하는 거지? 우리가 꼭 이 세계를 지켜야 한다는 법도 없잖아?"

"그래, 우리가 가만히 있는다고 해서 신들이 진노해 우리를 심판하는 것도 아니고."

"어차피 예전처럼 인간들이 다 알아서 하겠지."

그리고 아직 어린, 막 어덜트 급이 되어 아직 용언조차 쓰지 못하는 어린 드래곤들의 반응은 상당히 비참여적이었다. 아직 어린 나이의 드래곤이니만큼 분명 세상에 대한 호기심은 많았다. 하지만 그것은 어디까지나 '유희'이고 '놀이'일 때의 이야기일 뿐, 지금처럼 말 그대로 '큰일'이 나서 그것을 수행해야 한다는 의견에는 부정적이었던 것이다. 특히 막 성룡이 된 드래곤일수록 그 정도는 심했다. 어린 드래곤의 경우는 복잡한 일 하기 싫다는 분위기였고 이제 웜 급의 가까운 드래곤의 경우는 귀찮다는 쪽이었다. 아직 자신들의 드래곤으로서의 능력은 이렇다 할 게 없는, 드래곤만의 능력이라 하는 용언조차 쓰지 못하는 때였기에 조금은 망설여지는 것도 어쩔 수 없었다.

"…역시 시끄럽군요."

리크라테스의 한마디에 그의 옆에 있는 드래곤의 대표자 역할을 하는 골드 드래곤 역시 고개를 끄덕였다.

"휴우… 역시 안 되는 건가?"

"깨끗하게 뭉치기에는 요즘 드래곤들의 사고관도, 그리고 아직 남아 있는 하이 엘프의 악령도 문제인 것이죠."

그리고 그 둘이 한숨을 쉬고 있는 와중에도 드래곤들은 각자의 의견에 일치점을 보이지 못한 채 계속해서 웅성대고 있었다.

"하이 엘프와 싸우면 안 돼!"

“하이 엘프 따위 트림 한 번에 쓸어주지!”

“아직 해보지 못한 유희도 많은데 무슨 전쟁이야? 이래저래 귀찮아. 게다가 아직 우리는 본격적으로 드래곤의 능력을 가지지도 못했다고. 저 할배들 말대로 하이 엘프가 그렇게 위험하면 우리는 그냥 죽을지도 모른다고.”

“이 한심한 어린것들아!”

“뭐야?! 이 겁쟁이들이!”

“무모한 녀석들.”

“우오!”

“크아악!”

“우이씽!”

급기야 그들의 의견 차는 좁혀들기는커녕 점점 그 차가 벌어지는가 싶더니 결국은 당장 싸움이 일어날 듯한 분위기까지 되어버렸다. 드래곤들은 대략 나이 대를 기준으로 세 개의 무리로 나뉘어 서로를 경멸하는 시선으로 노려보며 대치하고 있었다.

“이거… 말려야 하지 않을까요?”

“그러고 싶지만 지금에 와서는 쉽지도 않겠고… 무엇보다 그것은 근본적인 해결책이 되지 못할 것이네. 지금 잠시 말려도 또다시 자신들의 의견을 두고 서로 다툴 것이야.”

“하아……”

그리고 그 순간 누군가가 레어에 나타났다.

“여어, 꽤나 머리가 아픈 것 같은데 도와줄까?”

“……?!”

전순

"…그래서 이곳으로 왔다는 건가?"

"응. 리노큰사는 우리의 도움 같은 건 없어도 자신과 자기 부하들만으로 남대륙 정도는 문제없다고 하더라고."

이드는 별 감정의 변화가 없는 모습으로 담담히 고개를 끄덕였다. 그리고 상대 역시 그다지 감정이 섞이지 않은 상태였다.

이드와 말하고 있는 상대는 아직 어린아이인 듯 그 체구도 작았고 목소리도 상당히 앳된 목소리였다. 하지만 그럼에도 그의 태도는 당당했고, 보통의 어린아이처럼 귀여우면서도 다른 한편으로는 은근한 기품마저 느껴지고 있었다.

그리고 그 어린아이의 옆에는 그와 거의 같은 체구를 가진 아이가 한 명 더 있었는데 둘은 서로 쌍둥이인 듯 그 모습이 거의 닮아 있었다.

또한 둘의 뒤로 한 명의 여성이 서 있었는데 그녀는 상당히 노출도가 높은 옷을 입고 그것을 얇은 망토 한 장으로 가리고 있는 상태였다. 게다가 뭐가 그렇게 좋은지 연신 킥킥대며 웃고 있었다.

"그리고 그것은 미첸, 너희들 쪽 역시 마찬가지인가?"

이드는 반대 편을 돌아보았다. 이드에게 지명당한 여성은 두 어린아이 뒤에 있는 여성 못지않게 옷의 노출도가 심했다. 하지만 그녀는 그런 자신의 노출을 가리려는 생각 없이 오히려 드러내고 싶어하는 것 같은 모습이 차이점이라면 차이점이었다. 그녀는 온몸으로 요염함을 풍기며 고혹스러운 미소를 지었지만 이드는 아무런 반응 없이 그녀를 마주 바라보고 있을 뿐이었다.

"호호호, 그게 그렇게 되었답니다. 에이사나도스님도 참 너무하시지, 저희들이 자처해서 부하가 되어주겠다는데 그것마저 외면하시다니. 오호호호."

미첸의 뒤에는 두 명의 사내가 서 있었다. 한 명은 망토와 후드로 온몸과 얼굴마저 가린 상태였다. 하지만 그림자뿐이 없는 얼굴 부분에서 빛나고 있는 한 쌍의 안광은 보는 이들을 충분히 두려움에 떨게 할 수 있을 만했다.

다른 한 명은 경장 차림을 한 기사의 외모를 한 사내였다. 그의 온몸으로는 절도가 넘치고 있었고 더불어 고귀함마저 엿보이고 있었다.

"뭐, 상관없겠지."

이드는 자신의 옆에 서 있던 레노를 향해 눈짓을 했고, 그의 눈짓에 레노는 고개를 끄덕이며 들고 있던 지도를 테이블 위에 펼쳤다.

"이것은 너희들이 익히 알고 있다시피 이 중앙대륙의 지도이다. 바로 내일, 우리는 모든 병력을 동원해 각 국가의 수도를 공략한다."

이드의 말에 대부분 고개를 끄덕였으나 그들 중 의아한 표정으로 반론을 제기하는 이가 있었다.

"이봐, 이드. 그렇게 병력을 분산하는 것보다 한곳에 집결해서 하나씩 밀어버리는 게 낫지 않겠어?"

애거트의 제법 일리있는 이야기에 몇몇 이들은 이해의 표정을 지으며 고개를 끄덕였다. 하지만 이드는 고개를 저었다.

"아니, 너희들도 알다시피 병사들도 그렇지만 지휘관의 능력은 우리가 훨씬 뛰어나다. 특히 전투 능력에서."

"그게 무슨 상관인데?"

조금은 얼빠진 듯한 반문을 하는 애거트의 모습에 리히터와 헤라즈 등은 혀를 찼다. 그들은 도저히 저 한심한 태도를 연출하는 애거트를 이해할 수 없는 것이었다.

"우리의 최우선 목적은 분명 이 중간계의 정복이지만 아직은 조금 이르다. 앞으로 이 중간계가 우리 삶의 터전이 될 만큼 철저하게 인간을 밟아두어야 하기는 하지만 그렇다고 해서 멸절시킬 수는 없다. 아마도 결국 최종적으로는 공존의 길을 가겠지. 게다가 나를 비롯한 이곳 인원의 상당수도 인간이다. 때문에 우리의 일차 목적은 현재 대륙을 지배하고 있는 국가들의 붕괴이다. 우선은 각국의 수도를 공략한다. 그렇게 되면 필시 국가는 매우 혼란해지고 이후 가벼운 충격에도 그 국가는 붕괴할 수 있다."

"흐음……."

"그리고 그렇게 대부분의 지도 계층이 붕괴되고 흔들릴 때 우리가 그 자리에 군림하는 것이다."

"……."

"물론 기존의 목적인 이 세계의 보완을 위한 영체의 확보 역시 무시할 수 없다. 때문에 우리는 적절한 살생이 필요하므로 이에 대해서는 이후의 사태를 전망하며 결론 내리도록 하지."

그제야 애거트는 이해한 듯 고개를 끄덕였다. 하지만 이드는 아직 설명할 것이 남아 있었는 듯 계속해서 이야기를 이었다.

"각국은 이미 우리가 언제 개전을 할 것인지 알고 있고, 따라서 그에 따른 방비를 해두고 있을 것이다. 그런 만큼 저들이 생각하는 '정공법'이라는 방법으로는 시간이 걸리는 것은 물론이고 제법 큰 피해 역시 각오해야 할 것이다. 우리는 그들에게는 없는, 우리들만의 능력을 통해 우리들의 힘을 과시함으로써 각국가가 우리들에게 반항한다는 것은 생각도 할 수 없을 정도로 공포와 힘의 격차를 보여주어야 한다. 아니면 어느 한 지역만을 완벽하게 지배하는 방법도 있기는 하겠지."

"……."

"우리들만의 영토를 가지는 것도 좋은 방법이지만, 그러기 위해서라도 일단은 힘을 과시하는 것이 좋다고 판단된다. 때문에 그들보다 월등히 적은 인원으로 각국의 중심을 쓰러뜨리는 방법을 선택하였다."

"……."

"하지만 이것은 우리가 단기간에 모든 국가를 지배하기 위한 방법일 뿐, 이것 외의 방법이 없는 것은 아니다. 그러므로 무모한 짓은 하지 말도록."

그의 설명에 모두들 고개를 끄덕였다. 그들은 이드의 전략안에 대해 '명전략은 아니지만 그리 무리는 없다' 라는 결론을 지었다. 무엇보다도 자신들의 지휘관으로서의 능력은 스스로가 자부하고 있었기에 더욱 자신이 있었다. 그것이 실제 지휘 능력이든 전투 능력이든.

"일단 할 말은 이 정도이다. 질문있는가?"

"질문하겠습니다."

이드의 말이 나오자마자 손을 들어 올린 것은 리히터였다. 그의 모습에 이드는 고개를 끄덕였고, 그것을 본 리히터는 질문을 시작했다.

"두 가지 질문이 있습니다. 우선 하나는 영체에 관한 것입니다. 당신은 이 세계의 완전한 구성을 위해 영체가 필요하다고 하셨습니다."

"그렇다."

"그 영체를 어떤 용도에 사용하며 누가 어떻게 사용하는지 알고 싶습니다."

리히터의 질문에 다른 이들은 '그러고 보니' 라고 생각하며 이드의 대답에 귀를 기울였다.

"영체가 무엇인지는 다 알고 있겠지만 잠시 설명을 하도록 하지. 영체는 영혼과는 조금 다른 존재로, 영혼에 기억을 각인시킨다면 영체에는 힘을 각인시킨다. 환생을 하게 될 때 본래는 당사자가 지닌 기억과 힘 중 극히 일부분만이 각인될 뿐이지만 매우 적은 확률, 또는 인위적인 원인으로 인해 본래 가지고 있던 힘, 또는 기억의 대부분을 그대로 각인시킨 채 환생을 하는 자들이 있지. 흔히들 말하는 전생의 기억을 가지고 있는 자, 혹은 태어날 때부터 남다른 뛰어남을 가진 자들은 이러한 이유이다."

"잠시 다른 질문이 되겠습니다만… 그럼 환생이라는 것이 실제로 존재한다는 것입니까?"

이드의 설명 도중 질문을 한 리히터에게 이드는 고개를 끄덕였다. 그러자 또다시 다른 이들 사이에 작은 탄성이 나왔다.

"계속 설명하지. 여기서 우리가 필요한 것은 영체이다. 이 영체가 가진 '힘' 으로 이 세계를 고정시키고 보완하는 것이다."

"그럼 영혼은 남으니까 환생이 가능한 거 아닌가? 그런 식이라면 신족이나 마족들은 좀 뻗어도 다시 살아날 수 있지 않을까?"

이번에 질문을 한 것은 켄이었다. 그의 질문에 애거트가 '네가 그런 데 호기심을 가질 때도 있었단 말야?' 라고 하며 빈정댔지만 가볍게 무시하는 그였다.

"그렇게 생각할 수도 있겠지. 하지만 그것은 불가능하다. 영혼은 영체로부터 기억과 존재를 유지시킬 힘을 얻는데 그런 힘을 줄 영체가 사라지면 그 영혼은 더 이상 존재할 수 없기 때문이지. 즉, 영체가 사라지면 영혼은 소멸된다. 하지만 영체만 있는 경우는 존재할 수 있지. 다만 그것을 제어할 의지가 없기 때문에 보통은 스스로 힘을 소모하다 사라지는 경우가 대부분이지만.”

“흠… 좀 알아듣기 힘들지만 일단 그렇다 이거군.”

하지만 켄의 표정은 ‘도통 못 알아듣겠어’ 라고 외치는 듯하였고, 그런 모습을 본 이들은—그중에서도 애거트는 노골적으로— ‘그럼 그렇지’ 라는 모습을 함으로써 그에게 적지 않은 면박을 주었다.

“그리고 누가 영체의 힘을 이용하여 이 세계를 복원시키는가 했는데, 그것은 모이른과 소레른이 한다.”

“……”

이드의 설명에 모두들 모이른과 소레른을 바라보았고 ‘정말 너희들이 하는 거냐?’ 라는 질문의 뜻이 담긴 그들의 시선에 그녀들은 고개를 끄덕이는 것으로 대답했다. 그렇게 첫 번째 질문과 그에 대한 대답이 끝나자 이드는 리히터의 다음 질문을 기다렸다.

“두 번째 질문은 어째서 신계와 마계를 복원하지 않고 이 중간계와 통합시키는지에 대한 것입니다.”

“간단하다. 모이른과 소레른의 능력이 거기까지는 닿지 않기 때문이다.”

두 번째 질문에 대한 답변은 의외로 짧았다. 하지만 그것만으로도 충분했기에 리히터는 더 이상 뭐라고 하지는 않았다.

하지만 사실 그 진실이 조금 달랐다. 모이른과 소레른의 능력 문제이기도 했지만 그는 또 하나의 이유를 이야기하지 않았다.

그것은 바로 ‘쟈밀의 명령’ 이라는 이유였다.

"더 질문 있는가?"

"……."

이드가 물어보았지만 더 이상 물어볼 만한 이야기는 없다는 듯 모두들 입을 다물고 있었고, 그렇게 수분이 지난 뒤 이드는 고개를 끄덕이더니 지도를 내려다보며 말했다.

"그럼 이제부터 각국에 원정할 군단을 정하겠다."

곧 이드는 테이블 위에 펼친 지도 위로 손가락을 가리켰다. 정확히 그가 짚은 부분은 소브런의 수도 이미르였다.

"이미르는 레오파드와 세이폰이 간다."

"키히히힛, 나에게 그런 큰 나라를 책임지게 해놓고 괜찮을까요?"

"…알겠습니다."

마치 정신이 나간 듯 실소를 지은 데다가 조금은 부정적인 발언까지 하는 레오파드의 태도와 조금은 망설이는 듯한 대답을 하는 세이폰의 대답에도 이드는 아랑곳하지 않고 연이어 크로이츠의 수도인 컬츠를 가리켰다.

"컬츠는 모이른과 소레른."

"이드가 원한다면 어디든지 갈 수 있어."

"이드가 원한다면 어디든지 갈 수 있어."

이드의 대답에 동시에 똑같은 목소리로 한 치의 오차도 없이 같은 대사를 말하는 모이른과 소레른의 태도는 상당히 섬찟했다. 게다가 둘의 조금은 어두운 듯한 분위기와도 맞물려 더욱 그러했다.

"프로튼의 수도 아이어는 리히터, 헤라즈, 미첸, 셋이 간다."

"그렇게 하도록 하지요."

"…알았어."

"맡겨주세요~ 확실하게 죽이고, 죽이고, 다 죽이고 올 테니까요~"

자신들을 같은 팀에 묶었다는 사실에 리히터와 헤라즈는 상당히 어색하게 대답하고 말았다. 아직 둘의 어색한 관계가 풀리지 않았기 때문이다. 물론 이드는 그것을 모르고 평소 팀웍이 잘 맞는 편이었던 둘을 한 팀으로 한 것이었고, 역시 그 사실을 모르는 미첸 역시 상당히 매혹적인 미소를 지으며 대답하였다.

"어라? 그런데 왜 프로튼에는 셋이나 보내는 거지?"

또다시 애거트의 질문이 튀어나왔다. 하지만 그 점은 다른 이들도 은근히 궁금하게 생각했던 것이라 아무도 그에게 뭐라고 하지는 않았다.

"지금 정보에 의하면 프로튼에 주의할 세력이 많이 있는 것으로 알고 있다. 예를 들면 얼마 전 무투회에 참가했던 강자들의 상당수가 아직 아이어에 남아 있고, 아마 그중의 일부는 프로튼에 포섭되었을 거라고 생각하기 때문이다."

"흐음… 그래?"

그 한마디를 끝으로 아무도 이드의 말에 이의를 달지 않았고 이드는 계속해서 지시를 했다.

"카지롤과 에이아는 아즈라우드 혼자서 처리한다. 그리 알도록."

하지만 이번에는 아무도 대답하지 않았다. 이드가 한 번에 두 나라를 공격하게 정한 대상인 아즈라우드는 지금 이 자리에 없었기 때문이다. 그리고 현재 이 자리에 모인 모든 이들은 왜 그가 지금 자리를 비우고 있는지 알고 있었기에 그에 대한 질문을 하지 않았다. 또한 두 공국은 둘을 합쳐도 소르바스 하나가 될까 말까 할 정도의 작은 국가였고, 아즈라우드의 능력 역시 모두 인정하는 바였기에 이드의 결정에 이의를 제기하지도 않았다.

"네클린은 제츠가 맡는다."

끄덕.

이드의 지시에 제츠는 살짝 고개를 한 번 끄덕일 뿐이었다. 그 고개의 움직임조차 매우 작아서 자세히 눈여겨보지 않으면 그가 고개를 끄덕였는지도 몰랐을 정도였다.

"소르바스는 애거트와 켄이 간다."

"뭐야? 이 녀석하고?!"

"뭐야? 이 녀석하고?!"

이드의 말이 떨어지기가 무섭게 거의 동시에 애거트와 켄의 목소리가 실내를 울렸다. 둘의 목소리에는 공통적으로 황당함과 어처구니없음, 그리고 짜증이 묻어나 있었다.

"농담하지 마! 이런 근육 바보와 한 팀이 되라고?"

"그건 이쪽이 할 소리다, 얼간아!"

"내가 왜 얼간이야?!"

"그거야 자타가 공인하는 것 아니냐? 게다가 내가 왜 근육 바보인데!?"

애거트와 켄은 서로를 노려보며 눈싸움을 하기 시작했다. 그 기세는 서로 간에 한 치도 밀리지 않겠다는 의지가 마치 스파크로 보일 정도였다.

"까불지 마라. 너 같은 건 내 손에 걸리면 한 주먹거리다."

"놀고 있군. 너같이 비실한 얼간이가 날 한 주먹에 잘도 눕히겠다."

"해볼까?"

"해보자."

막 둘이 서로를 매섭게 노려보며 밖으로 나가려던 차였으나 이드가 그들을 저지했다.

"그만. 개인적인 싸움은 끝나고 해라."

"쳇, 잠시 몇 분은 목숨을 보전하겠군. 운 좋은 줄 알아라."

“그건 내가 할 소리다. 끝나고 어디 한번 해보자고.”

이미 둘에게 있어 이드의 지령은 저 멀리 떠나간 상태였다. 둘은 빨리 이드의 설명이 끝나기만을 기다리며 서로의 얼굴을 뚫어져라 노려보고 있었다.

“…그리고 머츠론은 나와 레노가 간다.”

“네? 저도 같이요?”

조금은 당황한 듯한 레노의 질문에 이드는 그녀의 어깨를 잡아 자신의 품으로 끌어당기며 푸근한 미소를 지었다.

“왜? 싫은 거야?”

“아, 아뇨… 그런 건 아니지만…….”

하지만 이드와 같이 간다는 사실에 레노는 더 이상 아무 말도 하지 않았다. 게다가 지금 이렇게 자신을 끌어안으며 부드러운 미소를 짓는 그의 모습에 레노는 전투에 대한 긴장감 등은 이미 머리 속에서 멀리 사라진 지 오래고, 당장이라도 황홀함으로 인해 혼절할 것 같았다.

“그런데 왜 하필 머츠론이지?”

“맞아, 차라리 이드가 프로튼에 가면 되잖아?”

모이른과 소레른은 둘 다 매우 궁금한 듯한 표정을 지으며 이드에게 질문했다. 그러자 이드는 방금 전까지 짓고 있던 부드러운 미소가 아닌 어딘지 씁쓸한 미소를 지으며 작게 대답했다.

“난 민주 정치를 혐오한다. 그래서 그 나라는 내가 직접 부수고 싶다.”

“…….”

비록 작은 소리였지만 그 작은 대답 안에 실린 적의는 엄청난 것이었다. 그의 말에 담긴 살의와 적의는 그의 말에 전혀 신경 쓰지 않고 서로를 노려보고만 있던 애거트와 켄조차 잠시 놀라서 이드를 바라볼 정도였다.

"군 편성은 자신의 재량에 따라 원하는 대로 해도 좋다. 그리고 중앙 대륙에 있는 신족과 마족은 각자 균등하게 나누도록. 공격 시간은 내일 정오다. 그럼 이것으로 해산."

이드의 해산 선언에 다른 이들은 대부분 천천히 자리에서 일어나거나 자신과 같은 팀에 편성되거나, 아니면 다른 팀으로 간 이들과 대화를 나누었다. 하지만 유독 한 쌍의 팀만이 이드가 해산을 선언하자마자 서로의 멱살을 잡으며 밖으로 나가려 하고 있었다.

"오늘이야말로 네놈의 그 풍선 같은 근육이 정말로 풍선이었다는 것을 보여주마."

"네놈의 얼빠진 상판을 그 펄떡대는 주둥아리와 함께 통째로 밀어주겠다."

그들이 나가자 다른 이들은 하던 대화를 멈추고 막 싸움을 시작하기 위해 나가는 둘을 바라보았다. 그리고는 이내 거의 동시에 그들을 따라 밖으로 나가기 시작했다.

물론 그 목적은 둘의 싸움을 말리는 것이 아니라 구경하기 위함이었다.

"해산하기 전에 작은 쇼를 보겠군."

이드 역시 애거트와 켄의 대결에 흥미가 생긴 듯 다른 이들과 함께 밖으로 발걸음을 옮겼다.

드래곤들은 아무 말도 없었다. 지금 그들의 눈앞에 있는 이는 자신들로서는 결코 살아 있을 수 없다고 생각한 자였다.

단 한 명만을 제외하고 모두들 그렇게 생각하고 있었다.

"모두들 오랜만이군. 영웅전쟁 이후 한 번도 못 보았던가?"

하지만 그런 모두의 경악을 모르는지, 아니면 알고서도 일부러 모른

척하는 건지 그는 손을 들어 올리며 간단히 인사를 표하고 있었다.

"이거 원, 다들 왜 그렇게 유령 보듯이 나를 보는 거야? 설마 이 몸이 죽기라도 했다고 생각하는 거였나?"

그의 머리카락은 에메랄드 빛이었다. 마치 보석과도 같은 빛에 물결 같은 머릿결을 가진 그는 전체적으로 약간은 나이가 든, 청년과 중년의 중간쯤 하는 외모를 하고 있었지만 그렇다고 해서 그의 외모가 어디 가는 것은 아니었다. 오히려 그의 원숙미를 한층 더 돋보여 주는 듯하기도 하였다.

"아즈라우드!"

"황제!"

"아버지……!"

그의 이름을 부른 것은 대부분 나이가 지긋한 드래곤들이었고, 그의 직위인 용황 카이젤 드래곤이라고 부른 것은 젊거나 어린 드래곤이었다. 그리고 그를 보며 경악 어린 표정으로 작게 아버지라고 중얼거린 것은 바로 아힌세르린이었다.

"이거이거, 대체 무슨 일로 이렇게들 모여 있는 거지?"

아즈라우드의 한마디를 시작으로 또다시 드래곤들 사이에서 커다란 술렁임이 생겨났다. 물론 그것은 아즈라우드를 향한 것이었다.

"황제, 그건 말이오. 하이 엘프가……."

"지금 신족과 마족이……."

"봉인을……."

그렇게 수많은 드래곤들이 그를 향해 뭐라고 한마디씩 하는 와중이었지만 그들과 달리 굳어진 표정으로 그를 바라보는 이들도 있었다.

"…살아 있었군요."

"네, 살아 있었죠."

드래곤들의 임시 대표인 골드 드래곤의 질문에 리크라테스는 간단하게 대답하며 고개를 끄덕였다. 하지만 그의 간단한 대답과 달리 그의 표정은 제법 굳어져 있었다.

"그래서… 아직까지 다음 황제를 뽑지 않으셨군요."

"네."

하지만 솔직히 리크라테스 자신도 저 아즈라우드가 저렇게까지 멀쩡하게 살아 있을 줄은 몰랐다. 아니, 오히려 그의 힘은 한층 더 강맹해진 듯하였다.

아즈라우드, 역대 드래곤 중 가장 특별한 드래곤이었다. 적어도 리크라테스 자신이 기억하기엔 그랬다.

전대 용황이 죽은 뒤 그는 당시 겨우 웜 급이 되었음에도 다른 레전드, 얼티메이트 급의 드래곤들을 제치고 당당히 차기 용황이 되었다. 물론 그렇다고 해서 다른 용들이 질투하거나 이의를 제기하지는 않았다. 물론 그 이유에는 드래곤들의 권력에 대한 욕심이 그리 심하지 않다는 것도 있었지만 무엇보다도 그들조차도 저 어이없을 정도로 강대한 힘과 능력을 가진 아즈라우드에게 뭐라고 할 수 없었기 때문이다.

다행히 그는 별문제없이 드래곤들을 이끌었고 덕분에 드래곤들은 상당히 편한 생활을 할 수 있었다. 예전처럼 마음 편하게 재산을 모으며 그것을 보고 흡족해하였고 유희를 즐기며 놀았다.

본디 카이젤 드래곤이라 하여도 그다지 하는 일은 없다. 용황에게 정해진 특별한 의무도 없었다. 다만 그 어떠한 드래곤도 용황의 명령에는 거역할 수 없다는 규칙이 있을 뿐이었다. 물론 역대 용황 중에는 그 특권을 이용해 좋지 못한 행위를 한 이들도 몇몇 있기는 하였다. 하지만 아즈라우드는 전혀 그러는 일 없이 오히려 가끔은 곤경에 처한 드래곤들을 도와주기도 하는 식으로 드래곤들에게 훌륭한 지도자의 인상을 받고 있었다.

분명 영웅전쟁시 그는 죽었었다. 가장 용감하게 드래곤들의 가장 앞에서 싸우던 그는 인간들이 만든 초병기 '이노센트'에 의해 죽었다. 대부분의 드래곤들은 그가 죽었다고 알고 있었다. 그의 자식인 아힌세르린조차 말이다.

그렇게 그는 단 한 명, 리크라테스만을 제외한 모든 이들에게 이미 죽은 자로 기억되고 있었기에 다시 그가 나타났을 때 그를 본 드래곤들에게 끼친 파급은 이만저만이 아니었다.

"흐음… 그렇다 이거로군."

대강 모든 사정을 들은 아즈라우드는 턱에 손을 짚으며 고개를 끄덕였다. 고개를 끄덕이는 그의 입가에는 묘한 미소가 걸려 있었다. 그리고 그 미소를 본 드래곤들은, 특히 그가 얼마나 훌륭한 드래곤인지를 잘 아는 드래곤일수록 마치 이미 모든 것이 해결되기라도 한 듯 덩달아 입가에 미소를 띠었다.

하지만 다시금 그의 입이 열리며 그의 입 밖으로 나온 한마디는 모든 드래곤들에게 충격을 안겨주었다.

"그렇다면 그 하이 엘프들의 봉인을 더 단단히 막는 것은 어떻겠나?"

그의 말에 모든 드래곤이 크게 놀랐다. 어떤 이들은 당황하고 황당해하였으며 개중에는 크게 경악하는 이들도 있었다. 그리고 아즈라우드는 아무도 듣지 못할 정도로 작게 덧붙였다.

"그래, 아예 이 세계가 멸망하게 말이야……."

● 제14장
시작되는 전쟁

‘그땐 정말 대단했어.

마치 아무도 이길 수 없을 것 같은 그를 밀어붙이는 그의 모습은

정말 뭐랄까… 그래, 구세주! 정말 구세주였다니까.

뭐, 조금 문제가 있는 구세주이기는 했지만 말야…….’

—한 병사의 증언.

두 번째 이계인

"자, 덤벼라, 이 근육 멍청아."

"내가 할 소리다, 얼간아."

애거트와 켄은 서로를 노려보며 대치하고 있었다. 이미 그들이 있던 오두막으로부터 상당히 멀리 떨어진 그들은 부담없이 크게 싸워보자는 기세를 온몸으로 보이고 있었고, 그 기세가 강해질수록 그들의 싸움을 구경하는 이들의 흥미도 역시 올라가고 있었다.

"이거 재미있겠는데요? 꼴찌들의 대결이라… 우후훗~♡"

평소 애거트와 켄은 둘 다 제 실력을 다른 이들에게 보여준 적이 없었기에 그들은 애거트와 켄을 약하다고 생각하고 있었다. 그리고 아직 애거트의 본래 실력에 대해 아무것도 모르는 미첸은 애거트와 켄을 보며 비웃듯이 말했다. 그녀의 한마디에 역시 애거트의 실력을 모르는 이들은 슬며시 고개를 끄덕이거나 더욱 한심하다는 시선으로 애거트와 켄을 바라보았다.

"과연 그럴까?"

그때 누군가 그들의 생각에 제동을 걸었다. 그러자 모두들 약속이라도 한 듯 거의 동시에 그 말을 한 헤라즈를 바라보았다. 대답을 요구하는 그들의 시선에 헤라즈는 여전히 애거트에게서 시선을 고정시킨 채 입을 열었다.

"애거트는 강하다. 켄도 강하지만 애거트는 더 강해."

하지만 아직 애거트에 대해 전혀 실감하지 못한 그들이었기에 오히려 의구심만 증폭될 수밖에 없었다.

"에계… 고작해야 저 힘밖에 없는 근육하고 춤을 추는 건지 싸움을 하는 건지 모를 얼간이가 얼마나 세다고 그러는 거야?"

이번에는 레오파드가 질문을 해왔다. 계속 건들거리는 모습을 한 채 마치 놀리는 것 같은 투로 말을 건네는 그녀의 모습에 헤라즈는 이마를 찌푸렸으나 이내 표정을 원래대로 되돌리며 그녀의 질문에 대답하였다.

"너희는 아직 몰라, 애거트의 진짜 모습을."

"진짜 모습?"

소설 속의 대마왕에게나 어울릴 듯한 '진짜 모습'이라는 단어에 모이른, 소레른을 비롯한 다른 이들은 모두 눈을 크게 떴다. 하지만 어디까지나 그랬을 뿐 여전히 그들의 얼굴에는 믿지 못하겠다는 표정이 역력했다.

"사실이다. 아마 본실력을 드러낸 애거트는 여기 있는 이들 중에서 나 다음으로 강할 거다."

이드마저 헤라즈의 말에 고개를 끄덕여 동의하며 설명을 덧붙이자 다른 이들은 어쩔 수 없이라도 납득을 해야 했다.

"어쩌면 볼 수 있을지도 모르겠군."

"그럴지도."

헤라즈와 이드의 한마디씩을 끝으로 모두들 입을 다물었다. 애거트와 켄의 싸움이 시작되었기 때문이다.

"타아!"

선공은 애거트의 공격으로 시작되었다. 그는 자신의 무기인 거대 차크람 인피니티를 앞으로 내민 채 빠른 속도로 켄을 향해 돌진했다. 하지만 켄을 향해 달려가는 그의 모습은 보통의 돌진과는 조금 달랐다. 켄을 향해 달려드는 그의 모습은 마치 춤을 추듯이 조금씩 흔들리면서도 미려한 선을 만들어내고 있었고, 그것은 보는 이들을 현혹시켰다.

"저래서는 마치 댄서 같군."

보고 있던 세이폰이 한마디 했다. 그리고 그가 중얼거리는 와중 이미 유효 공격 가능 거리에까지 접근한 두 사람은 곧 서로를 향해 공격을 주고받기 시작했다.

"절벽 깨기!"

"물결 타기!"

켄의 강맹한 주먹이 애거트의 다리 아래쪽을 노리고 비스듬하게 내리꽂혔다. 하지만 애거트는 마치 미끌어지듯이 그의 공격을 피하고 인피니티로 그의 팔을 훑어내듯이 공격하며 대각선으로 상승했다.

카카카가각—

하지만 켄의 팔에는 아무 상처도 생기지 않았다. 오히려 인피니티가 그의 팔을 스치는 순간 쇠를 긁는 듯한 소리가 났던 것이다. 그리고 상대의 공격을 아무런 피해 없이 받아낸 켄은 막 그의 뒤쪽으로 넘어가던 애거트의 다리를 붙잡더니 곧바로 그를 바닥에 내팽개쳤다.

"후압!"

"어아아아!"

쿠당—

하지만 애거트 역시 만만치는 않았다. 분명 불의의 기습을 당해 버린 상태였음에도 그는 그 짧은 시간에 몸을 굴려 충격을 최소화했고, 그와 동시에 빠르게, 하지만 보기에 너무나도 현란해서 마치 춤이라고 생각할 정도의 스텝으로 켄의 공격권에서 멀어졌다.

"쳇, 어디 한번 네 몸으로 칼을 갈아보는 건 어떨까?"

"차라리 싸우는 것보다 춤을 추는 쪽이 낫겠군."

둘은 그렇게 한마디씩의 말을 교환하고는 또다시 서로를 향해 달려들 었다. 이번의 공격은 켄이 먼저였다.

"토리야압!"

파우웅―

슈웅―

그의 연이어지는 돌려차기는 마치 거대한 돌기둥을 휘두르는 듯한 파 공음과 함께 애거트를 노렸다. 하지만 그의 공격을 받고 있는 애거트는 마치 춤을 추듯이, 이리저리 흔들리는 물결에 흔들리는 종이배같이 움직 이며 그의 공격을 모두 피해내고 있었다.

"피하기만 해서는 아무것도 안 될 텐데?!"

"그런 점은 말 안 해도 알아!"

그렇게 외치는 동시에 애거트는 빠르게 켄의 안쪽으로 파고들었다. 물 론 켄은 그 나름대로 옆으로 몸을 흘리며 그의 공격을 미연에 방지하려 고 했지만 애거트가 더 빨랐다.

"담장 넘기!"

빠악―

애거트는 재빠르게 몸을 돌리며 허리를 숙이면서 뒤꿈치로 켄의 턱을 가격했고, 이내 경쾌한 타격음이 주변의 공기를 울렸다. 하지만 애거트 는 웃을 수 없었다. 오히려 웃고 있는 것은 켄이었다. 분명히 애거트의 공격을 정통으로 맞은 켄이었지만 그는 전혀 아무렇지도 않다는 듯 씨익 웃으며 애거트의 다리를 잡아챘다.

"너는 힘이 너무 없어!"

"이, 이런……!"

투앙—

"끄흐으읍……!"

애거트의 복부에 켄의 주먹이 꽂혔다. 곧 애거트는 신음성을 삼키며 고통스러워했지만 아직 켄은 그의 다리를 놓아주지 않은 상태였다.

뻐버버버버벅—

자신을 거꾸로 든 상태에서 연이어지는 타격에 애거트는 비명을 지를 틈도 없었다. 물론 켄이 적당히 힘 조절을 해서 자신을 죽이지 않으려고 한다는 것 역시 그 이유에 일조하고는 있었지만 그렇다고 해서 애거트가 고통스러워하지 않는 것은 아니었다.

빠악!

쿠당탕—

그리고 마지막으로 날아간 스트레이트 펀치에 애거트는 저 멀리 날아가 버렸다. 켄은 저만치에서 이곳저곳에 시커먼 멍이 들고 왼팔이 부러진 처참한 모습으로 바닥에 쓰러져 반쯤 몸을 일으킨 채 토악질을 하는 애거트를 바라보았다. 그는 여유만만한 웃음을 지으며 엄지손가락으로 자신의 가슴을 가리키며 말했다.

"알겠냐?! 싸우는 자에게 가장 필요한 것은 힘! 그것도 절대적인 힘이다. 기술이나 속도는 그 다음이야!"

이미 켄은 자신의 승리를 거의 확정적이라 생각하고 있었기 때문에 이미 그의 얼굴에는 승자의 미소가 떠올라 있었다. 하지만 애거트는 아직 문제없다는 듯이 다시 일어서서는 조금은 일그러진 미소를 지으며 켄을 바라보았다.

"우웩, 우웨엑… 크윽. 아침 먹었던 게 다 나왔잖아. 아깝게스리……."

애거트는 별일없었다는 듯 웃고 있었다. 하지만 둘의 싸움을 보고 있는 이들에게는 아무리 보아도 이미 애거트에게 승리의 가망은 없어 보였다. 이드와 헤라즈를 제외하고는 모두 그렇게 생각했다.

"후훗, 내 생각보다는 알찬 녀석이었군. 근육 바보라는 말은 취소해 주지."

"흥, 이제 와서 그렇게 사과해 봐야 이미 늦은 일이지."

켄은 도발적인 표정을 지으며 자신의 엄지손가락으로 땅바닥을 가리켰다.

"자, 지금 바닥에 엎드려서 잘못했다고 빌면 용서해 주지."

"흥, 웃기는 소리 하지 말라고."

애거트는 여전히 당당한 모습이었다. 그는 오히려 아까 전보다 자신감이 넘치는 모습을 한 채 켄을 바라보고 있었다.

"넌 이미 한쪽 팔이 부러졌어. 이제 넌 더욱 나를 이길 수 없어."

하지만 켄의 비웃음 섞인 말에도 애거트는 여전히 자신만만한 표정을 하고 있었다.

"이제부터 '진짜'를 보여주지."

곧 애거트는 자신의 오른손에 들려 있던 인피니티를 옆으로 던졌다. 그리고는 양손을 밑으로 내렸다. 그것은 켄에게 있어 완전 무방비 상태로 보였다.

"지금 그 상태로 나와 싸우자는 거냐? 싸우려면 빨리 무기를 잡고, 아니면 빨리 엎드려서 빌라고."

하지만 애거트는 켄이 제시한 두 가지 행동 중 그 어느 것도 하지 않았다. 그가 켄을 향해 한 행동은 그를 향해 조소 어린 표정을 짓는 것이었다.

"내가 인피니티를 잡고 진심으로 상대하면 넌 일격에 죽어."

순간 애거트로부터 무언가 강한 기운이 느껴져 왔다. 그것은 눈에 보이지도 않았고 오랜 시간 동안 그 기운을 남기지도 않았다. 그 기운에 몸이 움찔했지만 살기는 아니었다. 오히려 어딘가 기분이 허공에 붕 뜨는 듯한 묘한 기분에 휩싸이는 것이었다. 그리고 그것은 켄뿐이 아닌 다른 이들 역시 거의 동시에 그 감각을 온몸으로, 그리고 정신 깊숙이 느꼈다.

"묘한……."

"감각……."

"이것은……."

"전에도……."

모이른과 소레른의 말에 이드와 헤라즈를 제외한 모두들 고개를 끄덕였다. 특히 리히터의 경우에는 상당히 그 기분에 대한 느낌을 길게 받는 듯 아직도 약간은 멍한 표정으로 그 감각을 계속 느끼고 있었다.

"시작했군."

이드의 중얼거림을 들은 헤라즈는 고개를 끄덕였다. 그는 잠시 동안 감상적인 시선으로 계속해서 애거트를 바라보았다.

"내가 애거트를 처음 만난 것은……."

조금은 난데없이 나온 헤라즈의 말에 이드를 제외한 모두가 헤라즈를 바라보았다. 헤라즈는 갑작스럽게 애거트에게 관심을 가지는 동료들의 모습에 너털웃음을 지으면서도 이야기를 계속했다.

"아마 7년 전이었을 거다. 이미 길드 내에서 최고의 실력자라고 인정받고 있던 나는 길드 마스터가 되기 위한 마지막 시험을 받았지. 이미 전 길드 마스터… 는 죽었… 고 내 실력에 뭐라고 할 만한 여지가 없었기에 그 누구도 내가 어리다는 것에도 불구하고 길드 마스터가 되는 것을 반대하지 않았다."

문득 헤라즈는 다시 떠올렸다. 이미 그때는 거의 폐인이 되어서 금단
현상에 시달리며 고통 속에서 비명을 지르는, 이미 인간이라고도 할 수
없는 '짐승'이 된 채 길드 내의 작은 골방에 처박혀 있던 존재. 그리고
한때는 자신의 아버지라고 불리던 그 '짐승'을.

'나도… 그렇게 되는 건가?

길드 내에는 없다. 그러나 자신에게는 있다. 정확히는 자신의 집안에
만 내려오는 비술. 하지만 그것에는 엄청난 부작용이 있었다. 그로 인해
그 비술을 사용한 자는 분명 강한 '힘'을 얻을 수 있지만 그에 따른 대가
를 치러야 한다. 그리고 자신이 죽인 아버지. 비록 이미 쓸모가 없다는
길드의 판단에 의한 것이었지만 그렇다고 해서 자신이 스스로의 손으로
아버지를 죽였다는 점에는 변함이 없었다.

'나도 그렇게 되는 건가?

죽였다, 그것도 희열을 느끼면서. 복수의 희열이었다. 자신의 그녀를
향한 사랑은 이미 아버지를 향한 사랑을 초월한 지 오래였다. 어쩌면 자
신의 아버지를 사랑하던 마음이 식어서였는지도 모르겠지만 말이다. 그
리고 비록 그녀를 향한 사랑, 그것이 이미 절대 이루어질 수 없는 사랑이
더라도…….

"설명은 끝난 건가?"

그렇게 얼마나 생각에 잠겨 있었을까? 생각에 빠진 채 헤어 나오지 못
할 것 같던 헤라즈는 문득 들려온 이드의 목소리에 간신히 현실로 돌아
올 수 있었다.

"아… 계속하지. 어쨌든 그렇게 되어 내 시험 과제가 된 것은 당시 최
강의 성기사, 신의 기사라고 일컬어지던 애거트, 그를 암살하는 일이었
지."

그때였다. 애거트에게서 은근히 뿜어 나오던 예의 그 기운은 한순간

마치 폭발하듯이 모두의 감각을 뒤덮었다. 그리고 그 순간 애거트의 온몸으로부터 은백색의 기운이 흘러나오기 시작했다.

"자, 이제 쇼 타임이다."

그의 모습에 모두들 경악하고 놀랐다. 무엇보다도 자신들 중에서 최약이라고 알고 있었던 그의 힘은 자신들이 생각하던 수준을 한참 뛰어넘었는 데다가 지금의 그로부터 뿜어져 나오는 분위기는 도저히 평소의 그 얼빠진 애거트의 모습이 아니었기 때문이다.

"저것이 신의 기사라고까지 불리던 애거트의 진짜 모습이다."

헤라즈의 말에 모두들 긴장했다. 그리고 애거트의 정면에서 그의 기운을 직접 받아내고 있는 켄의 경우는 아직 어떠한 공격도 받지 않았음에도 벌써부터 거대하고 무거운 무언가에 깔린 듯한 느낌을 받고 있었다.

"그럼……."

애거트의 형상이 일그러진다고 생각하는 순간 그는 어느새 자신의 앞에 도달해 있었다.

투앙—

"커헉……!"

복부에 강렬한 통증이 느껴진다고 생각했을 때 이미 애거트는 다음 공격을 해오고 있었다.

"이대로… 괜찮겠습니까?"

이미 레어 안에는 아무도 없었다. 용황이 없는 동안 임시로 대표를 했던 골드 드래곤과 이 모임을 주선했던 당사자인 리크라테스만이 남아 있었다.

"…솔직히 예상 외군요. 그가 저들의 세력에 있었을 줄이야."

리크라테스는 상당히 당황한 상태인 듯 아직도 표정이 굳어 있는 게

남아 있었다. 그의 눈썹은 아직도 가늘게 떨리고 있었고 불끈 쥔 두 주먹
역시 흔들리고 있었다.

"어쩔 수 없는 것이겠죠. 그의 선택을 말릴 권리는 우리에게 없으니까
요."

"하지만……."

그 자신만이라면 차라리 나았다. 방금 전 이곳에 온 그는 이미 적지
않은 수의 드래곤들을 자신의 편으로 회유해 데려가 버렸다. 게다가 그
에게 회유된 드래곤들은 대부분이 나이가 지긋한 노룡들이었고, 가끔 젊
은 드래곤과 어린 드래곤들도 눈에 띄었다.

"어쩌면 이번 전쟁은 같은 드래곤들 사이의 싸움이 될 수도 있겠군요.
하이 엘프가 어떻고 신족과 마족이 어떻고 하기 전에 말이죠."

"……."

대표자 골드 드래곤은 리크라테스를 바라보았다. 지금 그의 앞에 있는
리크라테스는 상당히 심정이 복잡한 듯한 모습이었다. 리크라테스는 천
장을 올려다보며 길게 한숨을 쉬었다.

"휴우… 하지만 이것이 운명이라면… 할 수 없는 것이겠지요."

리크라테스는 몸을 돌렸다. 그리고 그 역시 레어에서 나가려는 듯 출
구가 있는 곳으로 발걸음을 옮기며 마지막으로 한마디를 더 남겼다.

"운명은 어찌하겠다고 어찌할 수 있는 것이 아니니까요. 안타깝게
도……."

그리고 이미 대표자 골드 드래곤 역시 자리에 없었다. 다만 리크라테
스의 긴 여운이 담긴 한마디만이 레어 안의 공기를 울리며 남아 있었다.

"정말 괜찮겠어? 이렇게 서로 적대하는 사이가 되어버렸는데도……."

"…응."

마그루라의 조심스러운 질문에 아힌세르린은 고개를 끄덕였다. 하지만 그 끄덕임에 있어 너무나 힘이 없다는 것은 누구나 알 수 있을 정도로 그녀는 시무룩한 모습이었다.

"너무 상심하지 마라. 분명 아즈라우드님도 무언가 이유가 있어 그러셨을 거다."

제르카테스가 그녀를 달래보기 위해 한마디 건네었으나 그 정도로 그녀가 지금의 낙담을 풀 수 있을 리 없었다.

아버지. 자신의 아버지 아즈라우드는 자신이 가장 위대하다고 생각하고 존경했던 드래곤이었다. 그는 카이젤 드래곤, 용황이었고 그 직무에 걸맞는 힘과 권위, 그리고 성품을 두루 갖춘 훌륭한 황제였다.

적어도 그가 이노센트에 의해 죽었다고 생각했을 때까지는 그러했다.

하지만 그는 배신했다. 깨끗하게 배신했다. 자신을, 그리고 모든 드래곤들을.

그는 드래곤을 배신하고 저들의 편에 섰다.

'세상에서 가장 나쁜 행위는 자신을 믿는 이들을 배신하는 것이라고 한 것은 아버지가 아니었나요?

하지만 대답해 줄 이는 아무도 없었다.

"그 당시 애거트는 무슨 일이 있는지 혼자서 성 밖의 숲을 가로지르고 있었지. 찬스라고 생각했다. 나는 그가 지나칠 곳에 미리 매복하고 있다가 그를 기습했지."

이미 애거트와 켄의 승부는 누가 보아도 알 수준이었다. 때문에 모두의 관심은 이미 애거트와 켄의 승부에서 헤라즈가 하는 애거트에 관한 이야기로 옮겨져 있었다. 비록 잠시 몇 초 만이었다고 하지만 이미 두 번이나 기절을 한 켄에게 더 이상 승산이 없다는 것은 누구나 알고 있는 사실이었다.

"하지만 결과는 이미 너희들이 짐작하는 바대로다. 그때의 나는 지금의 켄 이상으로 처참하게 얻어맞았지. 살아남았다는 데에 자랑스러움을 느낄 정도로 말이야."

그 순간 또다시 오뚜기처럼 다시 일어선 켄은 애거트를 향해 몸을 날렸다. 하지만 그는 아무것도 하지 않은 채 가만히 서서는 자신을 향해 조소의 웃음을 짓는 애거트를 어찌할 수가 없었다.

이미 그에게 상처는 없었다. 부러진 팔도 언제인지 원상태로 되돌아와 있었다. 다만 이리저리 찢어지거나 해지고 흙먼지로 인해 지저분해진 그의 옷이 그가 방금 전 상처를 입었던 일이 거짓이 아니었다는 것을 증명해 주고 있었다.

"으아앗!"

투웅—

"크아악!!"

털푸덕—

애거트는 분명 아무것도 하지 않았다. 하지만 켄이 그를 향해 내지른 발과 주먹은 모두 되튕겨 나왔고 오히려 자신에게 타격이 되고 있었던 것이다. 덕분에 이번에도 그는 꼴사나운 모습으로 바닥을 뒹굴게 되었다.

"크윽… 아무래도 난 너를 이길 수 없겠군. 하지만……!"

쿠우우우—

켄의 오른팔에 커다란 빛의 덩어리가 맺혔다. 엷은 푸른빛을 띤 그것은 점점 더 크기를 더해가고 있었고 그에 따라 그 기운도 더욱 강해지고 있었다.

"홋!"

하지만 애거트는 여유만만이었다. 그는 무언가 큰 기술을 쓰기 위해 힘을 모으는 켄의 모습에도 전혀 상관하지 않는다는 듯 예의 조소 어린 미소를 더욱 짙게 지을 뿐이었다.

"작은 상처 하나라도 내고 말겠다아!!"

화려한 움직임도, 굉장한 효과음 따위도 없었다. 그저 우렁찬 목소리, 거대한 질량에 의한 파공음, 그리고 마치 커다란 공기의 덩어리들끼리 부딪칠 때 날 법한 공명음.

"땅 부수기!"

쿠우웅—

거대한 힘의 충돌로 인한 작은 폭풍이 생겨났다. 하지만 지금 켄과 애거트의 주위엔 그 정도로 밀려날 정도로 약한 자는 한 명도 없었다. 오히려 여전히 여유작작한 모습으로 둘의 싸움에 간간이 시선을 돌리면서 여전히 헤라즈의 이야기에 귀를 기울이고 있었다.

"게다가 아무래도 지금은 그때에 비해 훨씬 더 강해진 것 같군. 그때는 저 녀석이 인피니티를 들고 있었음에도 간신하나마 목숨을 건질 수 있었는데 말야."

"쿠우아악!!"

털썩—

그때 막, 결국 힘에 부쳤는지 켄이 나가떨어졌다. 이번에도 애거트는 아무 상처 없이 멀쩡하게 서 있었다. 다만 방금 전까지와 차이가 있다고 한다면 지금의 그는 오른손을 앞으로 내밀고 있다는 점이었다.

"지금은 간단히 손을 움직이는 것만으로도 상대를 초죽음 내는군."

애거트로부터 한참 먼 거리로 날려진 켄은 그대로 바닥에 쓰러진 채 몸을 몇 번 꿈틀거리더니 이내 기절했는지 조용해졌다. 그리고 그제야 애거트는 끝났다고 생각한 듯 몸의 기운을 풀었다.

“후우…….”

마치 가벼운 준비 운동 후의 작은 심호흡과도 같았다. 그는 곧 자신을 바라보고 있는 이들을 향해 과장되게 파이팅 포즈를 취하며 자신의 승리를 과시했다. 그것은 방금 전까지 전혀 이질적인 분위기를 풍기던 애거트로부터 다시 원래대로 돌아온 모습의 애거트였다.

“아… 힘들다. 역시 배고파지는 능력이야.”

“…….”

하지만 비록 그가 전처럼 반쯤 얼이 빠진 듯한 모습을 하고 있다고 해서 예전처럼 그를 대할 이는 없었다. 물론 전부터 그의 본모습에 대해 알고 있던 이드와 헤라즈의 경우는 예외이겠지만 그의 또 다른 모습을 몰랐던 나머지 이들은 그의 모습에 속으로는 감탄, 경외감, 그리고 두려움을 느끼고 있었다.

신의 기사.

그에게 이렇게 어울리는 단어는 없다고 생각했다. 마치 신, 또는 신의 사자, 천사를 생각하게 할 신성한 후광은 보는 이들에게 경외감을 주었다. 그 강대한 힘은 보는 이들을 압도하였다.

‘그렇다면 저런 애거트를 이긴 이드의 능력은 대체……!’

물론 예전부터 그가 신족과 마족의 우두머리를 손쉽게 쓰러뜨렸다는 것은 알고 있었다. 하지만 아무리 신족과 마족의 장이라고 해도 너무나 막연했기에 그들은 그다지 큰 감회를 가지지 못했다. 하지만 지금 그들은 애거트라는 큰 존재를 보았고, 그의 힘을 간접적으로나마 느껴본 지금 그보다 더 큰 힘을 가지고 있다 하는 이드라는 존재에 대해 다시 한 번 감탄했다.

그리고 이드 역시 그들의 시선 속에 담겨 있는 의미를 알고 있었기에 그들을 향해 고개를 한번 끄덕여 보였다.

‘그때는······.’

분명 자신은 이길 수 있었다. 하지만 애거트 역시 만만한 상대가 결코 아니었다.

‘나는 그에게 7대를 얻어맞고 내가 칠백칠십칠 대를 때렸지.’

애초에 그를 얕본 것이 실수였는지도 모른다. 이드는 애거트를 상대할 때 로넬 휨이 아닌 보통의 롱 소드 두 자루를 사용했고, 그것은 그에게 치명적인 위기를 안겨주었다. 다행히 그가 이유 모를 방심을 하는 바람에 틈이 생겼고, 그때 로넬 휨을 소환해서 그를 이길 수 있었던 것이다. 덕분에 조금(?)은 흥분해 버려 이미 승패가 갈려진 상대를 마구 구타하기는 했지만 말이다.

그리고 애거트 때의 일 덕분에 이후에 만난 지금의 동료들을 회유, 또는 굴복시키기 위해 상대할 때는 처음부터 로넬 휨을 사용하게 되었던 것이다.

‘하지만 그 이후로는 도저히 이 녀석 같은 강자를 만나지 못했지.’

물론 신족과 마족의 장인 에이사나도스와 리노큰사 역시 애거트 이상의 강자였다. 하지만 단순한 롱 소드가 아닌 애초부터 로넬 휨을 들고 있는 상태의 이드에게는 전혀 상대가 되지 못하였고, 결국 그리 어렵지 않게 승리를 거머쥐며 그 결과 신족과 마족을 자신의 밑에 모아둘 수 있었다.

‘쟈밀··· 대체 네 녀석들의 힘은 어디까지냐······?’

쟈밀이라는 자가 자신에게 건네준 이 무기 로넬 휨. 이것이 없었다면 자신은 이미 에이사나도스나 리노큰사는커녕 애거트의 손에 의해 죽임을 당했을지도 모르는 일이었다. 그만큼 이 무기는 뛰어난 무기였다. 아니, 무기라기보다는 그 어떤 초월체에 가까웠다.

그렇다면 대체 그자의 능력은 얼마나 되는 것일까? 왜 자신이 직접 이 세계에 손을 쓰지 않고 굳이 번거롭게 자신을 조종하는 것일까? 왜 이런 일을 벌이는 것일까?

하지만 대답은 곧 나왔다. 그 나름대로의 방식으로.

'생각할 필요도 없는 일이다. 내가 군인일 때에도 명령이라면 아무 의심 없이 따르지 않았는가?

분명 쟈밀이 자신의 상관은 아니었지만 자신보다 훨씬 높은 존재임에는 틀림없다. 그런 자가 자신에게 명령을 내렸다면 그것도 일종의 '상관으로부터의 명령' 으로 인식하자고 생각해 두었다. 그리고 자신의 생각대로라면 그는 분명 자신이 알고 있는 '그' 와 무언가 연관이 있을 것이라 생각하고 있었다.

하지만 그에게는 마음에 걸리는 것이 하나 더 있었다. 바로 그가 쟈밀과 만났을 때의 일이었다.

"너를 갈아줄 숫돌, 그리고 이제부터 너를 가둘 칼집. 하지만 너에게 자유의 날개를 달아줄 수도 있지……."

그가 자신에게 했던 말. 이것은 전에도 들은 적이 있었다. 그것도 한참 적에…….

그리고 이 대사 덕분에 그가 자신이 알고 있는 '그' 와 무언가 관계가 있을 것이라고 생각하는 계기가 된 것이다. 이 말을 최초로 했던 것은 바로 '그' 였기에.

"어이, 뭘 그렇게 심각하게 생각하고 있는 거야? 혹시 나를 걱정하고 있었던 거야?"

이드가 주변에는 신경도 쓰지 않은 채 생각에 잠겨 있는 동안 애거트는 싱글싱글 웃으며 이드의 앞에 다가와 있었다. 물론 이드는 그의 말도 안 되는 내용의 대사에 인상을 찌푸렸다.

"너 같으면 내가 그랬을 거라고 생각하냐?"

“그랬을지도 모르지.”

방금 전의 일에도 불구하고 전혀 아무 일 없다는 듯 평소의 바보 짓(…)을 일삼는 애거트의 모습에 이드는 물론 그를 보고 있던 나머지 이들도 하나같이 황당함을 금하지 못했다. 특히 평소에 그를 바보 취급하던 몇몇 이들의 경우에는 벌써부터 슬그머니 자리를 피하고 있었다.

“훗, 녀석들…….”

애거트는 자신을 피해 살며시 자리를 뜨는 녀석들을 흘끗 바라보며 가볍게 혀를 차 보였고, 그의 그러한 행동에 막 자리를 뜨려던 당사자들은 흠칫 놀라 버렸다. 애거트는 잠시 그 광경을 보며 낄낄거리며 웃더니 곧 표정을 굳히며 이드를 향해 입을 열었다.

“아, 이드, 지금 자리를 뜨는 게 좋을걸?”

“무슨 이유로?”

아까 전 무언가 심각하게 고민하는 표정과 자신의 농담에 인상을 찌푸리던 이드는 이미 평소와 같이 차갑게 식은 표정을 하고 있었다. 그의 빠른 표정 변화에 애거트는 짧게 휘파람을 분 뒤 그에게 설명을 해주었다.

“아~주 무.서.운. 녀.석.이 지금 이쪽으로 오고 있거든.”

“음?”

분위기로 보기에는 결코 아무렇지도 않았다. 애거트의 표정은 평소와 별다름없는, 조금은 능글맞은 웃음을 띠고 있는 상태였음에도 지금의 그가 한 말의 무게는 상당했다.

“…이길 수 없을 정도로 강한가?”

“아니, 이길 수는 있어.”

나직한 이드의 질문에도 애거트는 여전히 활달한 말투로 대답했다. 그리고 ‘이길 수 있다’는 그의 대답에 몇몇 이들은 그런 데도 도망쳐야 할 이유를 모른 채 아리송한 표정을 짓기도 했다.

"단, 여기 있는 이들이 합심해서 한꺼번에 덤빌 경우가 아니면 죽일 수 없어."

"……"

하지만 그런 이들도 뒤이은 애거트의 설명에 입을 다물고 표정을 굳혔다. 지금 여기 있는 이들이 모두 합심해서 덤벼야 죽일 수 있다니, 이미 그 정도면 보통 상대가 아니라는 수준을 넘어선 상태였다.

"그는 우리를 적대시하고 있는가?"

"글쎄? 지금은 잘 모르겠지만 아마 그렇게 될걸?"

이번에도 애거트의 대답은 상당히 모호했다. 이드 역시 그의 말의 의미를 정확히 파악하지는 못하고 있었다.

"어떻게 할 거야? 조금 있으면 그가 우리를 감지할 수 있게 된다고."

"…알았다. 오늘은 여기서 해산이다. 아까 말한 대로 내일 정오, 동시에 각국의 수도를 공격한다. 목표는 각 국가의 집권층의 괴멸. 알았나?"

"오오!"

이드의 말에 모두들 기합이 넘치는 듯 크게 대답했고 일부는 단순히 고개를 끄덕이기만 하는 이도 있었다. 그들의 모습에 이드는 작게 고개를 끄덕이며 레노와 함께 몸을 돌렸다.

"좋아, 그럼 해산. 그리고 애거트, 켄은 네 파트너이니 네가 데려가라."

"결국은 저놈과 함께 행동하라는 거냐?"

애거트는 반항을 해보려는 듯 건들거리며 불량스러운 시선을 이드에게 보내봤지만 그런 그의 행동은 자신을 지그시 째려보는 그의 반응 한 번에 끝장났다.

"알았수다. 그럼 내일 저녁때 보자고."

그리고 곧 모두들 뿔뿔이 흩어지기 시작했다. 어떤 이들은 걸어서 가거나 뛰어서 갔다. 어떤 이들은 공간 이동을 통해 사라지기도 했고 날아서 가는 이들도 있었다.

그리고 모두가 사라진 뒤에도 남아 있는 애거트는 어느 한 방향을 바라보며 중얼거리듯이 말했다.

"흐음, 장인어른이라… 대체 누구를 찾는 것인지……."

하지만 아무리 애거트라도 그 이상은 알아낼 수 없었는지 곧 고개를 저으며 바닥에 쓰러져 있는 켄을 들쳐 메었다. 그리고는 그 역시 빠르게 숲 속으로 사라졌다.

애거트마저 자리를 떠난 지 약 5분 후. 애거트가 그렇게 주의했던 문제의 인물은 그제야 어슬렁어슬렁 걸으면서 그 장소에 도착하였다.

"후우, 슬슬 배가 고파지는데?"

"그도 그럴 것이 이제 식사 시간이니까요."

그들의 정체는 얼마 전 공간의 벽을 부수며 등장하는 바람에 쟈밀의 이마에 주름을 만들었던 장본인인 30대의 사내와 그를 따르는 엷은 하늘색의 머리카락을 가진 여성이었다. 남자의 경우는 얼굴만으로 보면 30대 중후반으로 보였으나 깔끔하게 뒤로 젖혀 넘긴 머리 모양과 고급스러우면서도 날씬한 정장 차림은 그를 상당히 젊어 보이게 만들어주고 있었다. 여자의 경우에는 엷은 하늘색의 머리카락을 묶지 않고 그대로 기른 상태였는데 그 길이는 허리 위에 살짝 걸칠 정도였다. 지금의 그녀는 원피스 형태의 나들이복을 입고 있었는데, 단출한 원피스가 그녀의 가냘픈 이미지에 어울려 더욱더 그녀를 가냘프게 만들고 있었다.

"하아, 이젠 인스턴트 식품에도 질려간다. 네가 해준 맛난 요리가 먹고 싶어진다고."

남자는 30대 중반이라는 나이에 걸맞지 않은 투정을 부렸고, 그의 그러한 모습에 여자는 입가에 웃음을 머금었다.

"우후훗."

"뭐야? 왜 그렇게 웃는 건데?"

남자는 웃고 있는 여자에게 불만이 있다는 듯 얼굴을 찡그렸다. 하지만 그것이 진심으로 화난 것이 아니라는 걸 알고 있는 여자로서는 오히려 그의 그런 반응에 더욱 진한 웃음을 지을 수밖에 없었다.

"우후훗, 하지만 이럴 때 보면 정말 마스터는 어린아이 같아요."

"에엥?"

이제는 웃음을 참지 못하겠는지 허리를 숙이면서까지 웃고 있는 여자의 모습에 남자는 이제 화가 나기보다는 어이가 없었다.

"내참, 누구나가 세계 최강이라고 우러러 모시는 이 히아스님이 어린아이 같다니… 그런 말을 할 녀석은 아마 너뿐일 거다, 리엔."

"하지만 사실이 그런걸요. 이럴 때의 마스터는 너무나도 귀여워요."

"이제야 10살이 되려는 가디언 주제에 이미 30을 넘은 어른에게 못하는 소리가 없구나. 기왕이면 근엄하다거나 고풍스럽다던가, 하다못해 멋지다고 하면 안 되겠니?"

하지만 결국 히아스는 더 이상 뭐라고 하지 못한 채 고개를 내저을 뿐이었다. 분명 보통의 이들은 감히 범접하지도 못할 강대한 힘을 가지고 있음에도 도저히 자신으로서는 이 가냘픈 몸매를 가진, 너무나도 앙증맞은 성격의 가디언을 이길 수가 없었던 것이다.

"원 참, 이래서 난 가디언이 싫다니까."

"하지만 그러면서도 항상 저를 데리고 다니시잖아요, 마스터는."

"그거야 네가 있으면 편하니까 그런 거지."

히아스는 항상 이렇게 지고 사는 자신이 못마땅한지 리엔의 반대쪽으로 고개를 돌린 채 연신 씩씩대고 있었다. 그러던 중 그의 눈에 제법 큰 오두막 하나가 눈에 띄었다.

"어? 저기 꽤 괜찮은 오두막이 보이는군. 리엔, 일단 저기서 쉬고 가도록 하자."

"네, 마스터."

둘은 곧 오두막을 향해 발걸음을 돌렸다. 그렇게 오두막을 향해 걸어가던 중 리엔은 막 무언가 의문점이 생각난 듯 히아스를 올려다보며 질문했다.

"저기… 마스터, 그런데 어째서 마스터 스스로의 이름을 히아스라고 하시는 거죠? 분명 저에게 등록된 마스터의 이름은……."

"아아, 그거?"

히아스의 경우도 자신의 이름을 히아스라고 했던 것은 거의 무의식 중에 있던 일이었는지 그제야 생각이 났다는 표정을 하였다. 그리고는 이내 감상적인 표정으로 하늘을 올려다보며 짧게 웃었다.

"그 '히아스' 라는 이름이 바로 이 세계에 있었을 당시의 내 이름이지."

"하아……."

제법 감상적이기까지 한 그의 대답에 리엔은 자세한 이야기가 듣고 싶은 듯 눈동자를 크게 뜨며 귀를 쫑긋 세웠다.

"훗, 기왕 이야기가 나온 거 내가 전에 이 세계에 왔던 것에 대한 이야기를 해줄까?"

"네."

자신의 주인이 이런 종류의 이야기를 해주는 것은 거의 없는 일이었기에 리엔은 바로 고개를 끄덕였다. 그리고 히아스는 자신의 이야기가 너무나도 기대된다는 듯 두 눈을 반짝이며 자신을 바라보고 있는 리엔의 모습에 그만 폭소를 터뜨렸다.

“풋… 푸하하하, 하하하하!”

“마, 마스터……?”

리엔은 무언가 자신의 얼굴에 뭐가 묻은 게 아닌가 하는 생각부터 시작해서 여러 가지로 왜 자신의 주인이 웃고 있는지에 대해 생각해 보았다. 하지만 결국 정확하고 논리적인 원인을 알아낼 수는 없었고 결국 그에게 직접 물어보았다.

“마스터, 왜 그렇게 웃으십니까?”

“푸후, 푸흐하하하! 모, 몰라서, 푸하! 묻냐? 방금 네 얼굴이 얼마나 깜찍했는데. 푸히히히히!”

“…마스터!”

“보기 흉하다고 하는 게 아니잖아? 계속 그런 표정 하고 있어도 되는데 말야. 하하하.”

“하지만 마스터가 자신의 이야기를 해주시는 건 매우 드문 일인걸요.”

리엔은 상당히 부끄러운 듯 얼굴이 새빨갛게 물들어 있었다. 그리고 그렇게 이야기를 하는 동안 어느새 둘은 오두막 앞에 도착해 있었다.

“어라? 벌써 온 건가?”

이제야 어느 정도 웃음이 진정된 히아스는 오두막 안으로 발을 들였다.

오두막은 밖에서 보던 것보다도 그 규모가 컸다. 2층으로 된 오두막은 몇 개의 방으로 나뉘어 있었고, 가운데에는 제법 커다란 테이블도 있었다. 그리고 주방도 있었는데 그곳에는 몇 가지 간단한 조리 시설까지 갖추어져 있었다.

“호오, 이거 대단한걸? 누가 이렇게 신경 써서 오두막을 만들어놓은 거지?”

게다가 오두막에는 방금 전까지 누군가가 머물렀던 듯 아직도 온기가 남아 있었다.

"하지만 내가 탐정도 아니고……."

하지만 더 이상 깊게 생각하는 것이 귀찮은 듯 히아스는 오두막 중앙에 있는 테이블 의자에 앉으며 리엔에게 말했다.

"리엔, 내가 지금 매우 배가 고파서 그러는데 빨리 식사 준비 좀 해줄 수 있겠어?"

"에? 저기……."

하지만 리엔은 바로 그의 명령을 수행하기에 앞서 무언가 할 말이 있는 듯 그의 앞으로 다가왔다.

"응? 뭔가 할 말이 있는 것 같은데……."

"마스터의 이름에 대한 이야기… 아직 안 해주셨는데요."

히아스는 어지간히 자신에 대해 궁금해하는 리엔의 모습에 또다시 작은 웃음을 머금었다. 그리고는 이내 그녀를 향해 손을 내저으며 대답했다.

"금강산 구경도 식후경이라고, 일단 먹고 하자고. 게다가 네 요리가 내 기대 이상이면 원래 해줄 이야기보다 더 많은 이야기를 해줄 수도 있고."

"정말요?!"

"그럼."

"기다리세욧! 지금 당장 마스터가 두 눈을 크게 뜨실 정도로 놀랄 만한 요리를 만들어 드릴 테니까."

히아스의 말이 떨어지기가 무섭게 리엔은 두 눈을 빛내며 주방으로 달려갔다. 물론 주방으로 가면서 가방과 배낭을 가져갔기에 그녀가 다시 히아스가 있는 곳으로 오는 일은 없었다. 그리고 곧 주방으로부터 제법 좋은 음식 냄새가 나기 시작했다.

"완성이다!"

얼마 전부터 구상하고 있었고, 거의 동시에 연마하던 기술이었다. 그리고 그것은 지금에 와서야 간신히 완성할 수 있었다. 정말 새벽부터 일어나서 맹연습을 한 보람을 느끼게 하는 순간이었다.

"하암~ 주인 오빠, 무슨 일인데 그러세요?"

그때 막 티니가 내가 있는 뒤뜰로 오고 있었다. 하지만 방금 잠에서 깨어나서 곧바로 온 것인지 그녀는 아직 잠옷을 입고 있었다. 게다가 그녀에게는 조금 큰 잠옷이었는 듯 어깨 부분을 드러내고 있는 그녀의 모습은 그녀가 아직 어린아이의 모습임에도 너무나 고혹스러웠다. 그리고 아직 반 정도만 떠진 눈을 부비는 그녀의 모습은 너무나 귀여웠다. 하지만 잠옷을 입고 방 밖으로 걸어다니는 그녀의 모습은 문제가 있었기에 나는 그녀에게 충고를 했다.

"티니, 일단 옷은 갈아입고 와야지."

"괜찮은데… 게다가 지금 이 주위에는 저하고 주인 오빠밖에 없고요."

이때 나는 잠시 충격을 받았다. 잠자리 같이 자는 것과—매일 그것(?!)을 한다는 얘기는 아니다. 오해 마시길—여간해서는 내 옆에서 떨어지려 하지 않는다는 것을 제외하면 절대적으로 내 말을 따르던 티니가 '옷 갈아입고 와라' 라는 내 말에 거부 반응을 보인 것이었다. 하지만 그로 인해 내 표정이 상당히 예술적으로 변해 버렸었는지 티니는 내 얼굴을 보며 쿡쿡 웃더니만 곧 고개를 끄덕였다.

"쿡쿡. 주인 오빠, 화 푸세요. 지금 갈아입을게요."

그러더니만 티니는 곧 자신의 왼팔을 들어 올렸다. 이내 그녀의 팔이 흑기에 휩싸이더니 수마리의 박쥐로 변화하여 내 방—티니가 내 방에서 같이 자니까—으로 날아갔고, 그것들이 돌아올 때에는 입에 티니의 옷을 물고 있는 상태였다.

'편리하다고 해야 하나……?'

이미 티니는 뱀파이어가 된 자신의 육체에 상당히 빠른 적응을 하고 있었다. 이미 내가 인생의 전부가 된 듯한 그녀로서는 나만 좋으면 상관없다는 듯한 모습이었기에 그런 것인지도 모른다.

"그런데… 티니야……."

"네?"

"옷을 입을 때는 좀 남들이 안 보는 데서 입으면 안 되겠니……?"

내가 또 당황할 수밖에 없는 것이, 지금 티니는 내 앞에서 옷을 갈아입고 있는 것이었다. 그녀는 내 시선은 별로 상관없다는 듯 바로 내 앞에서 잠옷을 훌렁 벗어버리고는 옷을 입고 있었던 것이다.

"괜찮아요. 지금 주인 오빠 말고 저를 보는 이는 아무도 없으니까요."

"에휴……."

안 그래도 나한테 상당히 대담했던(?) 티니는 어제 내가 티니와 관계를 가진 뒤로부터 더욱 그 정도가 올라간 듯했다. 어제저녁에도 자칫했다가는 또 당할(?) 뻔했고, 여하튼 세린도 그렇고 티니도 그렇고 어째 괜히 고백을 주고받았다는 생각이 들 정도로 둘의 육탄 돌격은 나에게 너무 곤혹스러운 일이 되고 있었다.

게다가 무엇보다 어이가 없는 것은 둘의 실력(?!)이었다. 대체 어떻게 되어먹은 일인지 둘은 하나같이 너무나도 능숙했고, 덕분에 나는 변명의 여지가 없이 너무나도 처절하게 유린(…)당해 버렸다.

'뭐, 그래도 하고 있을 때는 좋았으니 할 말은 없으려나……?'

다행히 둘 모두 상당히 세심한 배려를 해주고 있다는 점이 그나마 다행(?)이라면 다행이었다.

"란 형! 성공입니다. 성공이에요!"

그때였다. 어디선가 누군가의 목소리가 들려온다 싶더니만 곧 그 목소리의 주인공이 맹렬한 속도로 나와 티니가 있는 곳을 향해 달려온 것이었다.

"성공이에요, 란 형. 드디어 성공했다고요!"

그 '소리를 지르며 맹렬히 달려온 목소리의 주인공'은 레미엘이었다. 그는 무언가 매우 기쁜 일이 있었는 듯 매우 환하게 웃으며 이쪽을 향해 달려오고 있었다.

"꺄아아아악!"

하지만 문제가 하나 있기는 있었다. 그것은 아직 티니가 옷을 다 입지 않았다는 것. 레미엘은 운 나쁘게도─아니면 좋았다고 해야 하나?─막 티니가 치마를 입으려고 하는 순간 우리들 앞에 나타난 것이었다.

"웃! 이, 이거 실례했습니다, 티니 양."

하지만 내가 보기에는 아무래도 하나도 안 미안한 것 같았다. 정말 미안하면 계속해서 티니의 몸을 보고 있을 리가 없지 않은가? 그것도 싱글싱글 웃으면서 말이다. 게다가 그의 한마디는 매우 명언이었다.

"이런, 이런. 아침부터 일을 치르시려는 것이었습니까? 란 형도 참……."

"야……."

"게다가 방 안이 아니고 이런 장소라니요… 란 형도 의외로……."

"그럴 리가 없잖아!!"

빠악─

"쿠엑……!"

결국 아침부터 정신 못 차리고 헛소리를 찍찍 해대던 레미엘은 내 주먹에 의해 멋지게 나가떨어졌다. 대체 저 녀석은 무슨 생각을 그 딴 식으로 하는 건지…….

"이런, 좀 센 거 아닙니까?"

"이 정도면 충분히 약해. 그런데 무슨 일이야? 뭘 성공했다는 거지?"

그제야 레미엘은 자신이 온 목적이 무엇인지를 떠올렸는지 손가락을 부딪쳤다.

"아차, 내 정신 좀 봐."

"네 정신 상태야 원래 그런 거 아니까 설명이나 해."

"아하하, 너무하시는군요. 무슨 일인가 하면, 이번에 새로운 이동 마법이 완성되었습니다."

"응?"

이동 마법. 그것은 말 그대로 '이동할 때 쓰는 마법'이었다. 블링크, 텔리포트, 워프 등이 여기에 속한다.

"이전의 이동 마법은 그 마법의 이동 거리에 따라 분류되었을 뿐 결국 원리는 거의 같은 것이었잖습니까? 하지만 이번에는 조금 다른 방법을 사용했습니다."

여기까지는 그다지 내 흥미를 끌지 못하고 있었다. 하지만 이어지는 레미엘의 설명은 상당히 흥미로운 것이었다.

"무엇보다도 이 마법의 강점은 지금은 시전이 불가능한 워프의 공백을 메울 수 있다는 것이죠."

"응?!"

레미엘의 말대로 지금은 이 세계의 공간에 무언가 문제가 발생한 것으로 인해 워프 시전이 불가능하다. 블링크나 텔리포트 정도의 비교적 짧은 거리를 이동하는 데에는 아직까지 별문제가 없는 듯하지만 워프 같은 장거리 이동 마법을 사용할 경우에는 그 이동 대상이 목적지에 도착은커녕 아예 사라져 버리기 때문이다(이것에 대해 공중 분해인가 차원 이동인가에 대해 많은 논란이 있다).

때문에 지금 레미엘이 말하는 대로의 마법이라면 대단한 발명이고, 더불어 이번 전쟁에 큰 도움이 될 것이다.

"이 마법은 공간 사이를 가로지르는 것이 아니라 목적지까지 빠른 속도로 '날아가는' 마법입니다. 덕분에 공간의 틈새에 찡겨져 공중 분해될 걱정이 없죠."

"흐음……."

아무래도 레미엘은 상당히 흥미로운 마법을 개발한 듯싶다. 워프로 이동할 거리만큼을 날아가는 마법이라…….

"하지만 그렇게 되면 이동하는 데 얼마나 시간이 걸리는 거지?"

"이미 아이어(프로튼의 수도)에서 네클린(리네크의 수도)까지 수백 차례 이동을 해봄으로써 실험을 해보았습니다. 시전자의 능력에 따른 개인 차가 있기는 하지만 대략 2~3분에서 10분 정도가 소요됩니다."

"호오……."

아이어에서 네클린까지라면 내내 걸어서 대략 5~6일 거리다(말 그대로 전혀 쉬지 않고 가는 동안 내내 걸어서 이렇게 걸린다). 그만한 거리를 최고 2분까지 단축시킬 수 있다는 것은 분명 굉장한 시간의 절약이라는 효과를 얻을 수 있는 것이었고, 그것은 대부분이 신족, 마족으로 이루어진 '적'들을 상대하는 데 매우 큰 도움이 될 것이다. 그들은 공간 이동으로 어디든 나타날 수 있을 테니까 말이다. 그런데 이 마법에 대해 설명을 하던 레미엘은 무언가 웃기는 일이 생각났는지 갑자기 풋 하고 웃는 것이었다.

"푸훗, 사실 이 마법을 만들기 위해 얼마나 많은 고생을 했는지 생각하면 참……."

"왜? 무슨 해프닝이라도 있었어?"

내 질문에 레미엘은 여전히 웃음을 참지 못하는 듯 계속 쿡쿡거리다 제법 시간이 지나고 나서야 간신히 웃음을 멈추며 설명해 주었다.

"물론이죠. 막 이 마법의 원리가 확보되고 기초적인 공식을 완성했을 당시에는 실험해 볼 때의 여러 가지 위험에 대비해서 리네크의 리치 분들께서 많이 수고를 해주셨습니다. 아니나 다를까요? 초기의 이 마법은 빠른 속도로 날아간 것까지는 좋은데 문제는 목적지까지도 전혀 속도가 줄지 않았던 것입니다. 덕분에 제법 많은 리치 분들이 거대한 충돌음과 함께 자신의 몸 파편을 허공에 날리는 일이 있었죠."

분명 레미엘은 지금 그가 말하는 마법을 개발하던 당시의 일을 회상하며 뭐가 그리 즐거운지 쿡쿡 웃고 있었지만 나는 오히려 등골이 오싹해지는 것을 느꼈다. 상상해 보라, 온몸에 뼈만 남은 리치들이 그 이동 마법을 쓸 때 속도 제어가 안 돼서 목적지에 너무 세게 부딪친 나머지 온몸의 뼈다귀가 사방으로 흩날리는 것만 생각해도 그리 유쾌한 광경은 아니거늘, 만약에라도 산 사람이 그 마법을 쓰다가 제어가 안 돼서 맨땅에 충돌한다면? 분명 허공에 흩날리게 되는 것은 뼈다귀뿐만이 아닐 것이다.

"일단 이 마법은 '프롤릭' 이라고 이름 붙였습니다. 이미 이 마법 스크롤의 대량 생산에 착수했으니 조만간 많은 이들이 사용할 수 있겠죠."

"그럼 일단 마법은 완전히 완성된 거야?"

"물론이죠. 마법의 공식을 작성할 때 목적지에 다다르기 전에 속도를 줄이는 명령을 추가했습니다. 한번 해볼까요? 일단 저기 있는 꽃밭을 목적지로 해보죠. 프롤릭!"

파앙—

아직 새로 익힌 지 얼마 안 돼서 그런지 레미엘은 주문에 앞서 잠시 캐스팅을 한 뒤 주문을 발동시켰다. 그리고 그와 거의 동시에 경쾌한 소리와 함께 레미엘의 몸이 허공으로 솟아올랐다.

쿠앙—

그리고 빠른 속도로 솟아올랐던 레미엘은 곧 저만치 앞에 있는 꽃밭 한가운데에 떨어졌다. 하지만 상당히 착지가 불안정했는지 목적지에 도착한 레미엘의 모습은 제법 가관이었다.

"아야야야… 역시 조금 무리였나?"

이미 꽃들은 방금 전 레미엘이 착지했을—떨어졌을—때의 충격으로 인해 꽃밭은 갈아엎어지고 꽃들이 저만치 날려가 버린 상태였다. 그리고 당사자인 레미엘은 흙투성이가 된 채 바닥에 주저앉아 있었다. 당연히 그 모습을 본 나와 티니는 불안해질 수밖에 없었다.

"…조금 불안한 거 아냐?"

아마도 먼 거리를 이동할 때는 가속도 등의 이유로 인해서라도 그 속도가 빨라질 것이다. 만에 하나라도 땅에 부딪치는 순간 그 충격으로 몸통이 박살나기라도 하면…….

"하하하, 설마요. 아무리 먼 거리를 이동해도 지금과 거의 같은 정도의 충격이 나옵니다. 웬만큼 단련된 몸을 가지고 있으면 저처럼 이렇게 땅바닥에 주저앉는 일은 없어요."

"…그럼 지금 이 여파는 뭐야?"

검지손가락으로 레미엘이 파헤쳐 놓은 꽃밭을 가리키자 그는 뒤통수로 손을 가져가며 하하하 웃는 것이었다.

"하하하, 이 마법이 목적지에 도착할 때 감속하는 원리는 바로 바람에 있거든요."

"바람?"

"네, 도착하기 직전에 바람으로 두터운 쿠션을 만드는 거죠. 그걸로 몸을 부드럽게 받쳐주는 거고요."

흐음… 그러니까 이 프롤릭이라는 마법은 도착하는 순간에 직접 감속을 시켜주는 게 아니라 도착할 지점에 뭉쳐진 공기로 두꺼운 막을 만들어서 착지할 때의 충격을 흡수한다는 거로군. 그리고 도착할 때의 충격으로 인해서 그 뭉쳐진 공기들이 흩어지느라 주변이 이렇게 되는 것이고.

“그런데 이 마법은 몇 클래스나 되어야 쓰는데? 아무리 만들어놔도 요구하는 마법적 수준이 높으면 말짱 헛거잖아?”

“아하하하, 설마 제가 그 정도를 염두하지 않았을 것 같습니까? 워프보다 훨씬 낮은 수준으로도 이동이 가능합니다.”

“얼마나 요구하는데?”

“텔리포트보다 쉽습니다. 바람 계열과 화염 계열을 5클래스까지 익힌 사람이라면 그리 어렵지 않게 사용할 수 있습니다.”

장거리 이동용의 마법인 워프를 하는 데 필요한 마법 수준은 빙계, 화염계, 풍계, 뇌격계의 4가지 속성을 모두 7클래스까지 마스터해야 한다. 게다가 여러 가지로 복잡하게 이루어진 마법이라서 더 더욱 사용하는 데 어려움이 많다(그래 봐야 지금의 워프는 자살용 외에는 쓸 수가 없지만).

중거리 이동의 텔리포트의 경우에는 화염계, 풍계, 땅 계열을 각각 5클래스까지 마스터하면 가능하다. 하지만 역시 이동 마법의 고질적인 문제는 여기서도 해결되지 않았기에 단순히 조건을 만족시켰다고 바로 사용하기에는 많은 무리가 따른다.

그리고 단거리 이동의 블링크, 비교적—어디까지나 비.교.적.—간단하게 사용할 수 있는 이 마법은 빙계와 바람계, 뇌격계를 3클래스까지만 올리면 사용 가능하다. 하지만 그 이동 거리가 너무 짧기에 마법사들은 그다지 사용하지 않는다. 하지만 익히기가 쉬운 편이기에 접근전을 많이 하는 마검사들이 애용하는 주문이다. 실제로 나도 전투시에는 많이 애용하는 편이다.

　그렇기에 그런 기존의 이동 마법들에 비하면 이 프롤릭이라는 주문은 상당히 효율이 높은 주문인 것이다. 단지 풍계와 화염계의 2개 속성만을 5클래스까지 올리면 사용이 가능하다. 물론 이 주문 역시 사용하는 데 상당히 까다롭기는 하겠지만 일단 2개의 클래스만으로 워프 수준의 이동이 가능한 것은 분명 상당한 메리트였다.

　블링크 등과 같이 여러 개의 속성을 동시에 사용하는 마법은 파이어 애로와 같이 한 가지의 속성만 있어도 사용이 가능한 마법과는 그 난이도와 필요 마력의 차이가 크다. 무엇보다도 그 필요한 속성들을 한꺼번에 조절, 제어해 주어야 하고 거기에다 각각의 속성에 다 따로따로 마나를 배분해 주어야 한다. 즉, 5클래스로 3개의 속성을 원하는 텔리포트의 경우 화염계에서 같은 클래스인 5클래스의 파이어 볼을 3번 쓰는 것과 같은 양의 마나를 요구한다. 게다가 그 3가지의 속성을 한꺼번에 3가지나 운용해야 하기 때문에 그 난이도는 한 가지짜리 속성의 마법과 비교할 바가 아니다. 때문에 속성 하나를 올리는 데에 그다지 시간이 걸리지 않음에도 제법 쓸 만한 마법사가 되는 것이 힘든 것이다. 여러 개의 속성을 고루 올려줘야 하고 각 속성을 다루는 실력을 키우기도 해야 하니까.

　게다가 이 속성의 클래스를 올릴 때에는 또 다른 문제 사항이 있다. 바로 속성 간의 상극에 관한 것인데, 한 속성을 익히고 다른 속성을 연마할 경우 만약에 그 속성이 반대 속성이면 연마하는 데에 더욱 힘이 든다.

　예를 들면 이미 화염계를 연마한 사람이 뇌격계를 연마하는 데는 별 차이가 없다. 하지만 그 사람이 빙계를 연마하려고 하면 백지 상태에서 빙계를 연마하는 것보다 훨씬 힘이 든다.

　"이것으로 오늘의 '라니오스의 마법 강좌 시간'을 마치겠습니다."

　"어라? 란 형, 방금 누가 있었나요?"

　"응? 으으응, 아무것도 아냐."

　거의 무의식 중에 중얼거린 내 말을 들었는지 레미엘은 내게 질문을 해왔으나 나 역시 방금 뭐라고 했는지 전혀 기억이 안 났기에 고개를 저었다.

　"아, 그리고 이 마법에는 작은 응용이 하나 있는데, 착지하기 전에 목적지의 상공에서 마법을 해제하고 페더 폴을 사용해서 사뿐히 착지하는 것도 가능합니다."

　꼭 저렇게 요란하게 떨어지지 않고 땅에 내려서는 방법도 있다 이거군. 가만, 분명 프롤릭은 목적지까지 '날아' 서, 그것도 무지 빠른 속도로 날아가는 것 맞지?

　"잠깐, 레미엘. 질문 하나 더."

　"말씀하시죠."

　"그런데 날아가는 도중에는 어떤 상태가 되는 거지? 혹시 소위 말하는 '눈썹 휘날리는 상태' 가 되는 건 아니겠지?"

　물론 방책이야 있겠지. 레미엘의 말대로라면 대륙 끝에서 끝까지 이동하는 데 10분도 안 걸릴 텐데… 만약 그 속로도 날아가는데 그 공기의 압력을 맨몸으로 받아내었다가는…….

　"물론 대책이야 있죠. 착지할 때와 같은 원리입니다. 공기의 막이 시전자를 보호하는 것이죠."

　"흐음… 그래?"

　"네."

　지금까지의 레미엘의 말을 종합해 보면 일단 안정성은 합격점인 것 같았다. 게다가 사용하기에도 그다지 까다로운 마법은 아닌 듯싶었고 이동 속도도 그 정도면 빠른 편이다.

　"아, 그런데 이 마법은 문제가 하나 있습니다."

　"뭔데?"

"이 마법은 아직 시전자 자신밖에 이동하지 못합니다. 기껏해야 한두 명 정도를 껴안은 채 함께 이동할 수 있지만 보통의 마법사들에게는 무리인 이야기이죠."

"그래?"

하지만 레미엘이 말한 단점은 그다지 큰 단점은 아니었다. 그도 그럴 것이 기존의 텔리포트나—지금 시전했다가는 바로 사망이지만—워프 역시 시전자와 시전자 주위에 있는 몇 명 정도를 함께 이동시키는 것이 고작이었으니까.

물론 집단을 이동시키기 위한 마법도 있었다. '게이트' 가 그 마법인데, 이 마법을 사용하면 최대 수백 명 이상도 목적지로 전송시킬 수 있었다. 거리 역시 워프와 거의 비슷한 수준까지 이동할 수 있었기에 이동 마법의 궁극이라 부를 정도의 마법이다. 당연히 그런 대단한 마법인만큼 사용하기 엄청 어렵고, 힘들고, 까다로운 데다가 마력 소모 역시 장난이 아니다. 빙계, 화염계, 풍계, 뇌격계를 모두 9클래스까지 올려야 간신히 사용이 가능할 정도이니 할 말 다한 셈이다. 게다가 최대의 문제는 역시 워프와 마찬가지로 지금은 사용할 시 자살용 외에는 아무것도 안 된다는 것.

"그건 그렇고, 오늘이 벌써 그들이 예고한 '침공의 날' 이로군요."

"그렇지."

오늘이 바로 애거트라고 자신의 이름을 밝힌 아아크의 형이라는 자가 우리에게 예고한 '전쟁 시작의 날' 이었다.

"이미 대부분의 준비는 되어 있습니다. 하지만 그들이 어느 곳에서, 어떤 방법으로 침공해 올지에 대해 전혀 갈피를 잡을 수가 없다 보니 여러 가지로 곤란한 것도 사실이죠. 뭐, 일단은 일어날 수 있는 대부분의 방법에 대해 대책을 세워두었지만… 역시 너무 많은 종류의 대책을 한꺼번에 실행하다 보니 오히려 하나만 실행하는 것에 비해 미흡하다는 게 문제이긴 하지요."

레미엘은 피식 웃으며 양 어깨를 으쓱해 보였다. 그리고는 나를 바라보며 짙은 웃음을 지어 보였다.

"하하하, 사실은 란 형의 얼굴을 보려고 왔었습니다. 제가 저 자신과 레노아 양 다음으로 좋아하는 게 바로 형이라서요."

"……."

뭐, 좋은 의미로 듣자면 상당히 반가운 이야기이지만 다른 이도 아닌 레미엘의 말이었기에 나는 웃을 수가 없었다. 그렇다고 해서 인상을 쓸 말도 아니었기에 내 표정은 상당히 묘하게 일그러졌다.

"아침 식사 후에 제가 연설을 할 겁니다. 그때 형도 나와주실 수 있을까요?"

"뭐, 그렇게 하지."

나야 그다지 바쁜 일은 전혀 없어 순순히 레미엘의 부탁에 고개를 끄덕였다. 많은 인간들 앞에 설지도 모른다는 생각이 들기도 했지만 그다지 불쾌한 일은 아니었고 해서 일단은 그냥 승낙하기로 했다.

"그럼 전 일이 많이 있어서 이만……."

내가 고개를 끄덕이자마자 레미엘은 몸을 돌리며 급하게 뛰어가기 시작했다. 아무래도 오늘 오후가 되기 전에 일을 다 마쳐 놓으려는 것 같았다.

"그런데 주인 오빠, 아까 말씀하셨던 '완성이다' 라는 건 대체 무엇을 완성했다는 건가요?"

"아? 응. 그건 말이지……."

티니는 아까 전에 내가 기뻐하면서 '완성이다!' 라고 외친 것에 대한 이유가 궁금한 듯했다. 하긴 티니는 원래 내 일에 관심이 많았으니 이 정도 궁금해하는 거야 보통인 데다 못 말해 줄 일도 아니었기에 나는 선선히 아까 전의 일에 대해 설명해 주었다.

"간단해. 이번에 새로운 경지에 접어들었거든."

"네?"

하지만 티니는 아직 내가 무슨 말을 하는지에 대해 잘 알아듣지 못한 듯 고개를 갸웃했다. 하지만 이내 무언가 생각이 난 듯하면서도 무언가 걸린다는 듯한 표정을 지으며 내게 질문했다.

"하지만 지금 주인 오빠는 소드 마스터에 아크메이지잖아요? 설마……."

"아아, 그렇다고 내가 소드 그렌져가 되거나 전설의 경지라는 10클래스에 들어선 건 아니고……."

역시 티니가 생각했던 것은 이것이었나 보다. 내 설명에 티니는 더욱 궁금한 표정으로 나를 올려다보았다. 문득 그런 그녀의 모습에 '귀엽다'라는 생각을 하는 나였지만 이 정도는 자주 있는 일이었기에 이제는 그다지 당황스럽지 않았다.

"같은 9클래스라고 해도 여러 단계가 있지. 물론 그 아래의 클래스도 그 점은 마찬가지이지만 9클래스는 더욱 그 단계의 차이가 커."

"네에……."

"이번에 나는 그 9클래스를 완전하게 마스터하는 것에 한 발짝 더 다가간 것 같아. 그 덕분에 얼마 전까지 생각으로만 해두고 능력이 모자라서 쓰지 못한 공격법들 중 상당수가 사용이 가능해졌더라고."

"하아……."

하지만 티니는 아직 실감이 잘 나지 않는다는 듯 아리송한 표정을 짓고 있었다. 덕분에 안 그래도 한번 시범을 보여주고 싶다는 내 생각은 더욱 확고해졌다.

"티니, 한번 봐줄래, 내가 얼마나 강해졌는지?"

"네."

나와 티니는 곧 자리를 옮겨 근처에 있던 연무장으로 갔다. 그곳에는 전쟁의 준비로 바쁜지, 아니면 아직도 계속 잠을 자는지 몇 명의 젊거나 어린 기사들만이 구석에서 자신들의 검술을 연습하고 있었다.

그러던 중 그들은 막 연무장 안으로 걸어 들어오는 나를 보았고, 그들 중 제법 나이가 있어 보이는—더불어 어느 정도 직위도 높아 보이는—기사가 나를 보며 아는 체를 하였다.

"어, 엘핀로어 공작 각하이십니까?"

"에엥?"

그런데 그의 입에서 나온 말은 가관이었다. 나를 보더니 다짜고짜 엘핀로어 공작 각하란다. 이리 생각하고 저리 생각해도 이건 반드시 레미엘의 흉계(?)와 관련되어 있을 것이라는 결론이 나왔지만 아직 정확한 자초지종을 모르는 나였기에 일단은 조심스럽게 질문해 보기로 했다.

"저기… 엘핀로어 공작이라니요……?"

"아, 설마 모르셨습니까? 어제부로 국왕 전하께서 엘핀로어님께 엘핀로어의 성과 작위를 수여하셨습니다. 물론 정식으로 작위를 수여하는 것은 오늘 오후로 예정되어 있습니다만은…….."

이제야 나는 왜 레미엘이 나보고 같이 나와달라는지 이해할 수 있었다. 이 녀석은 나에게 작위를 주려는 것이다. 당연히 달랑 작위만 주고 끝내지는 않을 것이다. 아마도 나를 비롯한 엘프들을 프로튼의 세력이라 광고하고 싶은 속셈이라는 것 정도야 깊이 생각하지 않아도 나오는 사실이었다.

"에휴, 혹시 제 풀 네임을 들려주실 수 있을까요?"

"네? 하지만 어찌 저 같은 자가 감히 공작님의 이름을…….."

"괜찮으니까 해보세요."

결국 내 부탁에 못이긴 기사는 조심스레 눈치를 보며 내 질문에 대답해 주었다.

"제가 알고 있는 바로 공작님의 정식 이름은 라니오스 베라인 레이톨트 세이렘 엘핀로어 공작 각하이신 걸로 알고 있습니다."

…이름 한번 끝내주게 거창하구만. 어차피 지금 레미엘에게 가봐야 어떤 결과가 나올지 뻔했으므로 차라리 레미엘이 나에게 직접 작위를 수여하는 현장에서 대놓고 거부하기로 결심했다. 물론 그로 인해 장내가 상당히 소란스러워질지도 모르고, 나에 대한 안 좋은 이야기가 돌거나 할지도 모르지만 그건 식으로 하지 않으면 도저히 포기하지 않을 레미엘이라는 것을 잘 알고 있기에 내 결정은 확고했다.

"네… 알았어요. 그럼 이만 하던 일 계속하세요."

"옙! 그럼……."

그 기사는 나에게 거수경례까지 한 뒤 물러갔고 나와 티니는 적당한 곳으로 자리를 옮겼다. 물론 목적은 내가 개발한 신기술을 티니에게 보여주기 위해서이다.

"자, 일단 한번 봐줘. 알았지?"

"네."

티니는 언제나처럼 조금은 과장된 모습으로 고개를 끄덕이며 오직 나만을 바라보겠다는 듯한 시선으로 나를 보았다.

"그럼……."

난 내 허리에 매어져 있던 스팅을 뽑았고 이내 정신을 집중하며 마나를 모았다. 그리고 아까 전에 연습하던 때처럼 마나를 운용해 나가기 시작했다.

개막

짝. 짝. 짝.

"음냐아……."

이미 이른 아침이라고는 할 수 없는, 오히려 늦은 아침이라고 해야 할 시간이었으나 히아스는 여전히 정신을 차리지 못한 채 침대 위에서 끙끙대고 있었다. 물론 그가 병에 걸렸거나 어디가 아파서 그런 것은 아니다. 단순히 아직 잠이 덜 깬 것뿐이었다.

"마스터, 일어나세요. 아침이에요."

"흐음… 날 좀 더 자게 내버려 둬."

리엔은 자신의 주인인 히아스를 흔들며 그를 깨우려 노력했지만 히아스는 요지부동이었다. 그렇다고 해서 그가 아직도 잠에서 깨지 못한 것은 아니었고 다만 여전히 늘어진 몸을 어쩌지 못한 채 꿈틀대고 있는 상태였다.

"마스터! 오늘은 꼭 일찍 깨워달라고 하셨잖아요!"

"흠냐… 내가 언제 그런 소리 안 한 적 있었냐?"

별로 대수롭지 않다는 듯 대답하며 히아스는 또다시 이불 속으로 기어 들어갔다. 평소 같았으면 그냥 이 정도에서 포기하고 말았을 리엔이었지만 오늘은 이유가 있었기에 자신의 주인을 깨우는 것을 포기하지 않았다.

"하지만 오늘은 싸움 일어나는 날이니까 죽이는 한이 있어도 일찍 깨워달라고 하셨잖아요! 일어나세요! 벌써 오전 8시 21분이에욧!"

"…맞다!!"

우두둑!

"*끄아아아악!!*"

히아스는 그제야 오늘이 무슨 날인지 기억하고서는 벌떡 자리에서 일어났다. 물론 너무 급하게 일어나는 바람에 허리가 뒤틀린 듯하였으나 뒤틀린 허리에 회복 마법을 건 뒤 몇 번 좌우로 몸을 움직이자 아무 일 없었다는 듯 말끔히 나았다.

"그런 건 미리 말했어야지! 이제 와서 말하면 어떻게 해?!"

"벌써 네 번째였어요."

"……."

너무나도 당당한 리엔의 대답에 히아스는 결국 할 말을 잃은 채 묵묵히 자신의 옷을 챙겨입었다. 하지만 급한 상황인만큼 그의 동작은 매우 빨랐다.

"리엔, 식빵이랑 땅콩 잼 남은 거 있지? 빨리 간단하게 샌드위치 좀 만들어줄래?"

"네, 기다리세요."

리엔의 경우는 이미 옷을 다 차려입은 채 모든 준비를 하고 있었기에 곧바로 주방으로 내려갔다. 그녀는 언제라도 출발할 수 있도록 이미 히아스가 걸치고 있는 잠옷 외의 모든 것을 정돈해 놓은 상태였다.

"여기요."

"음, 고마워. 왁왁!"

잽싸게 옷을 걸친 히아스는 리엔이 건네는 샌드위치를 한입에 우겨넣으며 오두막을 나섰고 리엔 역시 그의 뒤를 따랐다.

"이런! 앞으로 남은 시간이 얼마 없다. 일단 최대한 목적지에 도착하는 것이 제일목표다. 알았지?!"

"네!"

"좋아, 가자!"

푸앙!

곧 거대한 먼지구름이 발생하는 동시에 히아스와 리엔의 모습이 사라졌다. 물론 정말로 사라진 것은 아니었고 히아스가 너무 빠르게 이동하고 있었기에 그렇게 보이는 것뿐이었다. 히아스는 양팔로 리엔을 안은 채 빠른 속도로 평야를 가로지르고 있었다.

두두두두─

하지만 그렇게 성난 들소마냥 달려가던 히아스는 무언가 잊고 간 것이 있기라도 한 듯 다시 오두막 앞으로 되돌아왔다. 하지만 잊고 간 것이 전혀 없다는 것을 알고 있는 리엔으로서는 그의 행동을 전혀 이해할 수 없었다.

"마스터, 무슨 문제라도……?"

"아… 젠장, 까먹고 있었다."

"네?"

무언가 대단히 중요한 것을 잊고 있었다는 듯 잔뜩 인상을 찌푸린 채 낮게 중얼거리는 히아스의 모습에 리엔은 무언가 대단한 실수가 있다고 생각했다. 그리고 한편으로는 그 잘못의 원인이 혹시 자신은 아닐까 하는 생각에 가슴이 조마조마해졌다.

"…프롤릭이 있었지. 젠장, 이렇게 힘 빼면서 달려갈 필요 없잖아!?"

"하아……."

그제야 자신의 주인이 생각한 바가 무엇인지 이해한 리엔은 작게 한숨을 쉬었다. 그것은 한심한 주인의 태도에 탄식하는 것이기도 했지만 다른 한편으로는 이번에도 다행히 자신에게 아무 잘못이 없었다는 사실에 대한 안도의 한숨이기도 했다.

"이거 원… 전혀 쓸모없다고 생각했던 마법이었는데 의외로 쓸 만한 데가 있었군."

그렇게 중얼거리며 히아스는 다시 오두막 안으로 털레털레 발걸음을 옮겼다. 물론 리엔 역시 그의 뒤를 따라 다시 오두막 안으로 들어갔다.

"쳇, 그럼 서두를 필요 없잖아? 리엔, 아침 식사 준비해 줘."

"…네."

"오후에는 진창 싸울 거 같으니까 푸짐하게!"

"네."

리엔은 곧바로 주방에 들어가 아침 식사를 준비했다. 잠시 후 주방으로부터 풍겨오는 음식 냄새에 식탁 의자에 걸터앉아 있던 히아스는 군침을 삼키며 좋아하고 있었다. 그 모습은 분명 30대 중후반의 나이를 한 이가 할 만한 행동은 아니었다.

"후훗, 이렇게 신나게 싸우는 게 거의 10년 만일까? 벌써부터 기대되는군."

하지만 얼마 후에 있을 큰 전투를 생각하며 웃음 짓는 그의 모습은 방금 전까지 어린아이 같던 그의 모습과는 또 달랐다. 그는 마치 싸움에 굶주렸다는 듯한 모습으로 두 주먹을 쥐었다 폈다를 반복하고 있었다.

거의 같은 시각, 세인과 스프린 역시 히아스, 리엔과 거의 비슷한 실랑이를 벌이고 있었다.

"주인님, 아침이에요. 일어나세욧!"

“음냐… 스프린… 5분만 더…….”

“그 5분만, 5분만이 벌써 한 시간이나 지났다고요! 일어나세욧!”

다만 스프린과 리엔의 차이를 찾아보자고 한다면 스프린의 경우가 훨씬 과격한 방법으로 세인을 깨우고 있다는 데에 있었다.

“일. 어. 나. 시. 라. 니. 까. 욧!!”

쿠당탕!

“우아악!”

그녀는 시트를 통째로 잡아당겨 버린 것이었다. 스프린의 갑작스러운 공격(?)에 의해 세인은 정신을 차릴 새도 없이 그대로 바닥을 뒹굴었다.

“아야야… 무슨 짓이야?! 아프잖아!”

“오늘이 무슨 날인지 몰라요?! 전쟁 일어나는 날이라고요!”

“아, 아차!”

세인 역시 히아스와 마찬가지로 그제야 오늘이 무슨 날인지 생각해 내고는 아차 하는 표정을 지었다. 이윽고는 자신의 손목에 있는 시계를 본 뒤 다시 한 번 당황했다.

“여, 여덟 시?! 벌써 이렇게 시간이……?!”

그제야 정신이 번쩍 들었는지 세인은 허둥지둥 잠옷을 벗어 던진 뒤 옷을 입기 시작했다. 물론 아무래도 오늘은 크게 싸울 것 같은 날이었으니만큼 일전에도 입은 적이 있던 그 전투복을 입었다.

“아마 예정 시간이 정각이었지?”

“네.”

전투복을 다 입은 세인은 옆에 걸쳐져 있던 큼지막한 망토를 몸에 둘렀다. 몸에 착 달라붙는 검은색의 전투복은―비록 몸 곳곳에 갑옷 같은 부분이 있다고는 하지만―이 세계의 이들에게는 이상하게 보일 것이 뻔했기에 한 행동이었다.

"자, 그럼 일단 식사를 한 뒤에 바로 이동한다."

"네."

스프린 역시 이미 세인의 것과 같은 전투복을 장착한 뒤 그 위에 커다란 망토를 두른 상태였다. 그들이 살던 곳에서 이런 거창한 망토를 두른다면 오히려 그쪽이 더 이상했겠지만 지금 그들이 있는 이 세계는 이렇게 망토로 몸을 가린 이들이 흔하지 않다 해도 이상하게 보일 정도는 아니었기에 이쪽을 택한 것이었다.

"좋아, 오늘 아침은 정식 풀 코스다!"

"주인님, 그렇게 많이 드셨다가 정작 전투가 벌어질 때 배탈이라도 나시면 어떻게 하라고요?"

보통은 풀 코스같이 단계 수가 많은 요리를 먹게 되면 각 요리의 맛을 보는 정도만을 먹게 된다. 하지만 일단 차려진 것은 몽땅 먹고 본다는 세인의 식습관을 잘 알고 있던 스프린은 일단 세인을 말려야 한다 생각한 것이다.

"걱정 마. 네가 생각하는 것처럼 과식하지는 않으니까."

"정말이죠?"

"그럼, 누구 말인데."

아무리 봐도 전혀 과식 안 할 거 같지 않았지만 그래도 스프린은 고개를 끄덕였다. 그리고 그녀는 세인이 먼저 식당으로 내려간 틈을 타 가방에서 강력 소화제를 하나 꺼내어 품속에 넣은 뒤 그를 따라 식당으로 내려갔다.

"자, 가요."

아힌세르린, 마그루라, 제르카테스, 그리고 리크라테스와 나머지 모든 드래곤들의 모습은 진지했다. 한결같이 잔뜩 굳은 표정을 한 채 온몸에 힘이 들어가 있는 그들의 모습은 비장하기까지 했다.

"정말 괜찮겠어?"

"그래, 세린은 란을 도와주러 프로튼에 가는 편이……."

마그루라와 제르카테스가 조심스럽게 그녀에게 말을 꺼내었지만 아힌 세르린은 단호하게 고개를 저었다.

"아뇨, 저도 드래곤이에요. 이 일은 우리 모든 드래곤들에게 책임이 있는 일이고 드래곤이라면 모두 힘을 모아서 이 일을 해결해야 해요. 저라고 빠질 수는 없어요."

"오오……!"

그녀의 말에 다른 드래곤들 사이에서 작은 탄성이 터져 나왔다. 그녀의 강한 모습은 그때까지도 우물쭈물하며 갈팡질팡하던 다른 드래곤들에게 큰 감명을 주기도 하였다.

얼마 전, 드래곤들이 프라임 미팅을 가졌다. 그날 그 모임의 주제는 하이 엘프에 관한 것이었다. 세계의 균형을 지탱하던 하이 엘프가 대부분 봉인된 지도 오랜 세월이 흘렀고, 그로 인해 세계를 지탱하는 힘이 약해진 세계는 결국 붕괴하기 시작했다.

그리고 드래곤이 다시 한 번 나서기에 이르렀다. 드래곤, 신에 의해 하이 엘프와는 다른 방법으로 세상을 유지하도록 명받은 종족. 그들은 결국 다시 하이 엘프를 깨우기로 결심했다.

하지만 그때 누군가가 나타났다. 그의 이름은 아즈라우드. 그는 용황 카이젤 드래곤이었다. 약 2,600여 년 전 영웅전쟁 때 죽은 것으로 알려졌던 그는 죽기 전까지만 해도 모든 드래곤들에게 존경을 받아오던 훌륭한 용황이었다.

하지만 지금 그의 등장은 오히려 드래곤들을 분열시키고 말았다. 드래곤들은 두 개의 파로 갈려 이 세계에 침공해 오는 신족, 마족과 힘을 합쳐 인간 등을 몰아내고 새로운 질서를 세우자는 이들과 지금의 세계를 지켜내야 한다는 쪽으로.

대부분의 드래곤들의 생각은 후자 쪽이었다. 가장 큰 이유로는 아무래도 그들에게 있어 누군가의 밑에 들어간다는 것을 용납할 수 없는 자존심 때문이었다. 아즈라우드는 한 치의 거짓말 없이 자신의 현재 상황을 설명해 주었다. 자신은 물론이고 신족과 마족의 우두머리마저 쓰러뜨린 강대한 능력의 소유자가 있고 지금 자신은 그의 부하인 상태라고. 그리고 신족, 마족의 침공이라고 알려진 지금 일의 사실은 그가 주도하고 있는 것이고 신족과 마족은 물론 자신 역시 그의 밑에서 그의 뜻을 따를 뿐이라는 것, 그리고 자신과 함께 그의 밑에 들어갈 이들은 자신을 따르라고 했다.

그때 드래곤들은 그를, 정확히는 그의 위에 있는 그 '우두머리' 라는 자를 의심했다. 그자는 대체 무엇이 목적인가? 일부 드래곤들은 그야말로 세계의 파멸을 원하는 자일지도 모른다고 생각했다. 그도 그럴 것이 지금의 중간계가 가진 힘은 막강했다. 특히 자신들 드래곤을 제하더라도 인간이라는 종족이 있었고 그들은 너무나도 강했다. 그것은 영웅전쟁 때 너무나도 뼈저리게 느낀 사실이었기에 그들은 결코 잊을 수 없는 사실이었다. 그런 중간계와 애초부터 강대한 힘을 가지고 있던 신계와 마계가 격돌한다. 이미 이것은 최악의 경우 파멸에 가까운 영향을 만들어내리라는 것을 누구나 짐작할 수 있는 것이었다. 그리고 그것은 세계를 지키는 드래곤들의 목적에 반하는 일이었다.

그럼에도 불구하고 드래곤의 뜻을 배신한 아즈라우드를 따르는 드래곤들도 제법 있기는 있었다. 하지만 그 '제법 있는' 드래곤들의 대부분이 에인션트 급과 레전드 급의 드래곤이라는 것은 커다란 문젯거리였다. 만약 그들 늙은 드래곤들과 정면으로 싸우게 된다면 아무리 자신들 측의 숫자가 많다고 해도 결코 승리를 보장할 수 없었다.

"제 아버지 아즈라우드는 이미 죽었습니다. 그것도 2,600년 전에요. 전 지금 존재하는 아즈라우드는 제 아버지가 아니라고 생각하고 있어요."

그럼에도 그들은 지금 그 '늙은 드래곤'들과 싸우기 위해 준비를 갖추고 있었다. 비록 상당히 불리한 싸움이라 할지라도 일단 수는 이쪽이 훨씬 많았다. 그리고 모든 노룡들이 적으로 돌아선 것도 아니었기에 충분히 승산은 있었다.

"그리고 프로튼은 란 오빠와 티니만으로도 어느 정도 적들을 상대할 수 있을 거라고 생각해요. 게다가 저희들 쪽도 여유가 있는 건 아니잖아요?"

아힌세르린의 설명에 결국 리크라테스를 비롯한 다른 드래곤들은 그녀의 말에 수긍하였다. 그리고 잠시 후, 리크라테스는 무언가 할 말이 있는 듯 드래곤들의 앞에 나섰다.

"여러분, 잠시 제 말을 들어주시겠습니까?"

조금은 갑작스러운 그의 한마디에 모두들 의아한 모습으로 그를 바라보았다. 심지어는 그와 매우 가까운 사이인 마그루라, 제르카테스 역시 그가 말하고자 하는 바가 무엇인지 전혀 짐작조차 할 수 없었다.

"우선 본론을 말하기에 앞서 저는 여러분께 사과를 해야 합니다. 죄송합니다. 저는 지금까지 여러분을 속여왔는지도 모릅니다."

드래곤들 사이에 술렁임이 일어났다. 안 그래도 무언가 이상하다는 생각을 하던 드래곤들이었다. 오래 산 것도 아니고, 그렇다고 해서 무언가 유명한 것도 아니었다. 무언가 힘있는 배후가 있는 것도 아닌 그가 이번의 프라임 미팅을 주선했다고 했을 때부터 몇몇 드래곤들은 그에게 무언가 있다고 생각하고 있었다.

"정말로 죄송합니다. 하지만 더 이상 숨기기는 아무래도 힘들 것 같군요. 사실 저는……."

이후 리크라테스의 입에서 나온 말은 아힌세르린, 마그루라, 제르카테스를 비롯한 모든 드래곤들에게 충격을 안겨주었다. 그들은 리크라테스의 말에 하나같이 크게 경악했다. 하지만 다행이라고 할까, 아무도 그에

게 증오심 등의 부정적인 감정을 가지지는 않았다. 오히려 신비로움 등
의 감정을 가진 이도 있을 정도였다.

"…죄송합니다."

모든 설명이 끝났다. 하지만 드래곤들은 마치 아직도 리크라테스의 설
명이 끝나지 않았다고 생각하는지 그 누구도 입을 열지 않았다. 그들은
여전히 반쯤 혼이 나간 듯한 모습으로 그를 바라보고 있었다.

"하, 아하하하하."

잠시간의 정적을 깨고 웃음소리가 들려왔다. 그 소리의 주인공은 마그
루라였다.

"하하하하, 하하, 아하하하하."

결코 시끄럽거나 요란한 웃음소리가 아니었다. 그렇다고 해서 광기에
물든 웃음도 아니었다.

그는 고개를 숙인 채 조용히 웃고 있었다.

하지만 그의 웃음소리는 공기를 울리며 넓게 퍼져 나갔고 모든 드래곤
들이 그 웃음소리를 들을 수 있었다.

그렇게 그가 얼마나 웃었을까. 시간이 지나가 조용히 들썩이던 그의
어깨가 진정되기 시작했다. 그리고 웃음을 완전히 진정시킨 그는 천천히
걸음을 옮겨 리크라테스에게 다가갔다.

"너 말야……."

마그루라는 살며시 리크라테스의 어깨 위에 자신의 손을 얹었다. 그 상
태로 몇 초의 정적이 흐르고 순간 마그루라의 표정이 험악하게 일그러졌다.

"잘난 척하지 말랬지!"

퍼억!

쿠당탕!

순식간에 일어난 일이었다. 방금 전까지만 해도 힘이 다 빠진 듯한 모

습으로 리크라테스의 어깨에 손을 얹던 그가 갑자기 표정을 일그러뜨리
며 리크라테스의 안면에 주먹을 꽂아 넣은 것은.

"그래, 계속 지껄여 봐. 그래서 네가 뭐 하는 녀석이라는 건데!?"

"……."

하지만 티크라테스는 아무 대답이 없었다. 단지 피가 흐른 입가를 닦으
며 고개를 숙인 채 마그루라의 시선을 피하는 것이 그가 취한 행동이었다.

"그래서… 네가 뭐 하는 녀석인데… 네가 리크라테스가 아니라고 부
정하려는 거야?"

마그루라의 목소리가 잦아들었다. 그리고 그의 한마디에 놀란 리크라
테스는 놀란 표정으로 고개를 들어 올렸다.

"대답해! 넌 이제 우리가 알고 있는 골드 드래곤 리크라테스가 아닌
거냐고?!"

마그루라의 외침은 방금 전 그를 때릴 때의 목소리와 달랐다. 지금의
그의 외침은 거의 악에 받친 그런 목소리였다.

"아닌 거야? 넌 이제 리크라테스가 아니야?"

"저는……."

"대답해! 넌 대체 누구야?!"

"저는… 골드 드래곤 리크라테스입니다."

그제야 마그루라의 입가에 미소가 피어났다. 그리고 그것은 아힌세르
린도, 제르카테스도, 그리고 그를 아는 다른 드래곤들도 마찬가지였다.

"…그럼 된 거 아냐?"

"그래, 방금 네가 말한 대로 넌 리크라테스 이외엔 아무것도 아니야."

마그루라에 이어 제르카테스도 그의 말을 거들었다.

"그래요, 리크 오빠는 리크 오빠로 있으면 되는 거에요."

"그래, 리크라테스. 굳이 네가 너 자신을 가지고 그렇게 복잡하게 생

각할 필요는 없잖아?"

"그래."

"맞아."

그리고 아힌세르린, 그리고 또 다른 드래곤들도 마찬가지였다. 그들은 이미 그를 그가 원하는 대로인 골드 드래곤 리크라테스로 보고 있었다.

"…감사합니다."

그의 눈가에 눈물이 고였다. 하지만 그는 환하게 웃고 있었고 다른 드래곤 역시 환하게 웃고 있었다.

"자, 어서 출발하도록 하죠."

"오오!"

모든 드래곤들이 함성을 질렀다. 그리고 그렇게 인간들에 이어 드래곤들 역시 싸움에 뛰어들 준비를 마쳐 가고 있었다.

같은 시각, 엘프의 숲 중앙에 있는 엘프들의 대신전에서는 이변이 일어나고 있었다.

"…으음!"

엘프들의 대장로이고 또한 대신관이기도 한 에람드는 오늘도 어김없이 자신들, 즉 엘프의 신인 에루이아에게 기도를 올리고 있었다. 그러던 중 그는 얼마 전에도 경험했던 묘한 느낌이 자신의 몸을 훑는 것을 느꼈다. 그것은 자신의 기억이 틀리지 않았다면 분명 신탁받을 때의 느낌이었다.

"또 다른 신탁이……!?"

잠시 묘한 흥분감에 젖어 있던 그는 곧 신탁의 내용을 듣기 위해 더욱 경건한 마음으로 정신을 집중했다. 그리고 곧 그의 머리 속으로 신탁의 내용이 흘러들어 왔다.

"……."

제법 오랜 시간이 흘렀다. 해가 뜨기도 전에 기도를 시작했던 그는 몇 시간 동안 기도하는 자세로 신탁을 전해 들었다. 그리고 신탁을 모두 들은 그는 결국 힘이 빠진 듯 신탁이 끝나자마자 그대로 옆으로 주저앉았다.

"후우……."

그의 입에서 한숨이 새어 나왔다. 그것은 비단 힘들어서만이 아닌, 신탁의 내용에 관한 한숨이기도 했다.

"엘프도 전쟁에 참여하라… 입니까?"

대답해 줄 확률은 거의 없었지만 그는 직접 입 밖으로 질문하지 않을 수 없었다. 그만큼 그의 현재 심정은 매우 복잡했다.

물론 엘프의 전쟁 참여를 예상하지 않은 것은 아니었다. 하지만 그의 솔직한 심정으로는 이번 전쟁도 영웅전쟁 때처럼 그냥 조용히 엘프의 숲에서 웅크려 있고 싶었던 것이 그의 솔직한 심정이었다. 물론 그는 영웅전쟁을 직접 겪어보지는 못했다. 하지만 대륙 전체가 휘말려 들었다는 점에 있어서는 그때나 지금이나 같았다. 그때 아무 참견도 하지 않고, 아무 일도 하지 않은 채 몸을 사리고 있었기에 지금의 엘프는 그래도 이 정도의 수를 계속 유지할 수 있었다.

하지만 전쟁이 일어나고 엘프들이 그 싸움에 끼어들게 되면 분명 적지 않은 수의 엘프들이 죽게 될 것이다. 그리고 그것은 안 그래도 그다지 많지 않은 엘프들의 수가 더욱더 줄어들게 되는 것을 의미한다.

때문에 그는 지금도 그 수가 적은 데다 여러 가지의 위협을 겪고 있는 엘프들의 미래를 걱정하고 있었던 것이다.

"하지만… 신의 말씀이라면 어쩔 수 없는 것이겠지……."

그는 걱정으로 인해 힘이 빠진 모습으로 신전의 기도실을 나섰다. 그는 대신관이기도 하지만 엘프들의 대장로이기도 하기 때문이다. 물론 신의 명령인만큼 전쟁에 참여는 해야 할 것이다. 하지만 그 방식과 그 외

여러 가지 세부적인 것은 회의를 통해 결정해야 하기 때문에 그는 원로
원으로 발걸음을 옮기고 있었다.

"정말 이걸로 좋은 걸까?"

제이는 무언가 불안하다는 모습으로 쟈밀과 레이에게 질문했다. 하지
만 그 둘은 별 대수롭지 않다는 듯 피식 웃으며 대답했다.

"뭘 그렇게 걱정하냐? 이미 진작에 불은 붙여졌는데."

"이미 시작한 일인데요. 게다가 그때 분명 제이도 찬성했잖아요? 이미
취소하기에는 늦었다고요."

"그게 아니고 정말 이렇게까지 해야 할 필요가 있는 걸까?"

제이는 여전히 상당히 복잡한 심정이었지만 쟈밀과 레이는 오히려 더
욱 가볍게 고개를 끄덕임으로 제이를 당황하게 했다.

"아직까지도 반응이 없잖아? 그러니 별수없지. 조금씩 판을 더 넓혀보
는 수밖에. 어떻게 할 거야?"

"3장 바꾸지."

제이는 자신의 패에서 3장의 카드를 꺼내 테이블에 올려놨고 쟈밀은
곧 옆에 놓아둔 카드 패에서 3장을 뽑아 제이가 내민 카드와 바꿔주었다.

"그런데 과연 앞으로 어떻게 될지도 재미있는 것 아니겠습니까? 우리야
이제 할 일 다했으니 손놓고 관전만 하면 되는 거고요. 2장 바꿔주세요."

"마치 너도 적극적으로 일을 도왔다는 듯이 말하는구나. 죄다 하나같
이 날 부려먹기만 한 녀석이."

"부정하지는 않겠습니다. 자, 오픈할까요? 전 쓰리 카드로군요."

테이블 위에 올려놓은 레이의 카드는 3장의 6이 늘어서 있었다. 그의
카드를 보며 제이는 난감해진 듯한 손으로 이마를 감싸며 신음 소리를
내었다.

“끄응… 투 페어.”

제이의 앞에 내려진 카드는 두 장의 킹 카드와 두 장의 잭 카드가 각각 짝을 이루고 있었다. 포커 승부에서 이긴 레이는 여유작작한 웃음을 짓고 있었고 반면 패배한 제이는 두 손으로 머리를 감싼 채 괴로워하고 있었다.

“그런데 얼마 전에 이쪽 세계로 건너온 히아스라는 자 말입니다.”

“그 녀석 말인가? 확실히 무언가 문제가 되고도 남을 녀석 같던데.”

그 말과 함께 제이와 레이는 둘이 거의 동시에 현재 모든 일의 책임자인—정확히는 죄다 떠넘기는 대상이겠지만—쟈밀을 바라보았다. ‘어떻게 할 거냐?’ 라는 의미가 강하게 실려 있는 둘의 시선에 쟈밀 역시 짐짓 심각한 표정을 지으며 대답했다.

“그 히아스라는 자 이야기인데 말야… 사실은 알카드에게서도 그 녀석 때문에 전문이 왔었다.”

“네?”

“응? 알카드 녀석이?”

“그래.”

쟈밀은 품속에서 한 장의 문서를 꺼내어 둘에게 건네었다. 그리고 그것을 받아 든 둘은 궁금함이 가득한 표정으로 문서를 보았고 이내 크게 놀라야 했다.

“보시다시피… 그 녀석, 그 히아스라는 자를 이번 일의 에이전트로 추천하더군.”

“알카드가… 그 인간을……?”

“이거 놀랍군요. 알카드 씨가 이런 식으로 추천장을 보내오다니…….”

“어, 무언가 쌓인 게 많은 것 같지만 능력 하나는 인정한다고 하더군.”

“호오~ 뛰어난 자인가 보군요.”

레이는 작은 탄성을 흘리며 히아스에 대한 솔직한 감상을 털어놓았고 제이 역시 말로 하지 않을 뿐 그 히아스라는 자를 높게 평가하고 있었다.

"그런데 이상한 점이 하나 있었어."

돌연 진지해지는 쟈밀의 모습에 레이와 제이 역시 인상을 굳혔다. 쟈밀은 검지손가락을 세우며 낮은 목소리로 말했다.

"그자, 분명 인간인데……."

"인간인데?"

"우리와 비슷한 속성을 가지고 있었어."

"에에?!"

반쯤 얼이 빠진 듯한 제이와 레이의 괴성이 방 전체를 울렸다. 더불어 그들의 얼굴은 마치 혼이 나가기라도 한 듯 멍한 모습이었다.

"그, 그게 말이 돼? 이 종이도 그렇고, 너도 그 녀석은 분명 인간이라며?!"

"그렇습니다. 어떻게 인간이 저희들과 같은……."

"나도 인간인데?"

"쟈밀이야 그냥 말로만 인간이라고 박박 우기는 것뿐이잖아요."

"그래, 그냥 육체 하나 덜렁 뒤집어쓰고는 인간이라고 우겨대는 너와는 천지 차이라고."

'…이것들이.'

둘은 마치 그 말도 안 되는 상태를 하고 있는 당사자가 쟈밀이라도 되는 듯 따지고 들었다. 하지만 쟈밀은 그런 그들의 행동을 이해한다는 듯 고개를 끄덕였다. 자신도 그자의 근처에서 그가 자신들과 같은 속성을 가지고 있다는 걸 확인했을 때에는 지금의 저들 이상으로 놀랐으니까.

"더 묘한 사실은 그가 내 접근을 눈치 챘다는 거야. 그때 그 녀석은 나를 한번 흘끗 쳐다봤는데 우연이라고 생각하기에는 너무 날카로운 시선이었어."

"······!!"

"게다가 더 끔찍한 것은 그 후에 씨익 웃기까지 하는 거야. 정말 소름 끼치는 녀석이었다니까."

마치 그때의 일을 다시 경험하는 듯 쟈밀은 몸서리를 쳤다. 하지만 제이와 레이는 그전에 앞서 그가 말했던 내용에 놀라워하고 있었다. 최고위 천사나 악마들조차도 쉽게 알아낼 수 없는 자신들의 위치를 알아냈다는 것은 결코 그가 만만한 존재가 아니라는 점을 의미하기 때문이다.

"이거… 혹시 그로 인해서 일을 망치는 것은 아닐까요?"

레이가 조심스럽게 질문을 꺼내었지만 쟈밀은 고개를 저었다.

"괜찮아. 일단 우리 편이라고 되어 있었어. 게다가 어차피 그 정도로는 우리에게 큰 피해를 끼칠 수 없을 테니까."

"하지만······."

"그리고 여차하면 포츈님께 말씀드리면 돼."

"…그렇군요."

"게다가 뭐니 뭐니 해도 알카드가 추천한 에이전트다. 믿을 수 있는 쓸 만한 녀석이겠지."

쟈밀의 설명에 레이는 여전히 마지못한 모습이면서도 일단은 고개를 끄덕였다. 일단 이 일의 총책임자는 쟈밀이었기에 그의 결정을 따르기로 한 것이다.

"그런데 뭘 어떻게 하라는 거지? 직접 명령을 내려? 아니면 이드처럼 그냥 풀어놔?"

조금은 삐딱한 말투로 질문하는 제이의 모습에 쟈밀은 혀를 찼다. 제이는 본인 나름대로 아직 불만이 있다는 것을 표시하려는 것이었을지 몰라도 쟈밀에게는 단지 바보 짓으로 보일 뿐이었다.

"멍청아, 다 읽어보고 물어봐라. 그냥 놔두면 그 녀석 혼자 알아서 할 거라고 써 있잖아."

"……."

제이는 더 이상 아무 말도 하지 못한 채 그대로 침몰해 버렸고 쟈밀은 그런 제이를 한번 째려봐 준 뒤 레이를 바라보았다.

"넌 뭐 물어볼 거 없나?"

"물어보면 바보 취급 하시게요?"

빙긋 웃으며 질문하는 레이의 모습에 쟈밀은 당연하다는 듯 고개를 끄덕였다. 그리고 그 모습을 본 레이의 이마에 작은 땀방울이 맺혔다.

"대체 어쩌자고 다른 차원의 인간이 이렇게 몰려오는지……."

"아직 네 명일 뿐인데요?"

"…쓰읍."

"아하하… 농담이에요."

레이의 시답잖은 농담에 쟈밀은 인상을 쓰며 그를 노려보았고 그 기세에 순간 위축된—실제로 그랬는지는 모르겠지만—레이는 양손을 들어 올리며 어색하게 웃어 보였다.

덜컹.

"쟈밀! 큰일이에요!"

그때 막 라오가 방 안으로 들어왔다. 무언가 대단히 급한 일이 있는 듯 들어올 때부터 거칠게 방문을 열어젖히며 들어온 그녀의 얼굴에는 한가득 당황과 난감함의 감정이 묻어 나오고 있었다.

"쟈밀님, 큰일이에요!"

그리고 그 뒤를 이어 아바돈 역시 매우 다급한 모습으로 방 안으로 뛰어들다시피 들어왔다. 난데없는 등장도 모자라서 저렇게 다급한 모습을, 그것도 둘 모두 그런 표정을 짓고 있다는 점에 쟈밀은 무언가 알 수 없는 불안감을 느꼈다.

"…무슨 일인데 그래?"

아직 자초지종을 듣지 못했음에도 쟈밀의 온몸으로 불안감이 엄습했다. 그리고 거의 이럴 때 이런 식으로 느끼는 예감은 그 적중률이 비상하게 높다는 것이 보통이었다.

그리고 그 '불길한 소식'의 첫 번째를 전달한 것은 아바돈이었다.

"지금 북대륙과 남대륙에……."

"또 뭐야, 지금 중앙대륙에 벌어지는 이상한 사건들만으로도 머리가 깨질 지경인데."

"수백 명의 다른 차원에서 온 인간들이 나타났어요!"

"뭐어?!" ×2

"네에?!"

아바돈의 말에 제이와 레이, 쟈밀은 또다시 크게 당황해야 했다. 특히 이번 일의 총책임자(?)인 쟈밀은 복장 뒤집어지는 느낌이 무엇인지 뼈저리게 느낄 수 있을 정도로 참담해하고 있었다.

'대체 내가 무슨 잘못을 했기에 이런 일이 마구 벌어지는 거야?!'

정말 울고 싶어졌다. 하지만 아직 울 수가 없었다. 아직 라오가 할 말이 남아 있었기 때문이다. 그는 상당히 맥이 빠진, 하지만 그 이상으로 불안함이 담긴 말투로 라오에게 질문했다.

"…라오는 뭐가 큰일인데?"

"'그들'이 깨어났어요!"

"뭐어?!"

이번에 받은 충격은 아까의 것과는 비교할 것이 못 되었다. 덕분에 쟈밀은 평소에는 별로 하지 않던 확인이라는 행동까지 했다.

"서, 설마… 네가 말하는 '그들'이 지금 우리가 생각하는……?"

“그 ‘그들’ 과 맞아요. 최악이죠.”

“그아아악!”

고난에 또다시 고난의 연속이었다. 대체 어쩌자고 이렇게 사건이 터져 나가는 것인가? 쟈밀의 머리 속은 벌써부터 각 사태에 대해 세워야 할 대책들로 인해 빡빡해지기 시작했다.

“이, 일단은 그 녀석들에 대한 일이 최우선이다. 각자 전투 준비! 그리고 아바돈은 빨리 포츈님을 부르러 가거라!”

“예, 예!”

“그리고 무슨 일이 있을지 모르니 적당한 곳에 피신해 있어라. 이곳도 위험하게 될지 몰라.”

“예에……”

갑자기 급박하게 돌아가는 사태에 대해 아바돈은 제정신을 차리지 못한 채 비틀비틀 방문을 나섰다. 그리고 쟈밀은 자신의 무기, 로넬 휩을 소환하며 라오, 레이, 제이에게 지시를 내렸다.

“레이와 제이는 나와 함께 먼저 간다. 라오는 빨리 가서 루나와 레디를 불러와!”

“네!” ×2

“알았어.”

이미 제이와 레이, 라오도 각자의 무기를 소환한 상태였다. 곧바로 쟈밀과 제이, 레이의 모습은 어디론가 사라졌고 라오 역시 급하게 방 밖으로 뛰어나갔다. 이전까지는 신족과 마족이 연합하여 중간계를 침공하도록 사태를 조작하고 무슨 일이 일어나도 비교적 느긋한 자세로 관망하던 그들이었지만 이제는 그럴 상황이 되지 못하였다. 그들에게도 나름대로의 커다란 위기가 직면했기 때문이다.

충돌, 혼란

"…그리하여 저희들의 이 두 어깨에는 중간계의 운명을 지켜야 한다
는 막중한 임무가 주어지게 되었습니다!"

레미엘 녀석, 잘도 말한다. 어떻게 저 많은 대사를 외웠을까 하는 한심
한 생각이 아니다. 어떻게 저렇게 뻔뻔하게 속셈을 감출 수 있는지가 궁
금한 것이다.

이 전쟁이 끝나고 저 녀석이 무슨 일을 저지를지는 안 봐도 척이다.
여유만 된다면 바로 전쟁을 일으킬 것이다. 물론 어디까지나 그럴 여력
이 남았을 때의 이야기이지만 어쨌든 지금의 레미엘은 여전히 대륙 통일
이라는 야망을 가지고 있는 것이다.

"자, 이제 우리는 저 강대한 적을 눈앞에 두고 있습니다. 더 이상의 여
유라는 것은 없습니다. 이제 모두가 힘을 합쳐……."

아마 저 연설이 끝난 후 레미엘은 나에게 작위를 수여할 것이다. 정치
적인 목적을 위해서 말이다.

예정대로라면 난 그가 나에게 작위를 줄 때 딱 잘라서 거절하기로 예정하고 있었다. 하지만 이제 와서는 그럴 수도 없었다. 이 레미엘 녀석은 내가 그런 행동을 할지 미리 예상하고 있었는지 지금의 집회를 가지기 직전에 미리 나에게 간곡하게 부탁을 했던 것이다. 제발 그냥 작위를 받아달라고.

물론 나도 처음에는 강경하게 반대하고 나섰지만 레미엘은 나보다 끈질겼다. 그리고 나는 그를 말로써 이길 수 없었다. 그는 나에게 단지 공작의 작위만을 줄 뿐이고 영지나 직책 등은 없다고 했다. 물론 내가 무언가를 더 원한다면 가능한 선에서 들어줄 수 있다고는 했지만 그런 건 오히려 이쪽에서 사양이다. 그가 나에게 공작의 작위를 준 것은 단지 친구로의 호의일 뿐이라나? 어쨌든 나는 거의 엉겁결에 꼭 작위를 받아주겠다는 약속을 해버렸던 것이다.

"…그리고 저희 마도 왕국, 프로튼은 이 강대한 적을 앞에 두고 신병기를 개발해 내었습니다. 이것들을 개발하느라 모든 노력을 투자해 주신 마법사와 그 외 관계자 여러분께 이 자리를 빌어, 이 레미엘 넬 아르다스 자토벨라 드라이거 하벨린 프로튼 2세는 무한한 감사를 드립니다."

아마 지금 레미엘이 말하는 '신병기' 는 일전에 그가 내게 말했던 '어설프게나마 고대 왕국의 무기를 복원해 낸 것 을 말하는 것이리라. 그는 옆으로 손을 들어 올리며 아까 전까지의 연설을 할 때 이상으로 크게 외쳤다.

"이것은 저희가 고대의 유물을 기초로 만들어낸 마법의 갑옷입니다. 저희는 이것은 '마장기' 라고 부르겠습니다!"

그와 동시에 그의 양 옆에 있던 무언가 큰 것을 감싸고 있던 천이 벗겨졌다. 그리고 그 천을 걷어내자 눈부신 은색의 거대한 무언가가 나의 눈에 들어왔다.

"저것이… 마장기?"

레미엘은 저것을 '갑옷'이라고 표현했지만 적어도 내 눈에 비친 그것은 전혀 갑옷이라고 할 수 있는 것이 못되었다. 차라리 '철의 거인'이라고 하는 쪽이 훨씬 어울린다고 해야 할까? 그만큼 그 '갑옷'은 거대했다.

대략 6~7미터 정도 되는 거대한 높이, 그 몸체는 미스릴로 만들어진 것인지 보통의 철이나 은보다 찬란한 백색으로 빛나고 있었다. 레미엘의 왼쪽에 있는 마장기에는 길고 가는 검 한 자루가, 그리고 왼쪽에 있는 마장기에는 롱 소드보다는 조금 날의 폭이 좁은 검이 두 자루 들려 있었다.

그리고 그 외에도 몇 대의 마장기가 더 서 있었지만 가장 눈에 띄는 것은 그 두 대였다. 뭐니 뭐니 해도 그 두 대의 마장기가 다른 것들에 비해 눈에 띄게 차이가 나는 점은 바로 크기였다. 다른 마장기들은 그 크기가 고작 4미터 정도에 불과했으니까.

"이 두 대의 마장기는 저희가 지금 완성한 수백 대의 마장기 중 가장 혼신의 힘을 쏟아서 만든 최고의 마장기입니다!"

문득 레미엘은 잠시 나를 향해 시선을 돌리더니 이내 윙크를 해 보였다. 물론 자리가 자리인만큼 그 행동은 거의 알아차리기 힘든 만큼 짧고, 작은 움직임이었지만 그 정도를 못 알아챌 정도로 난 둔하지 않았다.

"이쪽은 엘즈마이어 라디엘 즘 소르드 백작이자 현 저희 프로튼의 근위대 단장의 전용기로 만들어진 마장기로 이름은 듀–폴이라고 합니다."

엘즈마이어의 전용기라고 소개된 그 마장기는 전체적으로 속도를 강조하고 다채로운 팔의 움직임을 고려한 설계를 한 듯 전체적으로 간결한 선을 가지고 있었다. 하지만 그러면서도 미려하게 만들어진 그 몸체는 그것이 병기이기에 앞서 마치 하나의 예술품을 연상케 하였다.

또한 그의 마장기에서 보이는 특징이라고 하면 팔꿈치 부분과 다리 부분에 있었는데, 마치 한 번 접어두기라도 했는지 조금은 두꺼운 팔과 다리 가운데로 선이 보인 것이었다. 또한 다른 일반형 마장기에는 있는 방패가 없는 대신에 양 손목 부분에 있는 소드 스톱퍼의 독특한 모양도 눈에 띄는 점이라면 띄는 점이었다.

"그리고 이쪽은 이번에 새로 저희 프로튼의 귀족이 된, 라니오스 베라인 레이톨트 세이렘 엘핀로어 공작의 전용기로 예정된 마장기로, 이름은 그리스터라고 합니다."

레미엘이 내 전용 마장기라고 소개한 그것은 전체적으로 엘즈마이어의 것과 디자인이 비슷했다. 하지만 팔 부분이 더 가늘었고 반면 어깨의 보호대는 더욱 크고 단단해 보였다. 더불어 양 허리와 등 부분에 엘즈마이어의 것에는 없는 기묘한 장식 비슷한 것이 달려 있었다. 어찌 보면 칼집이라고 생각할 수도 있지만 지금 저 마장기가 들고 있는 검의 길이로 볼 때 칼집으로 생각하기는 절대 무리였다.

"그리고 이쪽은 저의 전용기, 즉 국왕 전용기로 예정된 에미넌트입니다."

그의 설명에 맞춰 그의 뒤에 또 하나 거대한 것을 가리고 있던 천이 치워졌다. 역시 그것도 마장기였다. 그것의 모습은 다른 마장기들과 매우 차별적이었는데, 무엇보다 다른 마장기들은 맨몸(?)을 보이고 있는 것에 반해, 그의 마장기는 금속으로 된 망토 비슷한 것으로 몸체를 두르고 있었다. 그것의 크기는 5미터가 조금 넘는 정도로 나와 엘즈마이어의 마장기에 비하면 작았지만 일반형의 마장기에 비하면 컸다.

"이 철의 거인과도 같은 마법의 갑옷은 우리들에게 더욱 강한 힘과 능력을 가져다 줄 것이고 그것은 곧 승리에 연결될 수 있을 것입니다. 여기 계신 기사와 마법사, 그리고 그 외의 문관 여러분들! 저와 함께 힘을 합쳐……."

레미엘의 연설은 계속되었다. 적어도 겉으로 보기에 그는 온 열과 성의를 다해 열변을 토하고 있었고 나도 잠시 그의 연설 속에 빠질 정도였다. 그만큼 그가 내뿜고 있는 카리스마는 이전까지의 그의 모습과는 또 다른 모습이었다.

"저것이 그렇게 책에 나오던 왕의 권위와 위엄이라는 것인가……?"

문득 이런 생각이 들었다. 인간은 역시 강하다고, 꼭 신체적 능력이나 마법적 능력을 가지고 따지는 것이 아니라 인간들에게는 다른 종족에는 없는 그 무언가가 있었다.

지금 레미엘만 해도 그랬다. 인간의 위엄… 이라고 해야 하나? 그것은 드래곤 피어 등과는 또 달랐다. 단순히 공포를 주는 것이 아니라 묘한 쾌감, 환희, 동질감 그리고 그것은 많은 이들로 하여금 그를 따르게 하고 있었다. 지금도 레미엘의 연설을 듣고 있는 수많은 이들이 그의 연설에 빠져들어 있지 않은가?

"일어섭시다! 우리 인간은 승리할 것입니다!"

"와아아아아아!!"

그가 주먹을 들어 올리며 크게 외치자 곧 이어 함성이 터져 나왔다. 안 그래도 전까지 계속해서 서서히 달아오르던 열기는 방금의 그의 마무리로 폭발해 버린 듯 그 기세가 쉽사리 식지 않았다.

그리고 한참이 지나서야 그 열기는 서서히 사그라들었고 그제야 레미엘의 밑에 서 있던 사회자 비슷한 인물이 다음 진행 순서(?)를 말했다.

"그럼 이번에 저희 프로튼의 공작이 되신 라니오스 공에게 엘핀로어의 성과 공작의 작위를 수여하겠습니다."

그리고 결국 올 것이 오고야 말았다. 잠시 몇몇 곳에서 술렁이는 듯했으나 대부분의 이들은 이미 알고 있었는지 별 반응이 없었다. 그리고 그의 부름에 결국 마지못해 내가 그의 앞으로 나가려고 하는데…

콰쾅!

퍼퍼퍼펑!!

우르르르릉―

돌연 광장 이곳저곳에서 폭발이 일어났다. 건물들은 부서지고 시설들은 파괴되었다. 일부 인간들이 폭발에 휘말려 산산조각이 나버리기도 했다. 그리고 방금 전까지 그 위용을 자랑하며 서 있던 마장기들 역시 폭발에 말려들어 이리저리로 쓰러졌다.

쿠구구궁!

하지만 마장기의 경우에는 그다지 손상이 없었다. 물론 처음 공격을 받았을 때 이야기이다. 마장기는 곧바로 집중 공격을 받았고 계속되는 집중 공격을 버티는 것까지는 무리였는지 이내 박살나 버렸다. 그리고 그런 식으로 식장에 세워져 있던 대부분의 마장기가 부서져 나갔다.

일부 마장기에는 미리 사람이 타고 있었는지 이리저리 몸을 피하고 있었지만 지금 광장에 모인 사람의 수가 장난이 아닌 만큼 그 움직임은 상당히 불편해 보였다.

슈슈슝―

이윽고 상공의 공간들이 한꺼번에 일그러지는 듯하더니 곧 수백 명의 인영이 모습을 나타내었다. 그리고 그들은 모습을 드러내자마자 곧바로 땅으로 내려와 식장의 사람들을 공격하기 시작했다.

채채챙!

콰콰콰쾅!!

"으악!"

"으아악!"

장내는 순식간에 아수라장이 되었다. 아마도 신족과 마족의 기습일 것이다. 그러지 않고서야 저렇게 공간 이동을 하면서 올 수 있었을 리가 없을 테고 무엇보다도 그들 외에 우리에게 적이라 할 세력이 없었으니까.

물론 인간들 역시 순순히 당하지만은 않고 있었다. 잠시 당황하여 혼비백산하기는 했지만 곧 정신을 차린 기사들과 마법사들은 각각 자신의 무기와 마법으로 응전했고, 일부 기사와 마법사들은 비전투 인원들을 보호하며 신속히 대피시키고 있었다.

"하압!"

그리고 어느샌가 몇 명의 신족이 나를 향해 공격해 오고 있었다. 물론 그 정도 공격에 쉽게 당할 내가 아니었기에 나는 바로 스팅을 뽑아 들며 반격했다.

카카카캉!!

채채챙!!

아무래도 광혈을 흘리는 것으로 보아 이들은 신족인 듯싶었다. 그리고 다행히 이 신족들의 수준은 그다지 대단한 것이 아니었다. 굳이 비교를 하자면 일전에 싸워본 그 두 바보 마족(카랏트와 스피더)보다도 약한 정도라고 할까? 물론 아무리 약하다고 해도 보통의 기사보다는 강했다(일전의 크로이츠 내전 때 싸워본 기사들에 비교해서).

촤악!

푸욱!

그리고 그런 커다란 실력 차는 결국 나의 압도적인 승리라는 결론이 나오게 되었다. 그리고 내 옆에 있던 티니 역시 가볍게 신족들을 해치우고 있었다.

"합!"

피슛―

푸학―

"크악!"

"커억……!"

그녀의 경우에는 이전까지의 그녀와 싸움 방식이 상당히 달랐다. 이전에는 손목에 있던 날카로운 실을 가지고 싸웠던 반면, 지금은 그녀의 몸—오해마시길—을 이용해서 싸우고 있었다. 그녀의 손톱들은 거의 60~70센티미터 정도로 자라 있었고 그것들은 간단하게 신족의 목을 베고 관통했다. 그녀의 꼬리 역시 상당한 무기였는데 뒤에서 티니를 공격하려던 신족의 가슴을 간단히 관통해 버렸다.

"우후후훗."

그리고 나는 잠시 놀라운 모습을 봐야 했다. 티니는 자신의 손톱에 묻은 신족의 광혈을 핥으면서 즐거운 듯 눈을 가늘게 뜨며 낮은 웃음을 흘리는 것이었다. 그 모습은 끔찍하다기보다… 유혹적이었다고나 해야 할까? 분명 섬뜩한 광경이었음에도 전혀 그런 생각이 들지 않고, 오히려 잠시나마 아름답다는 생각까지 가지게 한 모습이었다.

역시 티니는 뱀파이어인가 보다.

"하아!"

하지만 그 모습은 순식간이었다. 마치 내가 잠시 헛것을 본 게 아닐까 하는 착각이 들 정도로 짧은 순간이었던 것이다. 그녀는 언제 그랬냐는 듯 아까의 표정을 지우며 다시 내 옆으로 다가오더니 다시금 신족들과 대치하기 시작했다.

"시작은 꽤 화려하게 치르게 되었군."

막 벌어진, 하지만 매우 치열하게 진행되고 있는 혼전 상황을 내려다보며 헤라즈는 쓴 미소를 지었다. 그리고 그것은 리히터 역시 마찬가지였지만 미첸의 경우는 뭐가 그렇게 재미있는지 연신 깔깔대며 박수를 치고 있었다.

"까하하하, 재미있지 않아요? 난 저렇게 죽이고 죽이는 광경을 보고 있으면 너무너무 재미있더라.”

하지만 이미 리히터와 헤라즈는 그녀의 말을 깨끗하게 무시하고 있는 상태였다. 그들은 지금 혼란한 틈을 타 도망을 시도하고 있을 이 나라, 프로튼의 국왕을 찾고 있는 중이었다.

그들은 지금 성의 가장 높은 탑 위에 서 있었고 덕분에 지금 난전이 벌어지고 있는 광장의 모습이 한눈에 들어오고 있었다. 물론 보통의 인간이라면 이 정도 거리에서 원하는 인물 한 명만을 찾아낸다는 것은 불가능하겠지만 지금의 셋 중에서 보통의 인간인 이는 아무도 없었다.

“…어디로 간 거지?”

“혹시 인비지빌리티를 쓴 것이 아닐까요?”

평소 같으면 가볍게 질문했을 리히터였겠지만 지금의 그와 헤라즈의 사이는 그다지 좋은 상황이 아니었기에 자연 그의 질문하는 태도는 조심스러웠다. 하지만 헤라즈는 그에게 그다지 화를 내지 않는 듯 덤덤한 목소리로 말했다.

“…그렇게 어렵게 대하지 마. 난 네 친구니까.”

“……”

“이미 지나간 일은 어쩔 수 없는 거야. 난 과거에 연연하다가 지금의 친구마저 잃고 싶진 않아.”

문득 리히터는 묘한 감정이 자신의 머리 속을 통과하는 것을 느꼈다. 그것은 마치 보이지 않는 망치가 후려치는 것 같기도 했고, 보이지 않는 칼이 머리를 관통하는 것 같기도 했다. 하지만 불쾌하지 않은, 신선한 충격이었다.

“헤라즈……”

“넌 나한테 친구, 맞지?”

“…네.”

"그럼 된 거야."

그 말과 함께 헤라즈는 리히터를 향해 작은 미소를 지어 보였다. 하지만 그 미소에는 더 이상 원한의 감정은 없었지만 너무나도 힘이 없었기에 리히터로서는 다시 한 번 미안한 감정이 뭉클 피어났다. 그로서는 너무나도 오랜만에 느끼는 '우정' 이라는 감정에 의한 것이었다.

'신기하군… 더 이상은 그 누구도 믿을 수 없다고 생각했었는데……'

그렇게 잠시 동안 리히터가 감상에 젖어 있을 무렵, 미첸은 무언가를 발견한 듯 요란하게 웃으며 어느 한 방향을 가리켰다.

"꺄하하하, 찾았다. 프로튼의 국왕!"

하지만 리히터와 헤라즈의 눈에는 아무것도 보이지 않고 있었다. 이미 미첸은 확실히 레미엘의 모습이 보이기라도 하는 듯 방금 전 자신이 손가락으로 가리킨 부분을 향해 날아가고 있었다.

"국왕 오빠~ 미안하지만 죽어줘~"

미첸은 막 군중 사이를 지나며 몸을 피하고 있는 레미엘을 향해 손을 뻗었다. 그러자 그녀의 손톱이 길게 자라나기 시작했고 그 날카로운 손톱은 정확히 레미엘의 심장을 노리고 있었다.

채앵!

하지만 그녀의 손톱은 레미엘의 심장을 궤뚫을 수 없었다. 그의 옆에 있던 엘즈마이어가 그녀의 접근을 눈치 채고는 검을 휘둘러 그녀의 손톱을 쳐내었기 때문이다. 그는 미첸의 공격을 받아낸 뒤 매서운 눈으로 그녀를 노려보며 낮게 말했다.

"…누구냐!?"

이미 레미엘과 엘즈마이어, 그리고 그 외의 몇몇 문관의 모습을 감춰주고 있던 인비지빌리티 마법은 깨어진 상태였다. 덕분에 레미엘 일행의 모습은 다른 이들에게도 보이게 되었고 곧바로 그들의 주변에 있던 신족들이 레미엘을 노리고 달려들었다.

"죽어라! 인간의 국왕!"

신족들은 각자의 무기로 레미엘을 겨누며 달려들었지만 이번에도 그 누구 하나 레미엘을 직접 건드리지는 못했다.

채채채챙!

푸하하하학!

레미엘의 주변 사방에서 무기 부딪치는 소리와 살과 뼈를 가르는 소리가 났다. 레미엘을 노리던 신족들의 대부분은 치명상을 입고는 그대로 즉사하였고 몇몇 이들이 살아 있기는 하였지만 그들 역시 멀쩡하게 서 있지는 못했다.

"국왕 전하를 보호해라!"

"우아아아!!"

채채채챙!

퍼퍼퍽!

그리고 그나마 멀쩡한 편에 있던 신족들 역시 방금 전까지 자신들이 상대하고 있던 기사들에 의해 목숨을 잃게 되었다. 물론 그 와중에서도 많은 기사들이 목숨을 잃거나 치명적인 상처를 입은 것은 어쩔 수 없는 일이었다. 신족들 역시 아무리 계급이 낮은 신족이라 하더라고 순순히 당할 정도의 실력은 아니었으니까.

"어이, 국왕 전하여, 옥체는 아직까지 멀쩡하신가?"

방금 전, 레미엘에게 달려들던 신족들을 물리친 인물 중 한 명인 가덴은 여유로운 미소와 함께 레미엘을 향해 윙크를 해 보였다. 그리고 레미엘 역시 상대의 장난기 섞인 질문에 똑같은 방법으로 답하겠다는 듯 피식 웃으며 대답했다.

"저의 옥체는 아직 끄떡없습니다. 그런데 남자의 윙크라는 끔찍한 공격을 받으니 조금 타격이 있는 것 같기도 하군요."

"아직은 멀쩡한 것 같군. 다행이다."

레미엘의 말에 또 한 명의 도움을 준 자인 제잔드는 낮게 중얼거렸다. 제잔드, 가덴, 그리고 엘즈마이어는 방금 전 레미엘을 향해 위협적인 공격을 해왔던 당사자인 미첸을 노려보며 그녀를 향해 검을 겨누었다.

"휘익~ 몸매 끝내주는군. 아가씨가 이 녀석들의 큰누님 되시는가?"

도저히 전투를 하는 이의 모습이라고는 생각할 수 없을 정도의 노출도 높은 복장과 고혹스러운 그녀의 몸짓을 보며 가덴은 휘파람을 불었다. 하지만 그렇다고 해서 상대에 대한 경계를 늦추지는 않았다. 일단 상대의 외모가 어찌 되었든 무서운 실력을 가지고 있는 적이라는 점에서는 변함이 없었으니까. 가덴은 공과 사를 구분하지 못할 정도로 무른 남자는 아니었다.

"어머, 멋진 오빠네. 이런 상황만 아니었다면 한번쯤 같이 뜨거운 밤을 보낼 텐데 참 아쉽네요. 당신도 그렇게 생각하고 계시죠?"

"유감이군. 사실은 나도 그렇게 생각하고 있었어. 그런데 내가 질문한 것에 대답은 언제 해줄 거지?"

가덴이 질문을 하는 와중에도 미첸은 자신의 몸을 더듬거나 교태스러운 자세를 취하는 등의 행동을 하고 있었다. 하지만 레미엘을 비롯한 네 명은 이미 상당한 정신적 수련이 되어 있는 이들이었기에―레미엘의 경우는 나머지 셋과 다른 의미에서―아무런 영향을 받고 있지 않았다.

"…서큐버스로군."

제잔드의 낮은 중얼거림을 들은 나머지 세 명의 인물들 역시 고개를 끄덕였다. 방금 전까지의 그녀의 행동은 단순히 자기 만족을 위했던 것이 아닌, 자신들을 유혹시키기 위한 행동이었던 것이다.

"흐음… 이 오빠들은 내가 별로 매력이 없다고 생각하나?"

"끝내주는 몸매이긴 하지만 그렇다고 눈을 뒤집을 정도로 우리는 멍청하지 않아서 말입니다, 서큐버스 아가씨."

"치이~"

레미엘의 농담 섞인 대답에 미첸은 양 볼을 부풀렸다. 하지만 그렇다고 해서 모든 이들이 그녀의 매혹을 견딜 정도로 정신이 탄탄한 것은 아니었다. 그것을 알고 있는 미첸은 곧 유혹의 표적을 바꾸기로 결심했다.

"하~이! 지금 열심히 싸우시고 계시는 멋~진 기사님들! 잠시 이쪽을 봐주시겠어요?"

그녀의 외침 소리가 멀리 퍼져 나갔다. 그리고 그녀의 목소리를 들은 이들 중 대부분의 이들이 그녀를 향해 고개를 돌렸다. 그것에는 신족, 마족의 구분이 없었고 그중 상당수는 마치 혼이 빠진 듯 눈동자가 풀려 있었다.

"와아~ 역시 오빠들은 저를 좋아해 주시는 거죠? 그럼 절 대신해서 싸워주시겠어요?"

미첸은 또다시 아까와 같은 방법으로 자신의 최면에 걸린 기사들과 마법사, 신족들을 조종하였고 그들은 곧 레미엘 일행을 둘러쌌다.

"…비겁하게!"

엘즈마이어는 제법 화가 난 듯 미첸을 바라보며 으르렁댔지만 그녀는 오히려 더욱 진한 웃음을 지으며 맞받아주는 것이었다.

"어머머~ 그럼 저 같은 연약한 여자보고 직접 싸우라는 건가요? 정말 비신사적이네."

곧 미첸은 레미엘 일행을 향해 가볍게 손짓했다. 그리고 그녀의 손짓에 맞춰 그녀에게 조종당하는 이들이 일제히 그들을 향해 달려들기 시작했다.

같은 시각, 갑작스러운 신족, 마족들의 공격으로 아수라장이 된 것은 비단 프로튼만이 아니었다.

콰과과광!

쿠르르르르—

크로이츠의 수도 컬츠, 현 황제인 아리나스와 아시아스 역시 전쟁에 앞서 장병들의 사기를 고무하기 위해 막 연설을 시작하려고 하고 있었다. 하지만 그들은 한마디도 할 수 없었다. 갑작스러운 마족들의 습격은 많은 이들을 혼란에 빠뜨린 것이다.

"무슨 일이죠!?" ×2

하지만 뻔한 대답이 돌아올 질문이었고 두 황제 역시 그것을 잘 알고 있었다. 하지만 그럼에도 그렇게 외친 것은 그의 목소리를 듣는 이들이 제정신을 차리기를 바라는 목적이 있었다.

"으아아아!"

"적의 기습이다!"

"맞서 싸워라!"

그리고 이내 벌어지는 사태는 프로튼과 상당히 유사했다. 일부가 혼란에 빠져 제정신을 차리지 못하고 갈팡질팡하기는 했지만 대부분의 이들은 비교적 침착하게 응전했고, 엄호하고 대피했다.

"전투 인원은 각자 진형을 갖추어 응전하라! 기사는 마법사와 비전투 인원을 최대한 보호하라! 정령 기사단은 가능한 앞에서 싸우면서 전투를 할 수 없는 귀족들을 보호하도록 하고 기병대와 유니콘 기사단은 후퇴하는 인원을 보호하며 같이 전장을 이탈하라!"

그리고 그 가운데에는 레더즈가 있었다. 그는 전투가 벌어지자 신속하게 기사들과 마법사들을 추스렸고 침착하게 대응해 나가고 있었다.

"황제 폐하, 여기는 제게 맡기고 신속히 몸을 피하시는 것이……."

하지만 아라나스와 아시아스는 고개를 저었다. 두 황제는 오히려 앞으로 나서며 싸움에 가담할 작정을 하고 있었다.

"아니요, 저희도 싸울 겁니다. 나와라, 유령 궁대!" ×2

두 황제의 소환령이 떨어지자마자 그들의 주위에 수십 개의 인영이 나타났다. 그들은 마치 유령인 듯 온몸이 희끄무레했지만 그들이 들고 있는 거대한 장궁만은 그 외관이 뚜렷했다. 그들은 소환되어 나타나자마자 각자의 활에 화살을 재기 시작했고 이내 빠른 속도로 그것을 마족들을 향해 쏘았다.

피퓨퓨퓻―

"크악!"

"으악!"

갑작스러운 화살 세례에 마족들은 크게 당황했다. 게다가 자신들을 노리며 날아들어 오는 화살들은 마치 하나하나가 살아 있는 생명체라도 되는 듯 자신들만을 노리고 날아들고 있었다.

"황제 폐하이시다!"

"황제 폐하께서 몸소 우리들을 돕고 계신다!"

"황제 폐하 만세!"

"마족들을 무찔러라!"

기사와 마법사들은 두 황제가 자신들을 도와주고 있다는 사실에 큰 용기를 얻었다. 게다가 아직 어린 나이임에도 침착한 자세로 자신들을 도와 함께 싸워주는 두 황제의 모습은 그들에게 큰 감명을 주고 있었다.

"소환 마법이네."

"지금 저 마법을 쓰는 것은 그들일까?"

모이른과 소레른은 아직 전투에 직접 참가하지 않은 채 아라나스와 아시아스가 소환 마법을 사용해 마족들을 처치하는 것을 바라보고 있었다.

"이대로 가면 지겠지?"

"아무래도 저 아이는 우리가 상대해야겠다."

곧 모이른과 소레른은 각자의 오른손을 들어 올렸다. 그리고는 나지막하게 중얼거렸다.

"나와라, 쾌속의 날개." ×2

모이른과 소레른의 등에 희미한 날개가 생겨났다. 엷은 하늘색을 한 그 날개는 곧 가볍게 펄럭이기 시작했고 곧 모이른과 소레른의 몸이 떠오르기 시작하는가 싶더니 곧 아리나스와 아시아스를 향해 날아갔다.

"나와라, 파멸의 화염."

그들이 막 전장이 되어버린 광장 위를 통과할 무렵 모이른의 손이 아래로 뻗었고, 이내 그의 손으로부터 무시무시한 열기의 화염이 뿜어져 나와 이내 밑에서 싸우고 있던 마족들과 기사, 마법사들을 덮쳤다.

"······!"

"······!"

아리나스, 아시아스를 비롯한 많은 이들은 수많은 아군마저 휘말리게 하면서 이런 공격을 하는 상대의 모습에 치를 떨었다. 게다가 겉으로 보기에는 어린아이의 모습을 한 상대가 그런 행동을 한다는 것에 더욱 경악했다.

하지만 그런 생각을 하는 동안에도 화염은 그들을 향해 날아오고 있었다. 덕분에 아시아스와 아리나스는 모든 생각을 뒷전으로 미룬 채 지금 자신들을 향해 날아오고 있는 저 화염을 막기 위해 손을 뻗었다.

"나와라, 빙결의 장벽!"

쩌저저저적―

아시아스의 머리 위로 얼음덩어리가 생겨났다. 그리고 그 얼음은 이내 사방으로 퍼져 나가 하나의 가로로 누운 두터운 벽을 이루었다. 그 벽은 마치 보이지 않는 누군가가 떠받치고 있는 듯 허공 위에 떠 있는 상태로 그것을 향해 떨어지는 화염을 받아내었다.

쿠오오오!

카가가각!

얼음의 장벽은 간신히 화염을 모두 받아내는 데 성공했고 이내 산산히 무서져 조각조각 바닥에 흩어졌다.

"…누구지? 저 사람은?"

아리나스와 아시아스는 방금 전 자신들의 머리 위에서 화염을 쏘아 보낸 모이른과 소레른을 올려다보았다. 그리고 모이른과 소레른 역시 지긋한 시선으로 아리나스와 아시아스를 내려다보았다.

잠시간 무언의 대치가 계속되었다. 갑작스러운 두 어린아이의 등장은 마족에게도, 인간들에게도 싸운다는 생각을 잠시나마 앗아가 버렸다. 마족들의 경우는 저 두 명이 자신들의 아군이고 지휘관이라는 사실을 알고 있었지만 방금 전의 자신들마저 휘말릴 뻔했던 공격에 넋이 나가 있는 상태였다.

그리고 잠시 후에야 모이른과 소레른의 입이 열렸다.

"모두 피해라."

"우리가 다 처치할 테니."

그제야 마족들과 인간들은 정신을 차린 듯 다시 서로를 노려보았다. 하지만 마족들의 경우는 조금 뒤늦게나마 모이른과 소레른의 명령을 이해하고는 공간 이동을 통해 어디론가로 달아났다.

"…무슨 속셈이지요?" ×2

아리나스와 아시아스의 질문에 모이른과 소레른은 다시 지긋한 시선으로 그들을 바라보았다.

이윽고 서로의 눈이 마주쳤다. 모이른, 소레른은 두 황제의 눈을 정면
으로 쳐다보며 나직하게 질문했다.

"…의 자손. 그리고 우리들의 반쪽."

"우리와의 기억이 남아 있는가?"

갑작스러운, 그리고 알아들을 수 없는 모호한 질문에 아리나스와 아시
아스는 고개를 갸웃했다. 자신들로서는 아무리 생각해도 저들과 만난 적
이 없었다.

"…모르는가? 하긴, 그럴 수도 있지."

"그렇다면 너희들은 우리와 싸워야 한다."

모이른과 소레른의 말에 둘을 둘러싸고 있던 모든 이들이 경계의 자세
를 취했다. 하지만 아리나스와 아시아스는 오히려 손을 내저으며 병사들
을 물리쳤다.

"모두, 후퇴하세요."

"저들은 저희가 상대하겠습니다."

그들의 말에 그 말을 들은 모든 기사들과 마법사들의 눈이 휘둥그레졌
다. 그들은 절대 그럴 수 없다는 듯 크게 고개를 내저으며 대답했다.

"그럴 수는 없습니다. 어찌 기사가 주군을 버리고 도망을 친단 말입니
까?!"

"폐하, 그럴 수는 없습니다!"

"저희는 폐하와 함께 싸우겠습니다!"

"저희의 목숨 정도는 폐하를 위해 기꺼이 바칠 수 있습니다!"

대부분의 이들이 남아서 같이 싸우겠다는 의사를 표시했지만 정작 두
황제는 고개를 저었다. 그들은 간곡한 표정으로 기사들과 마법사들을 설
득하였다.

"아니요, 아마도 저들 역시 소환 마법을 쓰는 자들일 것입니다. 여러

분들로서는 저들을 상대할 수 없어요."

"게다가 제대로 싸우게 되면 아까의 그것 이상으로 큰 위력의 공격들이 오갈 것입니다. 여러분은 오히려 방해가 돼요."

"최대한 빨리, 피해주세요."

"수도가 어떻게 될지 모르니… 백성들도 같이 피난시켜 주세요."

두 황제의 모습은 매우 비장했다. 그들이 지금 이상으로 강하게 무언가를 각오한 적은 없었을 것이다. 그도 그럴 것이 지금의 아라나스, 아시아스는 목숨을 걸고 있었으니 말이다.

"푸훗……!" ×2

그 모습을 바라보던 모이른과 소레른은 돌연 웃음을 터뜨렸다. 그리고 이내 크게 웃어 젖히기 시작했다.

"하하하하하, 아하하. 아하하하하!" ×2

모이른과 소레른은 마치 실성한 이들처럼 크게 웃고 있었다. 하지만 그러는 와중에도 그런 둘을 공격하는 이는 아무도 없었다. 오히려 더욱 조심하면서 퇴각 준비를 하고 있었다.

"…우후훗, 역시 당신들은 변함이 없어."

"여전히 이 나라를 끔찍하게 생각하고 있구나."

그리고 둘의 웃음이 간신히 진정되었을 때에는 이미 대부분의 인원들이 광장에서 빠져나간 뒤였다. 두 황제는 지금 자신의 눈앞에 있는 두 명의 또 다른 소환술사를 보며 조심스레 질문을 던졌다.

"…당신들은 누구죠?" ×2

그들의 질문에 모이른과 소레른은 잠시 어두운 표정을 지었다. 아무래도 아라나스와 아시아스가 자신들에 대해 기억하고 있는 것이 전혀 없다는 데에 제법 충격을 받은 듯했다.

"…기억 못하는구나. 슬픈걸?"

"그럼 우리는 너와 싸울 수밖에 없어."

곧 모이른과 소레른은 앞으로 손을 뻗었다. 하지만 그것은 아리나스와 아시아스를 향한 것이 아니었다.

"나와라, 이동의 문."

곧 그들의 앞에 제법 커다란 문 두 개가 모습을 드러냈다. 모이른과 소레른은 그 두 개의 문 중 하나의 문 안으로 들어가며 아리나스, 아시아스를 향해 말했다.

"나도 이 도시를 망가뜨리는 것은 싫어. 그러니까 따라와."

"다른 곳에서 싸우도록 하자."

곧 모이른과 소레른은 문 안으로 들어가 버렸고 이내 그들을 들여보냈던 문은 어디론가 사라져 버렸다.

"…쫓아가야 하나? 함정은 아닐까?"

"하지만 어디가 되었든 수도에서 싸우는 것보다는 낫겠지."

곧 두 황제도 남은 하나의 문으로 발걸음을 옮겼다. 그리고 이내 그들의 모습과 그들을 들여보냈던 문 역시 모이른과 소레른이 이동한 곳으로 사라졌다.

"…신의 이름에 영광을!"

"와아아아아!!"

소르바스 신성국의 재상이자, 실질적인 실세가인 레저스 하스의 연설이 끝나자 그의 연설을 듣고 있던 귀족, 기사, 성직자들은 크게 환호성을 질렀다.

"…정말로 그들이 여기를 기습할까?"

다른 모든 이들이 환호하고 있었지만 그렇지 않은 이들이 둘 있었다. 한 명의 경우는 짧고 단정하게 다듬은 붉은 머리가 인상적인, 양손에 거의 건틀렛에 가까운 모양을 한 너클을 낀 청년이었고 다른 한 명은 양쪽에 창을 세워둔 남색의 머리카락을 등 한가운데까지 길게 기른 청년이었다. 그의 창은 상당히 특이한 모양을 하고 있었는데, 그의 오른쪽에 놓은 창은 창신의 길이가 약 1미터, 창날의 길이가 약 0.7미터인, 마치 롱 소드의 손잡이에 창신을 달아놓은 듯한 모양을 하고 있었다. 그리고 그의 왼쪽 창은 마상 시합 등에나 쓰일 만한 랜스를 소형화시켜 놓은 듯한 모양새를 하고 있었는데, 2미터에 달하는 보통의 랜스와 달리, 그 작은 랜스는 길이가 약 1.2미터 정도였다.

남색 머리카락 청년의 질문에 붉은 머리칼의 청년 아아크는 고개를 끄덕였다.

"응, 확실해. 그들은 곧 온다."

그 말과 함께 아아크는 다시 한 번 두 주먹을 꽉 쥐었다. 자신의 느낌이 말해 주고 있었다. 이미 '그들'은 이곳에 와 있다고, 그리고 '그들'의 무리 속에는 자신이 그토록 미워하는 '그'가 있다는 것까지.

'애거트… 왜 나타난 것이냐……?'

분명 아아크는 애거트를 증오했다. 아니, 정확히 말하면 증오하려고 노력했다.

하지만 그때마다 아아크의 머리 속으로 떠오르는 모습들이 있었다. 그것은 그가 어렸을 때 그와 함께 놀아주고, 공부하고, 기도를 하던 애거트의 모습이었다.

"혀~엉! 같이 가!"

"하하하, 쫓아오면 용치~"

"형~! 갈 때 가더라도 내 과자는 놓고 가!"

"응? 이 빈 봉지 말하는 거냐?"

"우엥!! 형이 내 과자 다 뺏어 먹었어!"

그 당시에는 형인 애거트가 참 밉기는 했지만 가족이었다. 조금 정도가 지나치기는 해도 단지 장난이었다. 그리고 그 당시의 자신은 진심으로 그를 미워하지는 않았었다.

"아아크, 이거 한번 마셔봐."
"형, 이거 술 아냐?"
"괜찮으니까 한번 마셔봐."
"하지만… 아버지한테 들키면……."
"괜찮아, 괜찮아."

그때 결국 아아크는 완전 억지로 애거트가 건네는 정체 불명의 술을 마셨고, 결국 레저스에게 걸려 하루 종일 설교를 듣고 벌을 받았었다. 여담으로 그때 애거트는 술을 진탕 마시면 정말로 책에서 나온 것처럼 되는지—고함을 지른다든지 갑자기 울기 시작한다든지 등등등—확인하고 싶었다고 한다.

"자, 아아크. 이 문제들을 다 풀어보는 거다."
"끄응… 너무 어려워."
"어렵다고 포기하면 안 돼! 모름지기 남자라면 이 정도는 가볍게 헤쳐 나갈 수 있는 지혜와 용기가 필요한 거야!"
"…알았어. 해볼게."

나중에서야 안 것이었지만 그 당시 애거트가 자신에게 낸 문제는 사실 그의 숙제였다. 자신은 그것도 모른 채 하루 내내 머리를 쥐어짜면서 간신히 그 문제를 다 풀고 있었던 것이다. 분명 충분히 원한이 품어지는 사건이었지만 그래도 아아크는 애써 그때의 일을 미화시키고 있었다.

하지만 유감스럽게도 그 외에 그다지 아름답지 못했던 추억들은 많이 남아 있다 못해 '쌓여' 있었다. 애거트가 자신의 성서를 몰래 표지만 남겨두고 알맹이는 도색 서적으로 바꿔놓은 덕에 신전의 공동 예배 시간에 망신을 당한 일이며, 멀쩡히 나무 밑에서 낮잠을 자고 있는데 말들을 끌고 와서 자신의 주변을 말똥 천지로 만들어놓은 것하며……. 그 외에도 자신이 어린 시절 애거트에게 소위 '엿먹은' 사건은 너무나도 많았었다. 그리고 그에 비해 '아름다운 과거의 추억' 의 수는 정말로 보잘것없었다.

'애거트… 반드시 해치워 줄 테다!'

이미 그의 머리 속에서 '아름다운 추억' 이라는 단어는 깡그리 사라진 후였다. 그의 머리 속에는 애거트에 대한 적개심으로 뜨겁게 불타오르고 있었다. 그리고 다른 한편으로는 내심 과거 일을 다시 생각해 보기를 잘했다는 생각도 드는 그였다.

"…어이, 이봐. 아아크! 자네, 정신 차리게!"

그때 막 누군가 자신의 어깨를 흔드는 것을 느끼며 아아크는 상념에서 벗어났다. 그의 어깨를 흔들던 남색 머리 청년은 그제야 아아크가 제정신으로 돌아왔다는 사실에 안도감을 느끼며 그에게 질문했다.

"대체 무슨 생각을 했던 건가? 무슨 생각을 했길래 그렇게 인상을 구긴 채 두 주먹은 꽉 쥐고 이빨을 가루로 만들기라도 하겠다는 듯 부득부득 갈고 있었는가?"

"아… 아하하, 그건 말이지?"

하지만 아아크는 그의 질문에 솔직히 대답해 주지 못하고 어색한 웃음으로 위기를 모면하려 하고 있었다. 다행히 남색 머리 청년은 그에게 더 이상 추궁하거나 하지 않았고 덕분에 아아크는 안도의 한숨을 쉬었다.

쿠앙!

그때였다. 그들이 모여 있는 광장의 옆으로부터 거대한 폭음이 들려온 것은.

"무슨 일이냐?!"

남색 머리 청년은 거의 반사적으로 외쳤다. 그리고 그때 막 한 기사가 그에게 다가와서 거수경례를 한 뒤 상황을 보고하였다.

"제다트님께 보고드립니다. 적으로 추측되는 괴한들이 광장의 외벽을 부수고 침입, 현재 제2기사단과 교전 중에 있습니다!"

"뭐야?!"

제다트라고 불린 남색 머리 청년의 얼굴이 대번에 일그러졌다. 그는 상대 기사가 갑옷이 아닌 평상복만 입고 있어도 당장 멱살을 잡아당길 듯한 기세로 그에게 질문했다.

"기습이라고? 적의 정체는? 적의 수는?"

"그, 그게 지금 파악 중입니다. 잠시만 기다려 주십시오."

"아니, 나도 지금 그곳으로 가겠다. 아아크, 따라오겠나?"

"물론!"

그리고 곧바로 아아크와 제다트는 문제의 현장을 향해 몸을 날렸다. 그리고 제다트는 그곳을 향해 달려가는 도중 쓸쓸한 웃음을 지으며 아아크에게 말했다.

"자네 말이 맞았군. 적이 쳐들어왔어."

제다트의 말에 아아크 역시 잠시 쓸쓸한 웃음을 지어 보였다.

"…저기인가?"

분명 그들이 그곳에 도착한 것은 그다지 오랜 시간이 걸리지 않았다. 하지만 이미 그 '적으로 추측되는 괴한들' 이 나타난 곳은 아수라장이 되어 있었다.

퍼퍼퍽!

투캉!

푸하학!

타격음, 금속음, 그리고 날카로운 무언가가 뼈와 살, 그리고 갑옷을 가르는 소리가 들려왔다. 제다트는 막 그 '적'들을 포위하고 있는 기사들 중 한 명을 붙잡고 질문했다.

"무슨 일인가?!"

상대 기사는 누군가가 자신의 어깨를 잡고 질문하자 잠시 당황했지만 이내 그 상대가 제다트라는 것을 알고는 곧 대답을 하였다.

"적의 기습입니다!"

"그건 나도 알아! 적에 대한 정보를 말해라!"

"방금 전 적들이 내성의 벽을 부수며 나타났습니다. 현재 제2기사단과 제5기사단이 전투 중에 있으나 고전하고 있습니다."

"젠장! 적의 수는?"

"그것이……."

적의 머릿수를 묻는 제다트의 질문에 상대 기사는 잠시 말끝을 흐렸다. 그의 행동에 답답함을 느낀 제다트는 거칠게 그의 어깨를 흔들었다.

"젠장! 아는 대로 말해! 대략 몇백인가?"

"그, 그것이……."

"빨리 말해!"

"다, 단 두 명입니다!"

"뭐… 야……?!"

제다트의 안색이 흙빛으로 변했다. 지금 그의 모습으로 보건데 결코 거짓말을 하는 것은 아니었다. 하지만 그렇기에 더욱 어처구니가 없는 그였다.

"폭포 올려치기!"

쿠앙!

하지만 제다트에게는 더 이상 사념에 빠져 있을 시간이 없었다. 순간 들려오는 외침과 동시에 아까 전과는 비교할 수 없을 정도로 커다란 굉음과 함께 마치 땅이 폭발하기라도 하는 듯 하늘 높이 흙더미가 솟아올랐다. 그리고 그 흙더미들과 함께 부상당하거나 이미 죽어버린 기사들의 몸뚱이도 함께 허공으로 솟아올랐다.

"비켜! 비켜!"

타타탁!

아아크는 제다트가 기사를 붙잡고 상황에 대한 질문을 하고 있을 때 이미 그 전투의 현장 한가운데를 향해 달려가고 있었다. 그는 급한 나머지 길을 헤치지 않고 기사들의 어깨와 등, 머리를 밟아가며 전투의 중심지로 향하고 있었다.

"여어, 왔구나, 바보 동생."

그리고 역시 예상대로 그곳에는 그가 있었다. 적당히 기른 갈색 머리, 입가에 피어 있는 묘한 웃음, 그리고 그가 들고 있는 지름이 2미터에 달하는 거대한 차크람.

"애거트!"

물론 그곳에는 애거트 혼자만이 있지는 않았다. 그의 옆에는 상당히 근육이 우락부락한 거한이 한 명 서 있었지만 지금 아아크의 눈에는 다른 이가 들어올 상황이 아니었다.

"역시 있었구나. 아직 내 눈은 쓸만 한가보군."

아아크는 애거트를 바라보며 증오에 가득 찬 시선을 보내며 잔뜩 인상을 쓰고 있었지만 애거트는 오히려 담담한 미소를 지으며 부드러운 시선으로 그를 바라보고 있었다. 하지만 아아크는 그가 그런 모습을 하고 있을수록 그에 대한 증오가 더욱 커지는 것을 느꼈다.

"그런 눈으로 나를 바라본다고 해서 무엇 하나 변하지 않는다는 것은 잘 알고 있을 텐데."

"으그그극……!"

애거트의 전혀 긴장감없는, 오히려 자신은 아무것도 모른다는 듯한 모습으로 어머니를 죽이기 이전의 자신이 형이라고 불렀던 때의 그의 모습에 아아크는 가증스러움을 느꼈다. 하지만 그럼에도 아아크는 애써 감정을 억누르며 그를 노려보고만 있었다.

예전에는 자신의 실력이 미숙했고 또한 이성을 상실했던 때라서 잘 몰랐지만 지금은 너무나도 확실히 인지할 수 있었다. 지금의 자신은 얼마 전과 비교할 수 없을 정도로 성장했지만 아직도 저자를 확실하게 이긴다는 것은 무리라는 것을. 분명 지금의 애거트는 겉으로 보기에는 무방비 상태인 것 같았지만 사실 지금의 그는 자신의 주변의 상황을 완전히 파악한 상태임을 알 수 있었다. 그렇기에 그는 간신히 이성으로 감정을 억누르며 참고 있었던 것이다. 정신 차리고 싸워도 승패를 장담할 수 없을 텐데 무턱대고 달려들었다가는 어떤 결과를 초래할지 자신도 잘 알기에.

"아, 어머니 묘는 잘 봐드리고 있냐? 쓸쓸하실 텐데 잘 돌봐드려야지."

하지만 애거트에게서 이 말이 나오자 더 이상 아아크에게 이성은 남아 있지 못했다. 그가 말한 '어머니'는 분명 자신만의 어머니가 아닌, 그에게도 어머니일 테고 게다가 그녀를 죽인 것은 애거트였다. 그런 어머니를 살해한 장본인은 지금 아무렇지도 않다는 것을 넘어 거의 비아냥거리다시피 한 자세로 자신들의 어머니를 말하고 있었다. 그는 결국 남아 있던 이성의 한가닥마저 상실하고는 두 눈으로 살기가 가득한 시선을 담은 채 애거트를 향해 달려들었다.

"이 자식!!"

"안 돼!"

투앙!!

그때 누군가 그를 제지했다. 그는 막 애거트를 향해 뛰쳐나가려던 아
아크를 끌어안아 그를 막으며 다시 병사들의 무리까지 그를 밀어내었다.

"놔! 놓으란 말야!"

"참아, 그렇게 무턱대고 달려들었다가는 어떻게 될지 자네도 잘 알지
않은가?"

하지만 아아크는 쉽게 진정하지 못하고 제다트의 품 안에서 버둥거렸
고 제법 시간이 지나서야 진정이 된 듯 호흡이 안정되며 흥분이 풀렸다.
하지만 여전히 애거트에 대한 강한 적개심은 사라지지 않은 듯, 오히려
한층 더 그 적개심이 짙어진 듯한 모습으로 그를 노려보고 있었다.

"이제 와서 참회하라는 소리는 하지 않겠다. 대답해라, 왜 어머니를
죽였던 거지? 왜 안 되는 것을 알고 있으면서도 인피니티를 계속 잡고 있
었던 거지? 그때의 너도 완전히 인피니티에게 정신을 빼앗길 정도는 아
니었어. 분명 그전에도 시도했다가 스스로의 힘으로 그것을 뿌리쳤었잖
아!?"

"……."

"뿌리치고 싶다고 마음먹었으면 충분히 뿌리쳤고 그럼 어머니는 돌아
가시지 않았어! 왜 계속 그것을 잡고 있다 어머니를 죽인 거지?!"

아아크는 악에 받친 듯 외치며 대답을 촉구했지만 애거트는 아무 대답
도 하지 않고 있었다. 단지 가늘게 뜬 눈으로 묘한 미소와 함께 아아크를
바라보고 있었다.

"대답해!"

"정말로 대답해 줄까?"

갑작스러운 애거트의 대답. 덕분에 아아크는 잠시 몸을 움찔했다. 하지만 다시금 기세등등하게 애거트를 노려보며 고개를 끄덕였고 애거트는 그러한 아아크의 모습에 피식 웃으며 대답해 주었다.

"하지만 내가 할 수 있는 대답은 언제나 한 가지로군."

"또 운명… 이라고?"

"너도 잘 알고 있잖아?"

"웃기지 마!"

아아크는 애거트의 대답이 매우 불성실하다고 생각했다. 하지만 애거트는 진심이었다. 다만 아아크가 그것이 진심이라는 것을 이해하지 못한 것이다. 물론 그 이유에는 여러 가지가 있지만.

"뭐가 웃긴다는 것인지 모르겠군."

"언제나 운명, 운명! 운명을 미리 볼 수 있다면 앞으로 다가올 불행을 피하거나 바꿀 수도 있지 않아?!"

아아크는 다시 떠올려 버렸다. 그날의 악몽, 어머니가 돌아가시던 그날의 광경. 언제나 자신이 좋아했고 자신을 좋아해 주던 어머니는 자신의 눈앞에서 역시 가족으로서 좋아하던 형의 손에 의해 살해당했다.

저주받은 차크람, 인피니티에 의해 목이 잘렸다. 그 다음은 처참하게 온몸이 조각났다. 자신의 형, 애거트는 그것을 아무렇지 않게 저지른 뒤 사라졌고 오랫동안 모습을 드러내지 않다 얼마 전에야 비로소 다시 만날 수 있었다.

"자기 마음대로 피할 수 있으면 그건 운명이 아니겠지. 피할 수 없고 바꿀 수 없으니까 운명이라고 하는 거다, 동생아."

"그렇다면 그 따위 운명, 내가 직접 부숴주겠어!"

아아크는 더 이상 말만하고 있을 수 없다고 생각하고는 자신의 주먹을 앞으로 내밀었다. 그의 양 주먹에 끼워진 모닝 스톰은 주인의 의지에 반응하기라도 하는 듯 순간 은색으로 빛났다.

"…멋있는 소리는 혼자 다하는군."

애거트 역시 인피니티를 앞으로 내밀며 싸울 자세를 취했다. 그는 아아크를 향해 인피니티를 겨누며 한마디 했다.

"마지막으로 하나만 묻자, 미련한 동생아. 너는 누가 이길 것 같냐?"

"누가 이기냐니……?"

아아크는 의아한 듯 고개를 갸웃했다. 그로서는 지금 애거트가 무슨 뜻으로 그런 말을 했는지 이해할 수가 없었다.

"유감이지만, 내가 널 이긴다. 이것이 지금 내가 본 운명이다."

애거트는 서서히 아아크를 향해 발걸음을 옮겼다. 아아크 역시 그를 향해 조심스럽게 발걸음을 옮겼다. 하지만 여전히 그를 바라보는 애거트의 표정에는 여유가 넘치고 있었다.

"만약 네가 나를 이긴다면 너는 네 말대로 운명을 부수는 것이 되겠군."

"…좋아. 그 정도, 한번 해보겠어."

이미 그들의 주변에 서 있던 기사들과 신관들은 일찌감치 뒤로 물러선 상태였다. 그들로서는 가까이 있어봐야 아아크와 제다트에게 방해뿐이 되지 않을 것이라고 생각했기 때문이다.

"저쪽은 저쪽대로 신났고… 그럼 우리도 이야기를 시작해 볼까?"

그리고 애거트의 옆에서 그와 아아크가 이야기를 나누는 동안 하품을 하며 서 있던 근육질의 남자는 남아 있는 상대인 제다트를 향해 웃으며 말했다.

"아아, 말 안 해도 그럴 참이었다."

"물론 입으로 이야기하지는 않는다는 것, 잘 알겠지?"

"남자에게 말은 필요없지. 오직 문답무용이다."

"그럼 지금까지 입으로 쨍알거린 저 둘은 뭐라고 해야 할까?"

"바보들이라고 해야 하지. 아니면 얼간이도 좋겠군."

이윽고 두 남자 역시 서로 싸울 자세를 갖추었다. 근육질의 남자는 자신의 두 주먹을 들어 올렸고 제다트는 자신의 무기인 두 자루의 창을 각각의 손에 잡았다.

"내 이름은 켄. 성은 없다."

"제다트 베이른 켄타론. 소르바스 성기사단 총단장이다."

그들의 대화를 끝으로 아아크와 애거트, 그리고 켄과 제다트의 싸움이 시작되었다.

한편 그렇게 각국에서 신족, 마족들에 의한 기습으로 인한 전쟁이 발발하고 있을 때.

오랜만에 싸워본다고 하며 묘한 흥분감에 젖어 있던 히아스는…….

"끄응……!!"

화장실에서 있는 힘을 다주며 자기 자신과의, 정확히는 '자신의 장과 항문' 대 '자기 자신의 근성' 과의 2:1 데스매치 사투를 벌이고 있었다.

"마스터, 그러길래 과식은 하지 마시라고 했잖아요?!"

히아스가 '좋아! 이제 가… 크악! 배, 배가… 우아이아악!!' 이라고 외치며 화장실로 뛰쳐 들어간 것도 벌써 거의 1시간째. 리엔은 여전히 화장실 안에서 나올 기미를 보이지 않고 힘 주는 소리만 내는(…) 히아스를 나무랐다. 하지만 히아스도 지지 않겠다는 듯 마주 대꾸했다.

"시꾸라(시끄러)! 그럼 그렇게 상 다리가 휠 정도로 밥상을 차려온 너는 뭐야?!"

“하지만 마스터가…….”

“시끄라! 그렇다고 배탈날 정도로 밥상을 차려오면 어떻게 해?! 게다가 그렇게 기름기 넘치는 음식만 차려오는 건 또 뭐고?!”

‘마스터가 기름기 넘치는 음식만 좋아하시잖아요…….’

리엔이 속으로 그렇게 변명을 하고 있는 사이, 또다시 화장실 안에서 ‘끄아아악!!’ 이라는 괴성(…)이 들려오기 시작했다. 그런 모습에 리엔은 조금은 걱정스러운 표정으로 가슴에 손을 얹으며 중얼거렸다.

“마스터… 평소에는 과식 안 하시더니…….”

그렇게 언제까지라도 계속해서 갖은 괴성과 이런저런 효과음(…)들을 만들어내던 화장실 안이 돌연 잠잠해졌다. 그리고 몇 초 후 히아스의 우렁찬 목소리가 화장실 안으로부터 흘러나왔다.

“…안 되겠다. 히아스 특제 쾌변약 발동!!”

뿅~

꿀꺽!

구르르르르르르르—

작지만 경쾌한 약병의 뚜껑 따는 소리, 그리고 조금은 과장되었다고 생각할 정도로 크게 들리는 무언가를 마시는 소리. 그 다음에 이어진 것은 마치 드래곤이 코를 골기라도 하는 것 같은 소리가 들려왔다.

“Ready!”

쿠구구구구!

그리고 그 소리는 점차 커져 마치 지진이라도 일어난 듯한 진동음이 들려왔다.

“Fire!!”

푸화아아악—

쿠르르르르르—

쿠과과광—

그리고 잠시 동안, 하지만 제법 길다는 생각이 들 정도의 시간 동안 화장실 안에서 갖은 굉음이 울려 퍼졌다. 그것은 마치 천지개벽이라도 일어난 듯한 착각에 빠질 정도로 거대한 소음이었다. 그 괴성으로 인해 밖에 서 있던 리엔이 깜짝 놀라며 양손으로 귀를 틀어막게 할 정도였다.

"⋯⋯."

그리고 잠시 화장실 안이 조용해졌다. 그리고 그제야 영원히 열리지 않을 것 같았던 화장실의 문이 열렸다.

기이익—

조금은 음침한 소리와 함께 화장실 밖으로 나온 히아스의 모습은 참담했다. 그의 얼굴은 모진 고생(⋯)으로 인해 수척해 있었고 몸에서는 너무 오랜 화장실 수감 생활(⋯)로 인한 화장실 고유의 냄새가 배어 나오고 있었다. 그의 등 뒤로 보이는, 다행히 약간만 열려 내부의 모든 것이 보이지는 않는 화장실의 모습은⋯⋯.

차마 묘사하지 못하겠다. 묘사했다가는 이날 이후 이 소설은 연재를 중지해야 할지도 모른다. 있지도 않은 연재물 위생법 같은 것에 걸려서 말이다.

"이, 인류 보완 계획⋯ 성공⋯⋯."

철퍽!

그리고 그는 바로 바닥에 쓰러졌다. 그의 몸으로부터 뿜어 나오는 묘한 귀기, 미동도 하지 않는 그의 육체, 그리고 그의 온몸에서 풍겨져 나오는 썩는 냄새(⋯)는 그를 도저히 살아 있는 존재로 볼 수 없게 만들고 있었다.

"마스터⋯ 살아 계신가요?"

리엔은 한 손으로 코를 막은 채―냄새 나니까―조심스럽게 그의 옆에 다가가 그의 생존 여부를 물어보았다(사실 이런 경우에는 막대기로 히아스를 찔러보는 것이 예의(…)이겠지만 리엔과 히아스의 관계를 생각하면 불가능했다). 그녀의 질문에 히아스는 몸은 꿈쩍도 하지 않은 채 입만 움직여서 대답했다. 하지만 지금 그의 상태는 얼굴을 땅바닥에 마주 대고 있는 상태였기에 육안으로는 그의 입이 움직이는지 확인할 수 없었다.

"보면 모르냐……? 반만 죽은 상태잖아."

"그렇군요."

리엔은 고개를 끄덕이더니 이내 그녀의 옆에 메고 있던 작은 가방을 열었다. 리엔은 잠시 그 안을 뒤적거리는 듯하더니 곧 작은 약병을 하나 꺼내었다. 그 약병의 옆에는 붉은색으로 그려진 해골 마크와 함께 '용빨 드링크(이게 가장 큰 글씨로 써져 있다. 나머지 글자들은 밑부분에 작게 써 있음)! 경고. 이 드링크는 매우 위험한 성분으로 조제한 금단의 약이므로 마감에 쫓기는 작가의 입장 등 최악의 경우가 아닐 경우에는 절대 복용하지 마시오! 성분:절.대. 극.비(그 밑에 아~아~아~주 작게 '성분은 며느리도 몰라~' 라고 써 있다). 유통 기한:제조일로부터 5년 3개월. 제조일:용기 하단에 표기' 라는 문구가 붙어 있었다.

"약 드실 거죠?"

"상황이 상황이니 어쩔 수 없겠지."

히아스는 힘겹게 몸을 옆으로 돌렸다. 곧 그의 몸은 옆으로 돌아서 등이 바닥에 닿게 누웠고 리엔은 그에게 들고 있던 예의 '용빨 드링크' 라고 써 있는 약병을 그의 입에 가져갔다.

"먹여 드리겠습니다."

"응."

곧 리엔은 약병을 들고 있지 않은 한 손으로 히아스의 코를 잡고 조심스럽게 그의 입에 약병의 내용물을 부었다. 그리고 그의 입속에 모든 약을 털어 넣자 리엔은 재빠르게 그에게서 멀어졌다.

부글부글부글!

예의 드링크를 마신 직후 히아스의 배속으로부터 마치 무언가가 끓어오르는 듯한 소리가 나기 시작했다. 그리고 점차 그 크기를 더해가던 소리는 어느 순간 잦아드는가 싶더니 이번에는 히아스의 입에 반응이 나타나기 시작했다.

푸쉬쉬쉬쉬!

그의 입으로부터 가스가 분출(?)되기 시작했다. 약간 거무튀튀한 색을 띤 그 가스는 곧바로 위로 솟아올랐고, 그가 있는 오두막의 천장과 닿는 순간 불타기 시작했다.

화르르르―

그리고 이내 불이 붙어버린 오두막은 불타오르기 시작했다. 불타오르기 시작한 오두막 안에서 히아스는 그제야 생기를 되찾은 듯 벌떡 일어서며 넌더리를 냈다. 하지만 방금 그가 먹었던 약의 영향으로 인해서인지 그의 입술은 퉁퉁 부어 있었다.

"크악! 이래서 이 약은 먹기 싫다니까."

"마스터, 이제는 괜찮으십니까?"

"문제없어. 이제 가자!"

어느새 본래의 기운 넘치는 모습으로 돌아온 히아스는 이내 리엔을 데리고 불타기 시작한 오두막을 빠져나왔다. 오두막을 나온 뒤 히아스는 리엔에게 말했다.

"잊어먹은 건 없는 것 같고… 좋아, 일단 가보자."

"예, 마스터."

리엔은 고개를 끄덕였고 히아스는 리엔에게 다가갔다. 그리고 그는 리엔의 뒤에서 그녀를 껴안은 다음 나지막하게 주문을 외웠다.

"프롤릭."

파앙!

곧 그들은 어디론가를 향해 날아가기 시작했다. 그렇게 프롤릭 마법으로 어딘가를 향해 날아가던 히아스는 갑자기 무언가에 대한 감정이 복받치기라도 했는지 날아가는 도중 허공에 대고 크게 외쳤다.

"장인어른 미워~! 맨날 나만 부려먹고~!"

하지만 그의 외침은 그의 주변을 감싸고 있는 공기의 막에 의해 대부분이 차단되었다. 그리고 그 공기의 막은 히아스의 마법력 덕인지 너무나도 성능이 좋아버리는 바람에 옆에서 리엔이 하는 말조차도 차단하였다.

"마스터, 냄새나요."

"드래곤이다!"

"영웅전쟁의 재래다!"

"드래곤의 복수가 시작되었다!"

다른 나라도 갑작스러운 적들의 습격에 적지 않은 피해를 입고 있었지만 그것은 지금 카지롤 공국에서 벌어지는 일에 비하면 새 발의 피라고 할 만큼 작은 피해라고 할 수 있을 것이다.

"쿠오오오오오오!!"

쿠과과과광!

거대한 드래곤들의 입에서 뿜어져 나오는 브레스들은 건물을 불태우고 휩쓸었으며 사람들을 단숨에 녹이거나 독의 고통에서 죽게 만들었다. 하늘에서 떨어지는 벼락보다도 강렬한 번개는 모든 것을 휩쓸었고 섬광처럼 지나가는 빛은 그것이 가는 길을 가로막는 모든 것들을 사라지게 만들었다.

"으아아아악!"

"꺄아아아악!"

"으아아앙!!"

이미 이 나라의 기사단은 물론 국가를 수비할 수 있는 그 어떤 수단도 남아 있지 않았다. 남은 것은 혼란 속에서 작은 벌레마냥 이리저리 도망치고 있는 민간인들과 그들을 조롱하듯 가지고 놀며 도시를 초토화시키는 드래곤들뿐이었다.

"그오오오오!"

쿠르르르르!

또다시 한 레드 드래곤의 브레스가 도시를 훑고 지나갔다. 에인션트 드래곤의 강렬한 화염의 브레스는 지나가는 길에 존재하는 모든 것을 불태우거나 녹여 버리며 지나갔다. 그 강렬한 브레스는 심지어 바위마저 녹아 흐르게 할 정도였다.

"후하하하, 이거 의외로 통쾌한걸?"

"2,600여 년 전의 묵은 한이 풀리는 것 같군."

그리고 그렇게 무자비한 파괴를 자행하며 도시를 짓밟고 수많은 인간들을 단숨에 해치운 드래곤들은 그 광경을 보며 통쾌한 듯 크게 웃었다. 그들에게는 그만큼 영웅전쟁으로 인해 쌓이게 된 인간들에 대한 원한이 깊었던 것이다.

영웅전쟁, 드래곤들이 최초로 패배라는 것을 경험하게 한 그 전쟁도 처음에는 드래곤들의 압도적인 우세로 전개되었었다. 하지만 어느 순간부터인가 인간들은 자신들의 진정한 능력을 보여주겠다는 듯 이전까지와는 비교도 하기 힘들 정도의 강한 모습으로 반격해 왔고, 마지막에는 이노센트라고 불리우는 말도 안 되는 초병기를 사용해 수많은 드래곤을 살해하였다. 그리고 결국 용족은 인간에게 항복하게 되고 지금은 드래곤 산맥이라 불리는 산맥을 경계로 두고 서로 간의 불가침 조약을 맺었었다.

드래곤이 그 규칙을 깨고 인간을 짓밟는다 해도 정당한 경우는 단 한 가지뿐이었다. 인간이 세상의 균형을 깨뜨리고 질서를 어지럽힐 때.

그리고 지금, 불과 2,600여 년 만에 그 불가침 조약이 완벽하게 깨어지는 순간이었다. 그렇다고 인간이 세상의 균형을 무너뜨리는 것은 아니었다. 단순한 드래곤들 측의 약속 위반이었다. 드래곤들은 그때의 일은 전혀 기억나지 않는다는 듯 철저하게 카지롤을 짓밟고 있었다.

"크라라라라!"

콰르르르룽―

그리고 그것은 에이아 공국 역시 마찬가지였다. 그곳 역시 갑작스레 등장한 수십의 드래곤들에게 반항 한번 해보지 못하고 무참히 부서져 가고 있었다.

"으아아악!"

"까아아아!"

"크아악!"

카지롤과 에이아의 모습은 말 그대로 아비규환이었다. 사람들은 서로 살기 위해 이리저리 도망쳤고 그러는 와중에 자신이 살기 위해 타인을 죽이는 일도 서슴지 않았다. 심지어 그 틈을 이용해 강간, 강도 등 갖가지 범죄를 저지르며 자신의 이익을 추구하려는 이들까지 있었다.

쿵쾅쾅쾅!

쿠르르르!

하늘 위에서 브레스와 마법만으로 도시를 공격하던 드래곤들은 이제 땅으로 내려와 직접 도시를 부수었다. 그 모습은 어떻게 보면 장난감을 가지고 노는 아이와도 같은, 얼핏 보면 우스꽝스러울지도 모르지만 사실은 매우 끔찍한 광경이었다.

"…후우."

하지만 그 와중에도 밑으로 내려가지 않는 드래곤이 딱 하나 있었다. 그는 아까 전에 많은 드래곤들이 카지롤과 에이아에 브레스와 마법을 쏟아 부을 때에도 아무 행동도 하지 않고 있었다.

"나는 과연 옳은 일을 하고 있는 것일까?"

아즈라우드는 이제 와서 새삼 후회라는 감정이 생겨나고 있었다. 분명 그때 자신은 자신의 이름에 걸고 이드를 따르기로 맹세했고 지금은 그의 명에 따라 이렇게 인간의 도시를 짓밟고 있다.

'하지만 과연 이 행동 자체는 옳은 일인가?

어쩌면 영웅전쟁 때와 비슷한 상황이기도 했다. 하지만 그때와 달리 지금의 이 드래곤들에게는 없는 것이 있었다.

궁지.

그것이 없었다. 지금의 그들은 단지 복수의 쾌감이라는 것에 젖어 있을 뿐 그 외에는 아무것도 없었다.

무엇보다도 이 행동은 세상을 지킨다는 드래곤들의 행동 규칙에 어긋나는 것이었다. 물론 인간들의 세상을 파괴한다는 것이 반드시 세상을 지킨다는 그들의 규칙에 어긋나는 것은 아니었지만 그렇다고 해서 이것이 단순한 파괴라는 것에는 변함이 없었다. 그리고 이 행동은 조금이라도 세상의 균형을 흔들리게 할 것이라는 점에는 틀리지 않으리라.

"…음!"

아즈라우드는 갑작스럽게 머리 위로부터 강한 위협을 느끼고는 재빠르게 몸을 옆으로 피했다. 그 움직임은 도저히 수십 미터의 거대한 몸집을 가진 드래곤의 움직임이라고는 믿을 수 없을 정도로 빠르고 깨끗했다.

구르르르르—

그의 느낌은 틀리지 않았었다. 방금 전까지 그가 있던 자리에는 짙디 짙은 녹색의 구름과도 같은 물질들이 공기를 메우며 지나가고 있었다.

쩌저저적―

브레스가 작렬한 곳에는 두꺼운 녹색의 층이 형성되었다. 그 강렬한 독기로 인해 도로와 바닥은 침식되었고 생명체들은 독을 쬐는 순간 즉사했다. 하지만 신기한 점이 있다면 그곳에 있던 가로수 등의 식물은 아무 이상이 없었다는 것이다.

"왔느냐……?"

아연히 중얼거리며 아즈라우드는 하늘로 시선을 옮겼다. 다른 드래곤들 역시 갑작스러운 브레스 공격에 당황하며 아즈라우드를 공격한 당사자를 바라보았다.

"세린."

하늘에는 또 한 무리의 드래곤들이 있었다. 그들은 지금 땅에 내려서 있는 드래곤들에 비하면 대체적으로 그 크기도 작고 연륜도 적어 보였지만 그 수는 훨씬 많았다.

"아즈라우드!"

그리고 그 무리의 가운데에는 한 명의 그린 드래곤이 있었다. 그린 드래곤, 아힌세르린은 감정이 없는 듯한 말투로 아즈라우드를 향해 쩌렁쩌렁하게 외치고 있었다.

"세계의 균형을 지키는 수호의 종족 드래곤이라는 이름에 먹칠을 하고 세계를 어지럽히려는 그대의 행동은 분명 용서할 수 없는 만행임에 분명하다."

아즈라우드와 그의 세력에 가담한 드래곤들을 향한 아힌세르린의 목소리에는 감정의 기복이 없었다. 물론 아힌세르린에게 아무 감정이 없는 것은 아니었다. 그녀는 아직까지도 자신들을 배신한 아즈라우드에 대한 복잡한 감정들로 인해 머리 속이 혼란했지만 애써 그런 감정들을 억누르며 계속해서 외쳤다.

"지금이라도 그 잘못을 시인하고 지금 저지르는 만행을 그만두겠다면 가벼운 처벌로 끝날 수 있다! 늦지 않았으니 당장 잘못을 뉘우치고 참회하라!"

이 말을 하는 와중에도 아힌세르린의 머리 속에는 수많은 장면들이 스치고 지나가고 있었다. 그것은 과거에 자신이 아즈라우드와 함께 있었을 때의 추억들이었다.

"아… 빠?"

"그래, 내가 널 낳은 아빠고 엄마란다. 그리고 이 아빠의 이름은 아즈라우드라고 한단다."

"아즈… 라우드."

자신이 알을 깨고 나왔을 때 가장 먼저 본 존재, 그가 바로 자신의 아버지이자 어머니인 아즈라우드였다.

"아빠, 인간이 왜 위험한 거야?"

"흐음… 인간에 대해서는 말로 하면 잘 설명이 안 되는구나. 하지만……."

"하지만?"

"일단 인간은 다른 종족들과 달리 매우 교활하고 똑똑하단다. 그들의 속임수에 많은 드래곤들이 죽어 나가기도 했지."

"헤에… 인간은 위험하구나."

"그래, 그러니까 세린이 나중에 어른이 되어도 인간은 각별히 조심하거라."

"그런데 아빠, 나 이제 마법 가르쳐 줘."

"우웅~ 그래그래."

인간으로 폴리모프조차 못한 채 힘겹게 몸을 뒤뚱이며 움직여 서고를 뒤지며 여러 가지 책을 읽었었다. 하지만 그렇게 다른 드래곤보다 열심히 공부를 해도 놀면서 배우는 다른 드래곤에 비해 그 진척이 느렸을 때에는 상당히 속이 상하기도 했었다. 하지만 자상한 아버지의 가르침과 돌봄 속에서 자신은 계속해서 성장해 나갔다. 외적으로도, 내적으로도.

"와아~ 예쁘다아!"
"하하하. 세린, 즐겁니?"
"응! 엄청 재밌어!"
"하하하, 그럼 다행이고."
"아빠?"
"응? 또 무슨 부탁할 거라도 있니?"
"아니. 아빠, 고마워."
"아이고, 우리 세린 정말 착하고 예쁘다. 웃샤!"
"까하하하~"

헤츨링에서 성룡이 되었을 때 아버지는 자신을 데리고 인간 세상에 놀러 나갔다. 처음 본 인간 세상은 레어 안의 단순한 생활만을 하던 아힌세르린에게는 신선한 충격이었고 덕분에 그때의 추억은 지금도 생생하게 기억하고 있었다.

"여어~ 우드 아저씨! 저희들 왔어요!"
"아즈라우드님, 실례하겠습니다."

"우드 아저씨, 놀러 왔어요."

"아, 그래. 어서 오너라. 너희들이 놀러 온 게 얼마 만이냐?"

"어라? 이 쪼그만 드래곤은……?!"

"설마… 우드 아저씨, 자식을 낳았던 거예요?!"

"그래서 얼마간 레어에서 계셨군요. 축하드립니다."

"하하하하, 고맙네."

"우오~ 정말 예쁘다!"

"확실히 보통 드래곤에 비해 훨씬 아름답다고 할 수 있겠군."

"이런 예쁜 드래곤을 자식으로 가지시다니, 정말 축하드립니다."

"하하하하."

"그리고… 산후 조리는 잘하시라고요."

"……(이것들이 꼭 말을 해도)."

"아빠, 이 인간들 누구야?"

"하하하. 세린아, 이 오빠들은 인간이 아니란다. 소개하지."

"아뇨, 우리가 직접할게요. 난, 마그루라라고 해. 레드 일족이지. 앞으로 친하게 지내자."

"제르카테스다. 잘 부탁한다."

"리크라테스입니다, 귀여운 꼬마 헤츨링."

"아힌세르린이에요. 그리고 저 이제 헤츨링 아니고 성룡이에요!"

그때 처음으로 '친구'라는 존재들이 생겼다. 열심히 공부를 해도 잘되지 않는 통에 다른 드래곤들에게 은근히 바보 취급을 당하던 자신을 보고 예쁘다 칭찬을 해준 그들은 지금에 와서도 자신의 가장 친한 친구였다. 리크라테스 역시 비록 지금은 그의 정체를 알았다고는 해도 친구라는 점에는 변함이 없었다.

"여어~ 우드 형님, 저 왔수다."

"…그 엉성한 말투 좀 고쳐라, 가르테론트."

"쳇! 나름대로 재미있는 말투 아녜요?"

"……."

"응? 저기 있는 쪼~끄만 귀여운 헤츨링은 대체 뭘까나아~!"

"안녕하세요."

"하하하, 거 귀엽게 생겼구나. 내 이름은 가르테론트라고 한단다. 네가 아즈라우드 형님의 딸이냐?"

"아저씨, 우리 아빠 동생이에요?"

"진짜 형제는 아니고 의형제지. 하지만 형제는 형제이니 아저씨 대신에 삼촌이라고 불러라."

"네, 삼촌."

"하하하, 요 귀여운 것."

"이봐, 다른 건 다 좋은데 제발 나중에라도 너의 그 괴상한 취미는 이 아이한테는 가르치지 말아라."

"응? 내 취미 생활 중에 괴상하다고 할 만한 것들이 있었나?"

"……(이 자식이!)."

"아, 아힌세르린이라고 했던 거 같은데 나중에 꼭 삼촌 레어에 놀러 오거라. 재미있는 것을 보여줄 테니."

"네."

"야! 지금 누구 레어에 놀러 오……!"

"하하하, 그럼 전 이만 실례하겠수다~"

"야, 이 잣샤!!"

생각해 보면 참 어이없는 만남이기도 했다. 게다가 가르테론트와의 만남은 자신에게 있어 조금은 다른 의미(…)로 막대한 영향을 준 상대이기도 했다.

"황제! 인간들이……!"
"인간?! 인간들이 무얼 어쨌는가?!"
"그것이… 커억!"
"이봐, 만다렌트. 정신 차리게!"
"아버지, 무슨 일이 일어난 건가요?"
"세린, 아무래도 무언가 큰일이 난 것 같다."
"……."
"너는 피해 있……."
"싫어요! 저도 이제 어엿한 성룡이고 거의 웜 급에 도달해 있다고요. 저도 같이 갈 거예요!"
"세린……."
"언제까지나 저를 헤츨링 취급 하지 마세요. 저도 아버지에게 도움이 된다는 것을 보여 드리겠어요!"
"…푸훗, 알았다, 내가 졌다. 따라오거라."
"네!"

그때는 무슨 일인지도 자세히 모르고 거의 객기로 따라나섰었다. 하지만 그렇게 끼어든 사건이 인간들이 영웅전쟁이라 부르는, 인간과 드래곤 사이의 커다란 전쟁이었던 것이다.

"아버지!"

"안 돼, 세린! 이미 아즈라우드님은……!"

"세린, 기분은 이해하지만 지금 저 안으로 뛰어들면 너마저 죽게 된다."

"그래, 개죽음은 안 돼! 우리도 빨리 도망치지 않으면 같이 죽는다고!"

"이해하긴 뭘 이해해! 오빠들이 내 마음을 어떻게 알아?! 아버지!!"

"안 돼, 세리인!"

"세린을 붙잡아! 절대 저곳에 가게 해선 안 돼!"

"놔! 난 아버지를 구하러 갈 거야! 아버지이!!"

그리고 그때 그는 죽었다. 분명 죽었었다. 자신이 보는 눈앞에서 그는 죽었었다.

하지만 그러한 과거를 철저하게 부정하겠다는 듯 그는 지금 자신의 앞에 살아 숨 쉬고 있었다.

"유감이지만 그럴 수는 없다. 나에게도 나름대로의 사정이 있으니까."

그것은 명백한 거절 의사의 표시였다. 그리고 그것은 서로 간의 싸움을 의미하는 것이었기에 모든 드래곤들은 긴장했다.

"아, 아즈라우드, 정말 저 젊은이들(?)과 싸울 생각인가?"

"아무리 그래도……."

"그래, 어떻게 저런 젊은것들을……."

하지만 아즈라우드 측은 벌써부터 흔들리고 있었다. 방금 전까지만 해도 한자리에서 리크라테스의 이야기를 들었고 얼마 전까지만 해도 어르신, 젊은이하며 지내던 사이였거늘. 하물며 아무 원한 관계도 없는 젊은이들과 어찌 싸우고, 어찌 그들이 방해된다고 해서 그들을 죽인단 말인가?!

"저, 정말로 싸우려는 거야?"

"이, 이봐, 상대는 최소한 에인션트를 넘은 노룡들이라고!"

"아무리 이 정도의 머릿수로 싸운다고 해도 피해는 장난이 아니라고. 이긴다는 보장도 없잖아?!"

"같은 드래곤들끼리 꼭 싸워야 하는 거야?"

하지만 그것은 젊은 드래곤 측도 마찬가지였다. 그들 역시 얼마 전까지만 해도 친하게 지내던 사이가 지금 바로 선을 그어놓고 적아를 구분한다는 것은 생각할 수 없는 일이었다. 게다가 뭐니 뭐니 해도 그들은 에인션트를 넘은 드래곤들의 강함을 잘 알고 있었다.

"그래서 안 싸울 거야?! 상대는 이미 드래곤의 율법을 어긴 배덕자일 뿐이라고! 이미 우리들과는 다른 집단이 된 자들이라고!"

사실은 아힌세르린 역시 저들과 싸우기 싫었다. 친한 이들에게 브레스를 뿜는다는 것은 생각도 할 수 없었고 그녀 역시 노룡들의 강함을 알고 있기에 은근히 겁이 나기도 했다. 하지만 지금 젊은 드래곤들의 대표인 자신이 약한 모습을 보여서는 안 된다는 생각에 그녀는 애써 강한 모습을 보이고 있었다.

"싸워야 해!"

그녀의 강한 외침에 드래곤들은 순간 온몸으로 알 수 없는 전율이 흐르는 것을 느꼈다. 그것은 마치 일전에 아즈라우드에게서 느꼈던 그것과도 비슷한 것이었다.

'역시 용황의 자식인가……!'

순간 모든 드래곤이 그렇게 생각했다. 분명 용황의 자질을 갖춘 드래곤은 대를 이어 태어나는 것이 아닌, 신의 뜻에 따른 것이었다(쉽게 말해서 랜덤이라 이 말이다). 게다가 아즈라우드의 경우에는 이전까지의 용황에 비해 비정상일 정도로 강대한 능력을 가지고 있었기에 일부에서는 '어쩌면 그가 전설로 전해 내려오는 초룡인지도 모른다' 라는 소리까지 들었을 정도로 강한 자였다.

그런데 지금의 아힌세르린은 모든 드래곤들이 순간 아즈라우드를 의식할 정도로 강한 위엄을 보였던 것이다. 비록 지금은 단순히 기세만이 그러했지만 그것만으로도 지금은 충분했다.

'이것도… 운명인가……?'

감상적인 시선으로 자신의 자식인 아힌세르린을 보고 있던 그는 살짝 고개를 돌려 그녀의 옆에 있던 리크라테스를 바라보았다. 그의 시선을 의식한 리크라테스는 아즈라우드를 향해 힘없는 미소를 지으며 고개를 끄덕였다.

'그렇습니까? 당신도 어쩔 수 없었던가요?'

리크라테스의 반응에 아즈라우드는 힘없이 고개를 끄덕였다. 그리고는 자신의 주위에서 아직까지도 술렁이는 드래곤들을 향해 말했다.

"자네들은 돌아가게. 자네들까지 이 싸움에 말려들게 할 수는 없지."

"…그게 무슨 소리인가?"

"이 아이들을 상대하는 것은 나 혼자로도 충분해."

아즈라우드의 말에 또다시 노룡들 사이에서 큰 술렁임이 일어났다. 하지만 그것은 아즈라우드를 걱정한 것이 아니었다.

"설마… 자네, 진심으로 저 아이들을 죽이려는 것인가?!"

"진정하게! 그런 짓을 저질러서는 안 돼!"

하지만 아즈라우드는 막무가내였다. 그는 그 거대한, 하지만 다른 노룡에 비해서는 아담하다고 느껴질 정도로 작은 몸체를 앞으로 움직이며 나섰다.

"걱정 말게. 나도 그렇게 나쁜 녀석은 아니니까."

그리고 돌연 강한 에메랄드 빛의 섬광이 그의 몸을 둘러쌌다. 그리고 그와 함께 그의 거체가 줄어들기 시작했다.

"오오……!"

그 찬란한 빛에 새삼 드래곤들마저 감탄을 하는 동안 아즈라우드의 몸은 인간의 크기까지 줄어들었다. 그리고 그 빛이 사라지고 드러나게 된 그의 육체는 경이할 만한 것이었다.

"저것이……!"

"용황의 용인 형태인가……!"

겉모습은 인간과 비슷하게 보이기도 했다. 하지만 그의 눈동자는 전체가 에메랄드 색이었고 그의 몸 곳곳은 마치 보석과도 같은 비늘로 덮여 있었다. 머리와 목 뒤쪽으로 난 뿔은 그의 강대한 권위를 상징하는 듯했고 활짝 펴진 채 그의 등 뒤로 나 있는 날개는 하늘을 빨아들여서 날고 있는 것 같다는 착각을 하게 할 정도로 힘이 넘쳤다.

그 강대한 모습, 심지어는 영웅전쟁 때에도 쉽게 볼 수 없었던 그의 용인 형태를 본 모든 드래곤들은 감탄의 탄성을 자아내었다.

"이제 와서라도 돌아가고 싶은 드래곤들은 돌아가거라. 꼭 내 편에 가담하라고는 하지 않겠다. 다만 자신의 레어에서 쉬고만 있어도 된다. 즉, 방해하지만 말아달라는 것이다."

그의 목소리는 작았지만 그의 목소리를 듣지 못한 이는 아무도 없었다. 그리고 그의 말을 들은 드래곤들 사이에서 또다시 술렁임이 일어났다.

그리고 그 술렁임이 잦아들었을 때 수많은 드래곤들이 사라져 있었다. 그들은 저 아즈라우드라는 드래곤과 적대하기도, 그와 함께 세상의 규칙을 바꾸는 것도 싫었던 것이다.

반면 방금 전까지만 해도 아즈라우드와 함께 도시를 파괴하던 노룡들 중 그를 적대하겠다는 모습을 보이는 드래곤들도 있었다.

"역시, 다시 생각해 보니 아무래도 자네의 방법은 잘못된 것 같아."

그 말과 함께 노룡들은 각자 용인의 형태로 변화하였다. 분명 그들의 용인 형태 역시 강인함과 아름다움이 동시에 느껴지는 모습이었지만 그들의 앞에 있는 아즈라우드에 의해 그 기세가 한풀 꺾인 상태였다.

"그럼 나머지는 돌아가라. 아, 가는 김에 저쪽에 있는 이들에게도 지금 상황을 전해주고 자신의 방향을 정하라고 전해주겠나?"

아즈라우드의 말에 아직도 그의 편에 있겠다고 하거나 그의 편으로 돌아선 젊은 드래곤들은 고개를 끄덕이고는 곧 날개를 펼쳐 날아올랐다.

"자, 빨리 끝내도록 하자. 나도 나름대로 바쁜 몸이다."

그는 자세를 잡으며 자신을 적대하겠다는 드래곤들을 바라보았다. 그들의 제일 앞에 서 있던 드래곤, 아힌세르린은 잠시 머뭇거리는 듯하더니 곧 그를 향해 돌진했다.

"크아아아악!!"

그리고 그런 그녀의 뒤를 쫓아 방금 전까지 막상 그와 싸우겠다고 하면서도 머뭇거리던 다른 드래곤들 역시 그를 향해 돌진했다.

"걱정 마라. 죽이지는 않는다."

수십, 수백의 드래곤들을 상대하는 것치고는 아즈라우드의 목소리는 너무나도 여유가 넘쳤다.

"차라리 내가 죽었으면 좋겠구나……."

아무도 듣지 못할 정도의 작은 목소리로 아즈라우드가 중얼거린 한마디였다.

쿠쾅쾅쾅!

"으아아악!!"

"까아아악!!"

머츠론의 수도 레니암, 그곳 역시 다른 곳들과 마찬가지로 갑작스러운 기습으로 인해 대혼란에 빠져 있었다.

"아, 아직도 멀었는가?"

"이제 금방입니다. 잠시만 기다려 주십시오."

하지만 다른 국가와 다른 점이 있다면 바로 최고 권력자의 자세였다. 머츠론의 대통령, 다춘 케이먼은 적의 습격에 용감히 맞서 싸우는 다른 나라의 지도자들과 달리 전쟁이 터지자마자 다짜고자 도망갈 준비를 하고 있었다.

"부, 분명 프로튼은 안전한 건가?"

"아마도 괜찮을 겁니다. 적어도 이곳보다는 안전하겠죠."

"재산은 확실히 옮겨둔 것 맞지?"

"네, 이미 각국에 미리 돈을 분산시켜 두었습니다."

다춘의 명령대로 짐을 싸고 있는 그의 비서관은 지금 이런 행동을 하면서도 자신이 싫어지는 것을 느꼈다.

자신이 문관의 길로 올라섰을 때에 어떤 생각을 했는가? 보다 이 나라를 잘 살게 해보자고, 보다 '국민들의 나라' 라는 머츠론의 이상에 더욱 가까운 나라로 만들겠다고 굳게 다짐하였었다. 그리고 꿈과 이상으로 가득 찬 그런 젊은 시절에는 언제나 최선을 다했고 자신의 이상대로 행동했다.

하지만 나이를 먹고, 이쪽 세계에서 몸담은 기간이 길어질수록 그는 현실을 깨달았고 현실을 직시하게 되었다. 이미 썩을 대로 썩은 나라 내부의 상황, 국민들을 등쳐먹으며 자신들만 호위호식하는 정치가들? 턱없이 무거워지는 세금과 하늘 높은 줄 모르고 치솟는 물가, 그리고 날이 갈수록 그 수가 많아지는 실업자로 인해 갈수록 어려워지는 국민의 상황에도 그들은 아랑곳하지 않았다. 언제나 겉만 그럴싸한, 하지만 그 속은 너무나도 형편없는 대책들과 안이한 정치가들의 태도, 언제나 외국에 제대로 된 외교 한번 하지 못하고 굽실대기만 하는 주제에 국내, 자신들보다 아래에 있는 사람들은 아무렇지 않게 깔보며 짓누르는 모습은 너무나도 추했다. 도저히 4대 거대 국가의 모습이라고 생각할 수 없는 모습이었던 것이다.

'대체 국민은 어쩌자고 저런 자를 대통령으로 뽑았단 말인가……?!'

하지만 저런 썩은 자들에게 나라의 정치를 맡긴 것은 분명 국민이었다. 물론 그 와중에 갖은 비리와 크고 작은 사건들이 있었지만 일단 겉으로나마 민주 정치를 지향하는 머츠론인만큼 지도자와 정치가는 국민의 손으로 뽑은 이들이 아니던가?

게다가 국민은 아무것도 하지 않았다. 아무리 정치가들이 잘못된 길을 가고 갖은 부정부패를 저질러도 그들은 가만히 앉아서 당하기만 했다. 일부 국민은 그들의 작태에 저항하기도 해보았으나 어디까지나 일부였을 뿐이고 그것도 순간이었다. 정치가들이 자신에게 방해되는 그들을 가만히 놔두지 않았기 때문이다.

'조만간 나라가 망할지도 모른다는 생각은 했었다. 그런데 이렇게 망할 줄은……'

그는 통탄했다. 자신이 사랑한 조국은 이렇게 정체 불명의 침략자에 의해 물벼락 맞은 모래성마냥 무너지고 있는데 최고 권력자라는 작자는 이렇게 자기 몸만 피할 궁리에 몸을 떨고 있다니.

'하지만 그와 같이 도망치려는 나도 한심하기는 매한가지다.'

썩은 정치인, 멍청하고 한심한 국민. 그들의 생활관에 이미 자신도 물들어 버렸다. 군인조차 싸우지 않고 도망치는 이 나라의 현실이 한심했지만 지금 자신조차 피난을 위해 짐을 싸고 있었다. 결국 자신도 한심한 작자임은 마찬가지였다.

이미 저 대통령이라는 작자의 가족은 국내에 없었다. 아니, 진작 몇 년 전부터 외국에서만 살고 있었다. 국민들이 피땀 흘려서 번 돈을 저 대통령은 외국으로 빼돌려 자신과 자기 가족들만을 위해 쓰고 있었다.

이런저런 생각들을 하는 와중 비서관은 짐을 다 챙길 수 있었다. 사실 이것도 그냥 도망가면 되는 것을 저 돼지 같은 대통령의 욕심으로 인해 여기까지 와서 챙겨가게 된 것이다. 지금 자신이 들고 있는 저 돼지의 가방 안에 있는 대부분의 물건은 망명에 관한 서류 및 보석과 여러 가지 돈이 될 수 있는 증서들이었다. 저 빌어먹을 자식은 나라가 망하고 자기 목숨도 위태로운 상황에서까지 재산을 챙기겠다는 생각을 하고 있었던 것이다.

"비, 비서. 빨리 도망치지 않으면……!"

자신의 비서가 짐을 다 챙긴 것을 확인한 다춘은 곧바로 자신의 집무실 밖으로 나가기 위해 문을 향해 발걸음을 옮겼다. 하지만 그는 굳이 자신의 손으로 문을 열 필요가 없었다.

찰칵!

"내 손에 죽는 거지."

누군가가 문을 열고 안으로 들어왔다. 거세게 열어젖힌 것도 아니고 몰래 들어가려는 사람마냥 조용히 연 것도 아니었다. 하지만 그로 인해 다춘이 받은 충격은 상당했다. 한 명은 단정히 다듬은 검은 머리칼의 냉막한 인상을 한 남자였고 다른 한 명은 하늘색 머리카락을 허리까지 기른 아름다운 여자 엘프였다.

"역시 내 생각과 조금도 틀리지 않는군. 역시 네놈들은 썩어 빠졌어."

그 말을 마치며 이드는 자신의 손에 들려 있던 롱 소드를 위로 들어 올렸다. 다춘은 그에게서 뿜어져 나오는 강한 살기에 질려서는 몸을 떨고 있었다.

"이… 이히히힉……!"

"항상 국민을 등쳐먹고, 자신들만의 이득을 챙기기에 바쁘지. 난 그래서 민주주의가 혐오스럽다.”

“사… 사사사… 흐아악!”

푸욱!

이드는 다춘을 단숨에 죽이지 않았다. 그는 그의 목줄을 끊는 대신 그의 허벅지에 깊숙이 롱 소드를 박았다.

“끄아아악!!”

다춘은 비명을 질렀다. 이전까지 그렇게 크게 비명을 지른 적은 없었을 것이다. 이드는 그의 허벅지에서 거칠게 롱 소드를 뽑으며 그에게 조소를 보냈다.

“아픈가? 아프겠지. 하지만…….”

“끄으으으…….”

“너에 의해 국민이 입은 상처는 이 정도가 아냐.”

푸욱!

“끄아아악!!”

이드의 롱 소드가 그의 배를 찔렀다. 하지만 일부러 힘을 조절해서 비교적 작은 상처가 날 정도로 그친 상태였다. 이드는 그를 베었던 롱 소드를 거두며 거만한 자세로 그를 내려다보았다.

“이 상태로 도망갈 수 있으면 도망쳐 봐라. 붙잡지는 않겠다.”

“으으으… 으으으으…….”

한쪽 허벅지에 깊은 검상을 입고, 복부에도 결코 작지 않은 상처를 입은 그였지만 그래도 조금이라도 더 살고 싶다는 듯 그는 필사적으로 문 쪽으로 기어갔다. 그리고 그는 힘겹게 문을 여는 데에 성공하고 막 문밖으로 나가려고 하는 순간,

퍼억!

그의 뒤통수에 이드의 롱 소드가 꽂혔다. 하지만 꽂힌 것은 한순간이

었다. 이드는 강한 힘을 실어 롱 소드를 던진 듯 그가 던진 롱 소드는 다춘의 머리를 부수며 그대로 날아가 버렸다.

"…미안하군. 손이 미끄러졌어."

상황에 전혀 어울리지 않는 농담을 중얼거린 이드는 곧 아직 집무실에 남아 있는 다춘의 비서관에게 다가갔다. 이미 그는 공포로 인해 반쯤 넋이 나가 있는 상태였다.

"으… 으히이이… 히이익……."

생각 같아서는 진작에 창문으로 뛰어내리는 한이 있더라도 이 장소에서 도망치고 싶었다. 하지만 지금의 이 방을 가득 메우고 있는 묘한 공포감은 그를 전혀 움직이지 못하게 하고 있었고 결국은 다춘의 죽음에 이어 자신에게도 죽음을 안겨다 주려고 하고 있었다.

"방금 너희 나라의 대통령이라는 작자가 뒈져 버렸다. 무슨 생각이 들더냐?"

"히이이… 으히이익……."

"국가의 최고 권력자가 죽어서 혼란스러워질 국가에 대해 걱정이 들었는가? 그럴 리가 없겠지. 이런 국가의 대통령 따위, 있으나 마나한 존재일 테니."

"으으으, 으으으으……."

"아니, 정확히 말하자면 너희들 따위에게는 애국심이라는 것부터 결여되어 있는 것이겠지."

"우으아아아……."

하지만 그는 이드의 질문에 대답할 상황이 아니었다. 이드 역시 상대의 정신 상태가 도저히 제대로 된 행동을 하기에는 무리라는 것을 알고 있음에도 마치 쌓인 한을 풀기라도 하겠다는 듯 말했다.

"이념도, 이상도, 아무것도 없어. 단지 조금이라도 자신의 탐욕을 채

우고, 타인의 것을 빼앗고 짓누르며 높은 곳에 올라서서는 아래를 내려
다보고는 즐거워하는 것, 그것이 민주 정치다. 그 점에서는 지도자 층이
나 국민들이나 똑같아!"

그 말과 함께 이드는 남은 한 자루의 롱 소드를 옆으로 그었다. 그리
고 그의 검의 움직임에 따라 비서관의 목에 가느다란 은색 선이 지나갔
고 잠시 후 그의 목은 몸통과 분리되어 바닥에 뒹굴게 되었다.

"…가자, 레노."

이드는 아직 분이 덜 풀린 듯 거칠게 몸을 돌리며 집무실을 빠져나갔
다. 하지만 레노는 바로 그를 따라가지 않고 잠시 동안 머리가 부서진 뚱
뚱한 인간과 목이 분리된 호리호리한 인간의 시체를 바라보았다.

"아직도… 당신은……."

잠시 레노의 표정이 어두워졌다. 하지만 그녀는 곧 그런 표정을 지우
며 이내 이드를 따라 집무실을 나섰다.

자기 자신과의 승부

"차아앗!"

촤악!

퍼펑펑펑!

세인의 조금은 과장된 기합 소리와 함께 방금 전까지 그를 향해 덤벼들던 신족 한 명의 허리가 반 토막이 났다. 그리고 그의 옆에서 쉴 새 없이 양손에 쥐어진 마나 블래스터를 쏘아대는 스프린의 공격에 또다시 수많은 신족들이 크고 작은 상처를 입고, 일부는 즉사하기까지 하며 나가떨어졌다.

"뭐야~ 고작 이 정도야? 어서 더 덤벼보라고!"

세인은 더 이상 함부로 공격을 감행하지 못한 채 그의 주위를 둘러싸고만 있는 신족들을 향해 손가락을 까닥거리며 그들을 조롱하고 있었다. 하지만 그렇다고 해서 발끈해서는 그를 향해 덤빌 정도로 멍청한 신족은 이 중에 없었다.

"흐음… 그래? 그럼……."

세인은 무언가 큰 기술을 쓰려고 하는 듯 잔뜩 몸을 움츠렸다. 그의
변화에 신족들은 잔뜩 긴장하면서도 여전히 그의 빈틈을 살피고 있었다.

"도심에서 쓰면 빈축 사는 기술, 기술 이름 아직 미정!"

투캉!

세인의 커다란 외침과 동시에 그의 신형이 앞으로 쏘아졌다. 그의 공
격에 미리 대비하고 있던 신족들은 그의 외침 소리가 들리자마자 몸을
날려 피하려고 했으나 어디까지나 희망 사항이었을 뿐이었다. 그의 전방
에 있던 신족들은 마치 성난 들소에 치인 어린아이마냥 힘없이 나가떨어
져 버렸다.

"크으악!"

"으악!"

날려가는 와중 뒤늦게 들려오는 신족들의 비명 소리가 도시 내를 울렸
다. 하지만 세인의 공격은 아직 끝난 것이 아니었다. 마치 바람과도 같은
속도로 날아가던 그는 신족들을 받아버리고 거의 동시에 한 건물에 부딪
칠 듯하였으나 그는 그 외중에도 재빠르게 몸을 틀어 자신의 앞을 가로
막던 건물을 차고 또다시 신족들을 향해 날아들었다.

투캉!

"크아악!"

"끄아아악!"

또다시 수 명의 신족들이 그의 몸통 박치기에 의해 산산조각이 났다.
그리고 그런 식으로 세인이 그 주변에서 계속적으로 건물을 이용해 반동
을 하며 공격을 반복하는 사이 그의 발판이 되었던 건물들에 커다란 균
열이 생겨 있었다.

"타아… 으아아아아!!"

쿠르르룽—

그리고 그 후 몇 번의 공격을 반복하자 결국 세인이 반동의 충격을 이기지 못한 듯 막 발돋움을 하던 건물이 무너져 버렸다. 그리고 세인 역시 붕괴하는 건물에 휘말려 들어버렸다.

"주인님!"

스프린은 붕괴하는 건물 속으로 사라져 버린 세인이 걱정되어 크게 외쳤지만 그곳까지 갈 수는 없었다. 상당히 어이없기는 했지만 자신들을 가로막는 강적 중 하나가 사라지자 신족들은 그 나머지 한 명인 스프린을 공격하기 시작한 것이다.

"방해하지 맛!"

투파파팡!

퍼퍼퍼퍽!

하지만 스프린이라고 해서 결코 만만한 상대가 아니었다. 그녀는 마나 블래스터로 신족들을 떨궈내고 그래도 달려드는 신족들을 몇 번의 발차기로 간단히 쓰러뜨렸다.

쿠르릉!

"푸하! 죽는 줄 알았네!"

그렇게 스프린이 막 무너진 건물로 다가가려는 무렵 건물의 잔해를 헤치고 누군가가 모습을 드러냈다. 물론 그 인물의 정체는 세인이었다.

"주인님, 무사해요?"

"당연히 무사하지!"

세인은 곧바로 신족들을 물리치며 스프린의 곁에 다가갔고 또다시 둘과 신족들 사이의 대치가 시작되었다.

"비켜라."

그러던 중 돌연 신족의 무리 사이에서 누군가의 목소리가 들려왔다.

착 가라앉은 데다 감정이 거의 드러나지 않은 저 목소리, 분명 세인은 저 목소리를 들은 적이 있었다.

"…이드 씨로군요."

"이드……."

신족들은 양 옆으로 갈라졌다. 그리고 그 사이로 이드와 레노가 걸어 오고 있었다.

"또 너희들이군."

이드는 여전히 냉막한 표정을 지은 채 세인과 스프린을 노려보고 있었 다. 스프린이 그를 보며 슬픈 표정을 짓고 있었지만 이드는 깨끗이 무시 했다.

"전에도 말했을 텐데… 더 이상은 속지 않는다고."

"……."

스프린의 눈에 눈물이 맺혔다. 세인은 그런 스프린의 모습에 잠시 당 황했으나 곧 평정을 되찾으며 머리를 굴리기 시작했다.

'…역시 저 둘 사이는…….'

하지만 그것은 어디까지나 추측이었다. 하지만 그런 결론을 내리기에 는 너무나도 따질 것이 많았다. 무엇보다도 저 둘은 도저히 만날 수 있는 상황을 연출할 계기가 없었던 것이다. 적어도 자신의 생각 하에서는 말 이다.

'역시 어쩔 수 없지. 남자가 여자의 비밀을 캐묻는다는 건 도저히 할 짓이 못 되고…….'

문득 세인은 이드 쪽으로 시선을 돌렸다. 그러던 중 그는 이상한 것을 하나 발견했다.

'저 여자 엘프… 왜 저러지?'

세인의 시선에 레노가 들어왔을 때 그는 그 생각을 떨칠 수가 없었다.

이드의 옆에 있는 저 엘프 여자는 마치 유령이라도 본 듯한 표정으로 스프린을 바라보고 있었던 것이다. 물론 최대한 표정을 수습하려고 하는 듯하였으나 그렇다고 해서 그녀의 당황한 모습이 감춰질 정도는 아니었다.

'…정말 복잡한 인간관계가 있는 것 같구만……'

그냥 깨끗이 포기하자고 결심했음에도 세인은 저 세 명의 관계를 제대로 알고 싶은 생각이 뭉클뭉클 피어났다. 무엇보다도 저 셋의 가운데에는 자신이 사랑하는 이가 관계되어 있었기에 진실을 알고 싶은 그의 감정은 더욱 커졌다.

'…하지만 방법이 없잖아?'

결국 세인은 지금의 이 호기심을 가슴속에 묻어두기로 결심했다. 하지만 반드시 언젠가는 확실하게 물어보리라는 결심도 같이 해두는 그였다.

그때 막 언제까지나 서로를 바라보고만 있을 것 같았던 셋이 있었지만 그것은 이드에 의해 깨지게 되었다.

"지금 너희들의 행동은 나를 방해하겠다는 것인가?"

이드의 질문에 세인은 천천히 고개를 끄덕였다. 그와 동시에 그는 자신의 검, 라이세린을 굳게 쥐며 싸울 자세를 취하였다.

"좋다, 상대해 주지."

세인의 모습에 이드 역시 고개를 끄덕였다. 그리고는 그 역시 천천히 자신의 양손에 들려 있던 롱 소드를 들어 올렸다.

"네가 먼저 오겠는가?"

그러던 중 세인은 무언가 이상한 점을 하나 발견할 수 있었다. 그것은 바로 지금 이드가 들고 있는 검이 평범한 롱 소드라는 것이었다.

'이상하다. 그때는 분명히……'

일전에 그를 만났을 때 어렵지 않게 자신을 날려 버렸던 그는 그 당시

각각 푸른색과 붉은색을 띠고 있는 검을 들고 있었다. 그런데 지금의 그는 어디서나 흔하게 볼 수 있는 보통의 롱 소드 두 자루를 들고 있을 뿐이었다.

'혹시 일부러 아직 꺼내지 않고 있는 건가, 아니면 나를 얕보기라도 하는 건가?'

세인은 그렇게 생각했다. 하지만 사실은 전혀 다른 것이었다.

이드는 불러올 수가 없는 것이었다, 로넬 휨을.

'쟈밀… 갑자기 무슨 일이냐?'

이드가 쓰는 검, 로넬 휨은 사실 쟈밀의 것이다. 그가 그것을 쓸 수 있는 것은 그것의 주인인 쟈밀이 자신의 사용을 허가해 주었기 때문에 가능한 것이다. 물론 어디까지나 '빌려' 쓰는 것이었기에 그는 필요할 때만 사용이 가능했지만 그래도 지금까지 자신의 부름에 응하지 않은 적은 없었다. 그런데 지금은 왜인지 갑자기 로넬 휨을 불러올 수가 없는 것이었다.

쟈밀이 말해 준 대로라면 그 이유는 세 가지가 있다고 했다. 한 가지는 본래 주인인 쟈밀이 더 이상 자신에게 로넬 휨의 사용을 불허했을 경우. 그리고 두 번째는…….

'혹시 너도 싸우고 있는 것인가?'

바로 본인이 쓰고 있을 때. 그리고 나머지 한 가지는 쟈밀이 죽어서 완전히 소멸해 버렸을 때였다. 하지만 이드로서는 도저히 그 쟈밀이 죽는다는 상상은 할 수가 없었다.

"이봐, 무슨 생각을 그렇게 하고 있는 거지요?"

그렇게 생각에 빠져 있던 이드는 자신의 귀를 울리는 세인의 목소리에 그제야 정신을 차렸다. 그리고는 다시금 양손의 롱 소드를 고쳐 잡으며 세인에게 말했다.

"미안하군. 시작하도록 할까?"

"O… K!"

쩌엉!

세인의 대답과 동시에 둘의 검이 맞부딪쳤다. 그리고 이내 둘은 빠른 속도로 공격을 주고받기 시작했다.

채채채챙!

투카카캉!

파바바바박!

크고 작은 금속음과 함께 간간이 주먹과 발을 맞부딪치는 듯한 소리도 들려왔다. 그리고 잠시 그 모습을 바라보던 레노와 스프린은 세인과 이드로부터 고개를 돌려 서로를 바라보았다.

"우리들도 싸워야 하겠지만… 그전에 하나만 물어볼까요?"

"…그러세요."

"우리들… 혹시 언제 만난 적이 있었나요?"

"……."

스프린의 대답에 레노는 아무 말도 없었다. 오히려 그녀의 시선을 회피하겠다는 듯 슬며시 고개를 돌리려고까지 했다. 하지만 스프린은 그런 그녀의 행동을 단순히 고개를 갸웃하는 것으로 생각한 듯 피식 웃어 보였다.

"하긴 아무래도 서로 만났을 리가 없겠죠. 그럼, 우리들도 시작해 볼까요?"

"…그러죠."

그 말을 마치며 스프린은 천천히 양손의 마나 블래스터를 들어 올렸고 레노 역시 자신이 잡고 있던 창을 앞으로 내밀었다.

　아무것도 없는 무의 공간, 단지 존재한다는 것만이 그 존재를 알 수 있는 허무의 공간.

　그곳에 지금 몇 명의 존재들이 서로 이야기를 나누고 있었다.

　"이렇게 있으면 정말 올까?"

　그들 중 한 명이 다른 이들에게 질문했다. 그의 외모는 전체적으로 어린아이답지 않게 착 가라앉은 분위기에 보랏빛의 단정한 머리 모양을 한 작은 소년이었다. 하지만 그 소년의 지위는 상당한 것인지 다른 이들의 그를 대하는 태도는 조심스러웠다.

　"틀림없어요. 그들이라면 반드시 이곳으로 올 겁니다."

　소년의 뒤에서 대답이 들려왔다. 은색의 머리카락을 허리 아래까지 길게 기른, 겉으로 보기에는 마치 인형이라고 착각할 만큼 창백하고 무표정한 여성의 외모를 한 그 존재는 소년을 뒤에서 살며시 끌어안고 있었다.

"하지만 텐스님, 과연 우리가 이길 수 있을까요?"

"그래요, 지금의 우리는 그들을 이기기에는 조금 무리가 있다고요."

보랏빛 머리칼의 소년 텐스에게 질문을 한 것은 짧은 백금빛의 머리를 한 강직한 인상의 청년과 오렌지 색 단발머리의 장난기가 넘칠 것 같은 외모를 한 소녀였다.

"게론, 리리, 그런 걱정은 안 해도 될 것 같은데요?"

그들의 질문에 대신 답한 것은 대머리를 한 가는 눈매의 사내였다. 그의 전체적인 분위기는 마치 레이가 변장한 것이 아닌가 하고 착각할 정도로 비슷했다.

그는 손을 들어 손가락으로 어느 한 방향을 가리키며 말했다.

"저기 이미 와 있잖아요."

"……." ×2

그가 가리킨 방향에는 어느새인가 일련의 무리가 존재하고 있었다. 그들은 바로 쟈밀 일행이었다.

"오랜만이군, 텐스."

"그건 나 역시 마찬가지이지, 포츈."

포츈과 텐스는 서로 가벼운 인사말을 하면서도 사전에 상대의 기세를 누르겠다는 듯 치열한 눈싸움을 하고 있었다. 그리고 그것은 나머지 인물들도 마찬가지였다.

"여어~ 오랜만이군, 램브리엘. 요새 잘 지냈나?"

"네 녀석의 그 흉악한 상판 안 봐서 참 좋았지, 쟈밀."

특히 그중에서도 가장 친근(?)한 분위기를 자랑(?)하는 것은 다름 아닌 쟈밀 쪽이었다. 그의 상대는 검은색의 머리카락을 짧게 기른, 전체적으로 감정이 풍부하다는 인상을 주는 외모의 사내였다.

"하아… 저쪽은 벌써부터 치열하네요. 그렇죠?"

“저 둘이야 언제나 저런 거 잘 알잖아요?”

반면 레이와 대머리사내는 마치 오랫동안 만나지 못했던 절친한 친구 사이라도 되는 듯 서로 열심히 이야기를 주고받고 있었다. 그런 모습을 본 리리와 라오는 무언가 불만스러운 듯 빽 고함을 질렀다.

“뭐 하는 거야, 티가로?! 벌써 적과 내통을 하려는 거야?!”

“레이, 뭐 하는 거예요?! 상대는 적이라고요, 적!”

그러던 중 방금 전까지만 해도 텐스 일행의 뒤에 있던, 오렌지 빛의 머리카락을 단발로 기른 여자가 앞으로 나오며 라오와 레디를 멀뚱히 바라보았다.

“뭐, 뭘 그렇게 쳐다보는 거예요?!”

“애, 라오야. 조금 진정해라. 우리 미모가 부러운가 보지.”

“흐~음…….”

그렇게 어느 정도 둘을 훑어보던 오렌지 빛 머리카락의 여자는 무언가 대단한 발견을 하기라도 한 듯 이내 손가락을 튕기며 탄성을 질렀다.

“아하~ 처음 만나는 상대가 맞았구나.”

“…….”

“…….”

상대의 어처구니없는 한마디에 라오와 레디는 내심 힘이 빠진 듯 어깨를 늘어뜨렸다. 그리고 그렇게 서로가 적대하는 사이라는 것이 전혀 실감나지 않는 모습들을 연출하고 있을 때에도 포츈과 텐스의 대화는 계속되고 있었다.

“우리 생각보다 빨리 부활했군. 놀라운걸?”

“하긴 너희들에게는 데잘과 테올이 있으니 대강은 예측할 수도 있었겠지.”

둘은 마치 서로가 조금이라도 더 우위에 있는 척을 해보겠다는 듯 한

결같이 득의양양한 웃음을 짓고 있었다. 하지만 역시 속으로는 크게 긴장하고 있는지 상당히 딱딱한 웃음이었다.

"게다가 너희들은 훨씬 먼저 부활해 있었잖아? 이상할 것도 없지."

"패배자가 말은 잘하는군."

포츈은 더 이상 말싸움을 길게 끌고 싶지 않은지 대놓고 상대를 조롱하는 발언을 했다. 그로 인해 잠시 텐스의 미간이 찌푸러졌지만 이내 그는 이성을 회복하고 다시금 예의 득의양양한 미소를 지었다.

"그래, 나도 그게 이상했었어. 어떻게 너희들이 이길 수 있었는지."

"우리가 강하니까."

"전~혀."

당연하다는 듯 곧바로 튀어나오는 포츈의 질문에 텐스는 크게 고개를 저었다. 그는 마치 대단한 사실을 가르쳐 주겠다는 듯 고개를 앞으로 내밀며 말을 이었다.

"원래대로라면 너희들과 우리의 힘은 완벽하게 대등해야 해. 그렇게 영원한 싸움을 벌이면서 우리는 균형을 맞춰야 하는 거지."

"전에는 그랬었지. 하지만 이제는 우리가 새 질서를 세우면 돼."

너무나도 당당한 포츈의 태도에 텐스는 고개를 돌리며 너털웃음을 지었다. 하지만 곧 다시금 포츈을 정면으로 바라보며 말을 이어갔다.

"그때 우리는 겉으로 보기에는 완벽한 힘의 평형을 이루고 있었지만 그렇지 못하게 된 이유가 두 가지 있었지."

"한 가지는 너희들 중 배신자가 생겼다는 것이겠지. 두 번째는?"

"무엇일 것 같나?"

텐스는 입가에 미묘한 미소를 지었다. 그의 그러한 비틀린 미소는 포츈에게 알 수 없는 불안감을 안겨다 주었다.

"그것은 '그분' 이 그 당시의 우리들 모르게 너희들의 편을 들어주었기 때문이지."

"……?"

텐스의 설명에 포츈은 고개를 갸웃했다. 자신의 생각대로라면 텐스가 말하는 '그분'은 절대 그런 행동을 할 존재가 아니었기 때문이다.

"뭐, 좋아. 이미 지나간 과거에 대해서는 뭐라고 하지 않겠어. 우리 정도라면 간섭도 가능하겠지만 역시 관두겠어."

"…뭔가 든든한 게 있는가 보군."

"물론."

포츈은 자신의 불안한 생각이 현실로 다가오는 것을 느꼈다. 지금 저 텐스라는 자가 하려는 말은 결코 허풍이 아닐 것이라는 예감이 강하게 왔다.

"우리가 이렇게 여유만만한 이유는 바로 너희들 덕이지."

"뭐라고?"

"너희가 이 세계에 불러온 이드라는 자. 그자 덕에 우리는 이제 너희를 제거할 수 있게 되었어."

"……?"

난데없이 이드를 끌어들이는 텐스의 발언에 포츈은 무언가 이상하다는 느낌을 받았다. 하지만 그녀는 그런 감정을 겉으로는 내색하지 않고 어색하게나마 웃음을 지으며 대꾸했다.

"하하, 너희들도 갈 데까지 갔나보군. 그런 녀석에게 의지한……."

"너희들을 그자가 어떤 존재인지 확인해 본 적이 있나?"

"무슨 소리야? 어차피 인간인 녀석에게."

"과연 그럴까?"

포츈의 표정이 굳었다. 그리고 그녀의 주변에서 갖은 악다구니를 쓰며 상대와 대화 같지 않은 대화를 하던 쟈밀을 비롯한 다른 이들도 무언가 이상하다는 것을 느끼고는 둘의 대화에 귀를 기울였다.

"너는 과연 보통의 인간이, 그것도 누구의 도움도 없이 혼자만의 힘으로 시간과 공간을 뛰어넘고서도 그렇게 멀쩡할 수 있다고 생각하는 건가?"

"그, 그건……."

"단순히 사고라고 생각했던 건가? 훗, 너도 많이 둔해졌군."

텐스의 입에 짙은 미소가 피어났고 반면 포츈의 안색은 파리해졌다. 텐스는 더 이상 볼일이 없다는 듯 몸을 돌리며 마지막으로 한마디 남겼다.

"하지만 덕분에 이렇게 상황 역전의 발판이 생겨난 것이겠지. 고맙다는 소리 정도는 해주겠어."

"기다려."

쩌엉!

"…윽!"

나직하지만 어딘가 살벌한 기운을 담은 포츈의 목소리가 조용히 공간을 울렸다. 그리고 순간 텐스의 앞에 존재하던 공간에 금이 갔다.

"그 이드라는 자가 정말 '그' 인지는 모르겠지만."

포츈의 몸에서 강한 어둠의 기운들이 생겨났다. 그리고 그 기운은 빠른 속도로 그 크기를 넓혀가고 있었다.

"그렇다면 너희들이 그 발판을 밟고 날아오르기 전에 해치워 주겠어."

그리고 포츈에 이어 쟈밀, 레이 등도 각자의 무기를 꺼내 들며 전투 준비를 하였다. 물론 그것은 텐스 측도 마찬가지였다.

"좋지, 어차피 이렇게 만난 이상 싸우지 않을 거라는 생각은 안 하고 있었다."

그와 함께 텐스의 온몸으로 빛의 기운이 폭사했다. 그리고 그 기운은 포츈의 어두운 기운과 맞부딪치면서 강한 반발을 일으키고 있었다.

"그때의 결말, 이번에야말로 확실하게 내자고. 이드라는 자의 도움 따위 없어도 최소한 지지 않는다는 것을 보여주지."

"훗, 몇 번을 다시 해도 결과는 변하지 않는다는 것을 보여주지."

특히 그중에 가장 강한 살기를 내뿜는 것은 쟈밀과 램브리엘이었다. 그들은 무언가 서로 간의 깊은 골이 패여 있다는 것을 선전이라도 하는 듯 서로를 노려보며 살의에 가득 찬 웃음을 짓고 있었다.

"좋은 것 하나 가르쳐 주지. 에닐을 죽인 게 누구일 것 같나?"

"……!!"

램브리엘의 말에 쟈밀의 표정이 굳어졌다. 그는 떨리는 목소리로 천천히 질문했다.

"서, 설마… 네놈이……!"

"보통 이럴 때면 응당 그런 대답이 나오겠지. 그래, 바로 나다."

"으아아아아악!!"

순간 이성을 상실해 버린 쟈밀은 빠른 속도로 램브리엘을 향해 돌진했다. 그를 향해 달려드는 쟈밀의 두 눈은 살의에 의한 광채로 번뜩이고 있었다. 하지만 그런 그의 행동은 이미 램브리엘에 의해 완벽하게 파악되고 있었다.

투앙!

"크으아으윽……!"

그리고 무턱대고 한 행동의 대가는 컸다. 램브리엘의 공격에 의해 쟈밀은 그를 상처 입히기는커녕 오히려 자신이 큰 상처를 입고 뒤로 날려가 버렸다.

"간단하게 한 놈 처치!"

그리고 램브리엘은 아직 충격에서 벗어나지 못한 채 날아가고 있는 쟈밀을 확실하게 처치하겠다는 듯 그를 향해 몸을 날렸다. 하지만 그런 그의 행동은 실행에 옮길 수는 없었다.

치아앙!!

"그럴 수는 없지요."

어느새 그의 옆에 나타난 레이의 양팔로부터 나온 수십, 수백 가닥의 검은 선들이 램브리엘의 몸을 휘감고 있었다. 순식간에 다시 한 번 상황이 역전되어 이제는 자신이 불리한 입장이 되었지만 그럼에도 램브리엘은 여유로운 미소를 지으며 레이를 바라보았다.

"여어, 오랜만이군, 촉수 괴물."

"그 듣기에 불유쾌한 호칭은 이제 그만 써주셨으면 하는군요."

취유위이잉—

그 순간 어디선가 나타난 또 다른 수백 가닥의 빛의 선들이 레이가 뻗었던 검은 선들을 스치고 지나갔다. 그리고 그 여파로 인해 램브리엘을 휘감고 있던 검은 선들은 하나도 남김없이 끊어지고 말았다.

"게다가 진짜 촉수 괴물은 저기 있잖아요?"

"이거이거, 어차피 둘 다 오십 보 백 보 아닌가요? 하지만 확실히 촉수 괴물이라는 호칭은 마음에 들지 않는군요."

자신을 가리키며 '진짜 촉수 괴물' 이라 지칭하는 레이의 행동에 티가로는 머리카락 한 올 없는 자신의 머리를 긁적이며 대답했다. 그리고는 이내 레이를 향해 두 팔을 뻗었고 이내 다시 한 번 그의 양팔에서 수백 가닥의 빛의 선들이 뿜어져 나왔다.

"아타아!"

타카카캉!

하지만 티가로의 공격 역시 아무에게도 피해를 줄 수 없었다. 레이를 향해 나아가던 빛의 실은 모두 라오에 의해 팅겨져 날아가 버렸다.

"이런이런, 조금은 불리한 상황이 되어버린 것 같죠?"

"아무래도 머릿수에서 모자라니까."

어느새 상황은 쟈밀을 제외한 레이를 비롯한 나머지 포츈의 세력들이 램브리엘을 비롯한 텐스의 세력들을 둘러싸고 있는 상황이 되어버렸다. 하지만 램브리엘 일행도 순순히 레이 일행에게 지지는 않겠다는 듯 능숙하게 그들의 공격을 받아내며 반격을 가하고 있었다. 게다가 레이 일행이 의외로 팀웍이 잘 맞지 않는 반면 램브리엘 일행의 팀웍은 마치 하나의 정신이 여러 존재를 동시에 움직이는 것이 아닌가 하는 착각이 들 정도로 완벽하고 현란하였기에 수적인 열세에도 불구하고 두 세력의 대결은 어느 정도 평수를 이루고 있었다.

"쟈밀은 괜찮을까요?"

한참 싸우는 도중 루나는 쟈밀의 생각으로 인해 걱정이 되는 듯 중얼거렸다. 그리고 문득 그녀의 중얼거림을 들은 레이는 루나를 향해 싱긋 웃어 보이며 그녀를 안심시키려 했다.

"괜찮습니다. 쟈밀은 저 정도로 소멸될 정도로 약하지 않으니까요."

"고마워요, 레이."

"천만의 말쓰… 우뜨뜨뜨!"

치잉!

그리고 포츈과 텐스의 대결도 계속되고 있었다. 다만 그 둘의 대결이 각자 부하들의 싸움과 다른 점이 있다면 현란하게 움직이며 난투를 벌이고 있는 부하들과 달리 그들은 한 위치에 고정되어 있는 상태로 서로의 힘을 겨루고 있었다는 것이다.

"……."

"……."

그 둘의 싸움 사이에서는 아무런 소리도 들려오지 않았다. 레이 일행과 램브리엘 일행의 싸움처럼 커다란 파공음이나 공명음도, 기합 소리나 외침 소리도 들려오지 않았다. 단지 서로가 매섭게 두 눈을 치켜뜬 채 서로를 노려보고 있었고, 그런 둘의 기세에 따라 각자의 어두운 기운과 빛의 기운이 팽팽하게 밀고 당기기를 반복하고 있었다.

푸아아앙—

그러던 중 순간 거대한 공명음이 그들이 있던 공간 전체를 진동시켰다. 그리고 그 순간 발생한 충격파로 인해 한창 싸우고 있던 레이와 램브리엘 일행들은 크게 당황하며 이리저리 쓸려 나갔다.

"후아, 제법인걸? 각성한 지 그다지 오래되지 않았을 텐데 말야."

"내가 할 소리를 하는군."

포춘과 텐스의 육체가 허물어지기 시작했다. 둘의 육체는 마치 꺼져 가는 신기루처럼 희뿌옇게 흐려지며 서서히 사라졌고 이내 거대한 빛과 어둠이 생겨났다.

「진화를 위한 과거의 파멸과 휴식을 위한 것이 어둠. 새로운 탄생을 받아들여라!」

「모든 부정함을 멸하고 새로운 생명을 부여하는 빛. 정화의 의지를 거부하지 말 것이다!」

그리고 다시금 둘의 힘이 격돌했다. 이번에도 아까와 같이 아무 소리가 없었으니 이번에는 커다란 공간의 흔들림이 발생하고 있었다. 보통의 존재라면 이미 견디지 못하고 산산이 부서져 버렸겠지만 지금 이 공간에 있는 존재 중 그렇게 나약한 존재는 없었다.

"…아무래도 이제부터 본론인 것 같군."

"저희들도 2라운드를 시작해 볼까요?"

뒤이어 레이와 램브리오 일행들의 육체도 허물어지면서 역시 빛과 어둠의 두 집단으로 나누어졌다.

「어둠은 빛에 의해 사그라드는 법!」

「그것도 빛 나름이죠. 어둠이 더 강할 때라면 빛이 어둠에 먹히는 겁니다.」

쩌어엉!

찌이이잉!!

빛과 어둠의 힘이 격돌했다. 그 여파로 인해 공간은 뒤틀리고 심지어는 시간의 축마저 흔들렸다. 그리고 결국 그들의 힘의 충돌로 인해 그들이 존재하는 공간이 서서히 부서져 나가기 시작했다.

그리고 공간이 아무 소리를 내지 않고 부서져 가는 와중에 그 진로를 가로막는 존재가 있었다. 하지만 공간의 균열은 그런 것쯤 상관하지 않는다는 듯 단숨에 아직 육체라는 형태로 존재한 채 기절해 있던 쟈밀이라는 존재를 삼켜 버리며 붕괴를 계속했다.

제어할 자가 없어지고… (1)

"한 가지만 질문하자.
왜 이렇게까지 필사적인 거지?
이미 너희들 뱀파이어의 시대는 끝났음을 잘 알 텐데 말야."
"이것은 단순히 과거의 영화를 못 잊어서가 아닙니다.
저희는 저희의 의무를 다하고 있을 뿐이며
언제나 그것에 최선을 다할 뿐입니다."
"멋진 직업 정신이군.
누구네들이 너희들의 10분의 1만이라도 본받았으면 할 정도야."

—리히터와 쟈밀의 대화.

재회

"오랜만이군요, 엘프 소년. 여전히 건강하신 것 같군요."

내 앞에 서 있는 백발의 인물, 정확히는 뱀파이어인 자. 분명히 일전에 자신의 이름을 리히터라고 소개했던 그때의 그자는 지금 또다시 내 앞에서 그때의 여유로운 웃음을 머금은 채 나에게 인사를 하고 있었다.

"분명… 리히터라고 했었지."

"호오~ 아직까지 제 이름을 기억하고 계셨군요. 영광입니다, 라니오스 공."

"그러는 너도 내 이름을 기억하고 있잖아."

내가 빈정대자 그는 한쪽 어깨를 으쓱하며 대답했다.

"물론이죠. 저에게 있어 손에 꼽을 정도로 큰 상처를 입힌 분의 이름을 어찌 그리 쉽게 잊겠습니까?"

그의 말에 나는 더 이상 아무 대답도 하지 않고 양 허리에 차고 있던 스팅을 뽑았다. 그러자 그 역시 입가에 미묘한 웃음을 머금으며 그의 왼쪽 허리에 매여 있던 기다란 레이피어를 뽑았다.

"말은 필요없겠죠. 그때의 결판을 내도록 할까요?"

"좋지. 타아!"

그와 함께 나는 곧바로 그의 오른쪽 측면을 노리고 달려들었다. 물론 예상했던 대로 그는 손목을 살짝 비트는 것만으로 나의 공격을 흘려내며 내 뒤를 점했다.

"시시합니다."

쉬익!

하지만 그의 검은 허공을 갈랐다. 물론 그의 검은 정확하게 내 목을 향해 찔러 들어왔었다. 하지만 그의 검이 내 목을 관통하는 순간에 이미 나는 그 위치에 없었다.

이미 나는 그의 등 뒤에 있었다.

"오히려 내가 더 시시한데?"

채앵!

하지만 그는 바로 몸을 180도 회전시켜 내 검을 막아내었다. 신기한 점이라면 다리를 움직이지 않은 채 바로 허리를 홱 하고 돌린 것이었다.

전에도 느낀 거고 티니와 함께 있으면서도 느낀 거지만 뱀파이어의 움직임은 때때로 도저히 인간답지 못한 움직임을 보여준다. 물론 뱀파이어라서 그런 거라면 할 말이 없지만 그들의 상식에서 벗어난 움직임을 볼 때면 황당한 것이 현실이었다.

"못 보던 새에 신기한 기술을 익히신 것 같군요."

"뭐, 조금."

검을 맞댄 채 한마디씩을 주고받은 뒤 나와 리히터는 다시 거리를 두며 서로를 견제했다. 이미 그도 방금 전 내 움직임을 보고 대강은 짐작하고 있을 터이니 안이하게 같은 방법을 쓸 수는 없었다.

"하지만!"

리히터는 자신의 검을 앞으로 내밀며 짧게 외쳤다. 그리고 그의 몸이 뿌옇게 된다 싶더니 곧 그의 몸은 안개가 되었다.

"이것까지 막아내실 수 있을까요?"

안개가 된 그의 형체가 넓게 퍼지는 듯하더니 다시금 그 안개들이 뭉치며 리히터의 모습을 만들어내었다.

"……!!"

하지만 분명히 아까와 다른 점이 있었다. 분명 한 명이었던 리히터가 지금은 세 명으로 늘어 있다는 것이다.

"각오하시죠!"

세 명의 리히터는 그렇게 외치며 동시에 내게 달려들었다. 하지만 당연하게도 그들은 각각 다른 각도에서, 그것도 상당히 짜증나는 각도들만 골라서 치고 들어왔기에 상당히 방어하기에 까다로웠다.

하지만 그렇다고 해서 내게 마땅한 비책이 없는 것은 아니었다.

"블링크!"

우선은 이 상황을 모면하는 게 첫 번째였기에 나는 재빨리 블링크를 시전해 세 명의 리히터의 공격으로부터 벗어났다. 그리고는 곧바로 주문을 외웠다.

"나도 가만히 당하지는 않는다고! 어드밴스드 프로젝트 이미지!"

내 주문이 시전되자 내 주변에는 나와 똑같은 모습을 한 존재들이 6명 나타났다. 물론 내가 만들어낸 것이다.

"…프로젝트 이미지라고 해도 어차피 환어… 으음!"

채앵!

아마 리히터는 상당히 당황했을 것이다. 단순한 환영이라고 생각했을 것들이 자신에게 공격을 감행해 왔으니까. 그것도 검기까지 사용하면서.

“이제 6:3이라고! 막아내 봐!”

환영을 통한 분신 마법에는 일반적으로 두 가지가 있었다. 미러 이미지와 프로젝트 이미지가 그것인데 미러 이미지의 경우에는 단순히 자신과 같은 분신을 만들어내지만 그 분신들이 하는 행동은 본체가 하는 행동과 같다. 그리고 프로젝트 이미지의 경우에는 각 분신들이 술사가 원하는 대로의 행동을 할 수 있기에 얼핏 보면 여러 명의 술사가 따로따로 움직이는 것처럼 보이게 된다.

하지만 이 두 가지 마법은 공통적으로 단순히 환영을 보이게 하는 것뿐이다. 프로젝트 이미지가 어느 정도 숙련이 되면 간단한 물리력을 행사할 수 있지만 어디까지나 간단한 물리력 정도였다. 그러나 내가 만든 마법인 이것은 허상에 마나 내지 검기까지 사용할 수 있게 개량한 마법이었다.

“타아!” ×6

채채채챙!

“크음……!”

물론 이 마법에도 아직 부족한 점은 많았다. 우선은 아무리 노력해도 말하는 것만은 따로 할 수 없었다는 점. 그리고 환영들은 마법을 쓸 수 없다는 점. 그리고 환영들을 내가 직접 컨트롤하는 것이다 보니 오랜 시간 쓰면 머리가 아프게 되는 데다가 결국 이것들의 힘은 나 하나에서 나옴으로 힘이 분산된다는 점. 즉, 이 마법을 썼을 때 각각의 ‘나’ 는 본래 상태의 ‘나’ 에 비해 약하다는 것이다. 물론 그렇다고 해서 정확히 1/6이 되거나 하는 건 아니지만.

“…어쩔 수 없군요.”

그때 또다시 리히터의 몸이 변형되기 시작했다. 그리고 순식간에 그의 몸은 약 20여 마리의 늑대로 분리되었다.

"이래서는 완전 분리 많이 하기 대결이잖아……."

잠시 약간 우스운 생각이 드는 것은 어쩔 수 없으려나? 그리고 그런 짧은 생각을 하는 동안 늑대들은 6명의 나를 향해 달려들었다.

차창!

물론 이것들이 보통의 늑대가 아니라는 것은 누구나 다 짐작할 수 있을 일이었다. 하지만 이 정도일 줄은 몰랐다.

으드득!

섬뜩한 뼈 바스러지는 소리와 함께 내 분신 중 하나가 목을 물렸다. 그리고 이내 그 환영은 연기처럼 사라져 버렸다.

"…윽!"

잠시 목으로 뜨끔한 감각이 지나갔다. 마법의 작은 반발 작용이었던 듯싶었다.

크아앙!

그리고 연이어 너댓 마리의 늑대들이 짝을 지어 나머지 환영들에게 뛰어들었다. 저래서는 안 되겠다는 생각에 나는 마법을 취소하며 이동 마법을 펼쳤다.

"블링크!"

나의 몸은 곧바로 방금 전까지 싸우던 장소의 바로 위로 이동되었고 밑으로 갑자기 표적이 사라지자 서로 부딪치기까지 하며 잠시나마 혼란해진 상태의 늑대들이 보였다.

"메가 플레어!"

쿠앙!

사실 생각 같아서는 기가 플레어를 쓰고 싶지만 그랬다가는 우리 주변에서 싸우는 기사들과 마법사들도 말려들 것이었다. 때문에 메가 플레어 정도로 해두어야 했었다.

푸드드득!

하지만 리히터 역시 쉽게 내 공격을 받아주지는 않았다. 그는 곧바로 수십 마리의 박쥐로 변신해서는 사방으로 날아올라 내 마법을 피했고 폭발에 휘말려든 박쥐는 손에 꼽을 정도로 적었다.

찌익, 찌익.

곧 이어 허공에 떠 있던 박쥐들은 나를 향해 날아왔다. 물론 저것들이 가까이 다가오게 놔두면 안 된다는 것 정도는 알고 있었기에 일단은 몸을 피했다.

"블링크."

내 몸은 아까 있던 공중에서 이십여 미터 벌어진 허공으로 이동되었고 곧바로 박쥐들을 향해 마법을 구사하였다.

"기가 플레어!"

쿠콰쾅!

이번에는 아까와 달리 공중이었고 고도도 제법 안전한 정도였기에 기가 플레어를 사용했다. 그 커다란 폭발에 박쥐들은 대부분이 그 안에 휘말려 버렸다. 게다가 그 폭발에 간신히 폭발에 휘말리지 않은 박쥐들도 멀리 날려가 버렸다.

"성공이다!"

하지만 누가 그랬던가, 저런 정도의 상대가 이렇게 쉽게 죽을 리가 없다고. 만약 그랬다면 무언가 이상한 것이라고.

"성공이십니까?"

내 등 뒤로 리히터의 목소리가 들려왔다. 그리고 뒤 이어 등 뒤로 강한 충격이 전해져 왔다. 그의 찍어 누르는 공격에 나는 바로 밑으로 떨어졌다.

퍼억!

“크윽……!”

그리고 그 충격에 의해 나는 제대로 서지 못하고 땅에 부딪쳤다. 그나마 다행인 점이라면 머리가 아래로 향하지 않았다는 점이다.

“크윽……!”

육체가 땅에 부딪치며 부서질 것 같은 충격이 온몸을 엄습하였지만 괴로워하고 있을 틈은 없었다. 나는 재빨리 몸을 옆으로 굴렸고, 내가 몸을 굴리자마자 방금 전까지만 해도 내 머리가 있던 위치에 리히터의 검이 꽂혔다.

“브, 블링크!”

도저히 이 상황에서는 직접 일어날 정도의 여유를 가지기 힘들 것 같았기에 바로 마법을 써서 그의 공격권에서 벗어났다.

“으아악!”

“크으윽!”

그런데 문득 내 귀로 인간 기사들의 찢어지는 비명 소리가 들려왔다. 저 리히터 녀석은 나를 공격하기에 앞서 자기 주변에 있던 기사들과 마법사들을 먼저 해치는 것이었다.

서걱!

푸욱!

그는 얼마 동안은 직접 검을 휘두르고 찔러 인간들을 죽이더니 잠시 후 하나씩 죽이는 것이 귀찮았는 듯 검에 흑기를 모아 주변으로 휘둘렀다.

티티티틱!

파파팍!

그가 한 번 검을 크게 휘두를 때마다 그의 검에 맺혀 있던 흑기가 사방으로 흩어졌고, 흩어진 흑기의 파편들은 그의 주변에 있던 기사와 마법사들에게 박혀들었다. 물론 상당수는 자신의 마나를 이용해 방어하거나 피해내었지만 일부는 막아내는 데 실패하거나 차마 피하지 못하고 맞아 버렸다.

치이이익!

"끄아악!"

그리고 그의 흑기가 박힌 이들의 상처로부터 검은색이 섞인 붉은색의 연기가 흘러나왔다. 그것은 내부에서 흑기를 맞은 대상을 태우고 있는 듯하였다. 그리고 얼마 지나지 않아 리히터가 뿌린 흑기에 맞았던 이들 은 모두 사망하고 말았다.

"그럭저럭 주변 정리는 된 것 같군요. 다시 시작할까요?"

리히터는 아무 일 없었다는 듯 태연한 모습을 하며 나에게 검을 겨누 었고, 잠시나마 그의 공격에 당황하고 있던 나는 그제야 정신을 차리며 다시 자세를 취했다.

"아까와 같은 수는 전혀 통하지 않습니다. 프로젝트 이미지, 미러 이 미지."

순간 그의 몸이 여러 개로 늘어난다 싶더니 또 한 번 분열(?)하였다. 그리고 연이어 그의 몸은 박쥐들로 변하였고 이중의 환영 마법마저 더해 져 그 수는 수백에 달했다.

잊고 있었다. 그라고 해서 마법을 쓸 수 없는 것이 아니었는데…….

지금까지의 그의 행동으로 인해 나는 무의식 중에 그는 마법을 쓰지 못한다고 생각하고 있었던 것이다.

"어, 어떤 게……."

그 박쥐들은 잠시 내 주변을 빙빙 돌더니 이내 나를 향해 그 날카로운 이빨을 세우고는 날아들었다.

찍찍!

찌익, 찍!

워낙에 그 수가 많은 데다가 계속 내 주변을 빙글빙글 돌고 있었기 때문에 나는 어느 게 진짜 리히터이고 어느 게 가짜인지 구분할 수 없게 되어버렸다. 덕분에 주변에 약간의 피해를 일으키게 되는 것을 감수하고 범위 마법을 펼칠 수밖에 없었다.

"토네이도!"

부아아앙~

힘을 최대한 한 점에 집중하고 범위를 수직으로 설정해서 주변에 퍼져 다른 인간들을 상처 입히게 하는 것을 최소한으로 하였다. 하지만 그래도 역시 토네이도라는 마법의 특성상 어쩔 수 없었는지 방금 전 간신히 리히터의 검으로부터 목숨을 보존할 수 있었던 몇몇 기사, 마법사들과 일부 신족들까지 마법에 휘말려 들었다. 그리고 애초에 목적했던 대로 리히터가 만든 박쥐 형태의 환영들도 주문이 깨진 듯 사라져 버렸고 실체였던 박쥐들은 회오리에 휘말려 올라갔다.

"미숙하시군요!"

푸욱!

하지만 그것은 착각이었다. 어느샌가 나타난 리히터는 내가 만든 바람의 벽을 뚫고 내 복부에 검을 찔렀다. 급히 몸을 틀어서 다행히 옆구리에 조금 찔린 정도였지만 그의 검은 잔인했다.

치이이익!

"크아아악!!"

내 옆구리를 찌른 그의 검이 혹기에 물들었고, 곧 살 타는 소리와 함께 내 옆구리에 극심한 통증이 밀려왔다. 그 고통은 말 그대로 살을 태우는 고통 그 자체였다. 하지만 보통의 그것과는 비교도 안 될 정도로 극심한 고통을 안겨주었다.

"이번에야말로 끝입니다!"

고통으로 인해 내 몸이 옆으로 허물어진 사이 그의 검은 이미 내 머리 위에 떨어지고 있었다.

순간 머리 속으로 많은 생각이 스치고 지나갔다.

죽는 것인가? 물론 나는 하이 엘프이니만큼 다시 부활할 것이다.

하지만 과연 이번에는 얼마만큼의 시간이 지나야 부활할 수 있을까……?

그동안 세린과 티니는 무사할 수 있을까?

다시 만날 수는 있을까?

그리고…

내 눈앞이 핏빛으로 물들었다.

라니오스가 리히터와 싸우기 시작했던 무렵, 티니 역시 강적을 앞에 두고 있었다.

"티니… 티니, 맞지?!"

하지만 그 '강적' 의 상태는 상당히 혼란스러운 듯하였다. 그는 이제는 도저히 만날 수 없을 것 같았던 이를 앞에 두고 있었고, 그 대상은 자신이 너무나도 좋아해 '꿈에도 잊지 못할' 상대였기 때문이다.

"이상하군요."

"…뭐가?"

"그 티니… 라고 했던 소녀, 저와의 연결이 끊어졌습니다."

"……?"

"저희 뱀파이어는 그 상하 관계가 뚜렷하죠. 그 소녀는 분명 저에게 예속되었고 덕분에 서로 간의 정신적 연결이 생깁니다. 그런데 갑자기 연결이 끊어졌군요."

"그, 그럼……?!"

"크게 두 가지 이유가 있습니다. 상위 뱀파이어의 지배를 받던 뱀파이어가 무언가의 이유로 인해 자신을 지배하던 뱀파이어 이상의 힘을 손에 넣었을 경우. 하지만 이것은 아무리 생각해도 실현 가능성이 희박하죠. 그리고 또 하나는……."

"……."

"되돌릴 방법이 없었겠죠. 그들도 힘든 결정을 했던 것일 겁니다."

"크흑……!"

그때 헤라즈는 이미 모든 것을 포기하고 있었다. 때문에 리히터를 증오하지도 않았던 것이었다. 그런데 지금 그 '완전하게 잊으려고' 했던 존재는 마치 아무 일도 없었다는 듯 자신의 앞에 서 있었다.

물론 방금 전까지 싸우던 모습으로 인해 그녀가 이미 엘프가 아니라는 것은 알고 있었다. 무엇보다도 그녀의 엉덩이 쪽에 나 있는 묘한 꼬리는 마치 그녀가 자신이 알고 있는 티니가 아닌, 모양만 닮은 악마가 아닌가 할 정도의 생각을 하게 할 정도였다.

"누구……? 날 아나요?"

그때 티니의 입에서 대답이 나왔다. 하지만 그것은 헤라즈에게 있어 상당히 힘 빠지게 하는 것이었다.

"나야, 나, 헤라즈. 길드의……."

하지만 헤라즈는 더 이상 말을 이을 수 없었다. 어떻게 '길드 마스터의 아들이야'라는 말을 할 수 있겠는가? 그녀의 마음속에 가장 끔찍한 악몽을 만들어 버린 장본인을 언급할 수는 없었다. 비록 그것이 본인이 아니더라도.

"헤라… 즈?"

"그래! 훈련생 1856호."

라트라 길드 안에서는 아무리 길드 마스터의 아들이라 해도 대우는 같았다. 헤라즈 자신도 다른 이들과 같이 보통의 훈련생이었고 어쩌면 그 덕에 티니와 만날 수 있었던 것인지도 모른다.

"혹시… 현 길드 마스터?"

'길드 마스터' 라는 단어가 나오자 잠시 헤라즈의 얼굴이 굳었다. 그리고 그것은 티니 역시 마찬가지였다. 그녀에게 있어 '길드 마스터' 라는 단어가 자신의 마음에 남긴 상처의 크기는 이루 말할 수 없을 정도였으니까.

"그, 그래."

"너도 저자들과 한패인 거야?"

헤라즈에게 있어서는 지금 너무나도 하고 싶은 이야기가 많았다. 티니를 걱정했던 말도 하고 싶었고 그간의 여러 크고 작은, 그리고 즐겁기도, 화가 나기도 했고 슬프기도 했던 이야기들도 하고 싶었다. 그는 암살 길드 길드장이라고 하기에는 너무나도 감정이 많이 남아 있었다. 특히 '사랑' 이라는 감정에 대해서는…….

"나쁘구나."

"……?"

"왜 세상을 멸망시키는 데에 라트라의 사람들을 사용하는 거지?"

벌써부터 티니는 저 헤라즈라는 자가 미워지기 시작했다. 그 이유는 암살 길드일 뿐인 라트라를 이런 일에 동원하려 한다는 것에 대한 분노였다.

"아냐, 이것은 단지 나 혼자만의 일이야."

"…믿을 수 있어?"

"초대 길드 마스터인 레페님의 이름에 걸고 맹세해."

하지만 티니의 의심은 곧 사그라들었다. 그것은 그가 라트라의 길드 마스터의 이름을 담아 맹세했기 때문이다.

레페, 라트라의 초대 길드 마스터인 그는 단순한 암살자를 넘은 전설 그 자체였다. 이미 수천 년이 지난 과거의 인물이었지만 그를 향한 라트라 길드원들의 절대적인, 신앙에 가까운 존경은 변하지 않았다.

"좋아, 믿어주겠어. 그런데 무슨 이유로 나한테 접근한 것이지?"

"그게… 말이지……."

확실히 이런 상황에서 자신의 속을 털어놓는다는 것은 전혀 어울리지 않는 일이리라. 내심 자신은 참 운도 없다는 생각을 하는 헤라즈였지만 그는 속으로 생각하고 있었다.

'왠지… 이 이후로 만나지 못할 것 같아.'

그리고 그런 그의 생각은 결국 여러 방해 요인에도 불구하고 그의 입을 열게 하고, 그의 속마음을 말로 표현하게 하였다.

"티… 티니, 나, 나는 말야."

"……?"

갑자기 얼굴이 붉어지며 말을 더듬는 헤라즈의 태도에 티니는 잠시 그의 행동을 이해하지 못하고 고개를 갸웃했다. 하지만 그녀는 잠시 후 한 가지의 가설을 세울 수 있었다. 비록 그 가설이 상당히 어처구니없는 가설이기는 했지만 그것 외에 지금 저자가 보이는 묘한 행동에 대한 이유가 생각나지 않았다.

"난 말야… 네가 좋아!"

"그래서?"

티니의 대답은 너무나도 빨리 나왔다. 그리고 너무나도 차가웠다. 그녀의 대답에 헤라즈는 잠시 굳어버린 상태로 제자리에 서 있었다.

“……”

“난 이미 사랑하는 분이 있어. 미안하지만 너의 마음은 받아줄 수 없어. 이미 나의 모든 것은 그분의 것인걸. 머리끝에서 발끝까지, 그리고 마음까지도.”

“그, 그런……!”

“그리고…….”

파슛!

순간 티니의 모습이 흐릿해지는 듯하더니 어느새 그녀는 헤라즈의 앞에 와 있었다. 언제 뽑았는지 그녀의 손에는 그녀가 항상 가지고 다니던 태도가 쥐어져 있었고, 그것은 작은 파공음과 함께 헤라즈의 목을 노렸다.

“…크윽!”

“지금의 너는 어디까지나 ‘적’ 이야.”

간신히 그녀의 공격을 피한 헤라즈는 자신의 머리 속을 지배하는 당황감을 진정시키며 허리에 매어져 있던 검을 뽑았다. 그리고 그의 행동을 보던 티니 역시 들고 있던 태도를 들어 올려 헤라즈를 겨누었다.

“그래도… 어쌔신으로 상대해 주겠어.”

그것은 티니가 같은 어쌔신인 헤라즈에게 해줄 수 있는 최소한의 배려였다. 하지만 다른 한편으로는 이것을 마지막으로 자신도 어쌔신을 청산하고픈 생각에서 온 행동이기도 했다.

타다다다!　　.

티니의 모습이 마치 사방에서 솟아나듯 움직였다. 그녀의 발소리가 헤라즈의 사방에서 들려오고 있었다.

“젠장! 이러면 싸울 수밖에 없잖아!!”

채앵!

어느새 헤라즈의 눈앞에 나타난 티니는 그에게 검을 휘둘렀으나 헤라즈는 악에 받쳐 크게 외치며 자신의 검으로 그녀의 검을 막아내었다. 그리고 곧 티니에게 맹렬한 반격을 가하였다.

챙챙챙챙!

카카캉!

"젠장, 젠장!"

하지만 있는 힘껏 검을 휘두르는 와중에도 헤라즈는 매우 안타까운 듯 수차례 악을 썼다.

"…그렇다면 죽인다."

그러나 그런 헤라즈의 모습은 어느 한순간을 기해 완전히 사라졌다. 그는 방금 전까지 안타까움과 슬픔의 감정으로 인해 탄식을 하고 악을 쓰던 그의 모습과 달리 자신을 공격해 오는 티니 이상으로 차갑게 식어 있었다. 그리고 그것은 그가 이미 티니를 '사랑의 대상'에서 '제거 대상'으로 인식을 바꾸었다는 것을 의미했다. 다른 이들이 보면 어떻게 저리도 쉽게 생각을 바꿀 수 있느냐고 할지 모르지만 이렇게 할 수 있었기에 헤라즈는 지금까지 어쌔신으로 살아남을 수 있었고, 길드 마스터가 될 수 있었던 것이다.

그리고 이럴 수 있었기에 잔혹한 웃음까지 띠며 자신의 부친을 죽일 수도 있었던 것이다.

"그으으으……!!"

진득한 그의 목소리와 함께 그의 온몸으로 검은색의 가는 실과 같은 것들이 헤라즈의 상반신을 휘감았다.

"너도 그 비술을 익혔구나?"

잠시 티니의 표정이 어두워졌다. 하지만 그녀는 순식간에 그러한 모습을 지우고는 다시금 냉막한 표정으로 돌아와 헤라즈에게 검을 휘둘렀다.

채앵!

얼마간 서로 검을 휘두르던 도중 티니는 자신의 왼쪽 손목을 들어 헤라즈를 겨누었다. 그러자 그녀의 손목에 있던 팔찌와도 비슷한 무기에서 한 가닥의 흰색 선이 뿜어 나왔다.

치이잉—

하지만 헤라즈는 그런 정도는 전혀 신경 쓰지 않는다는 듯 개의치 않고 티니를 향해 달려들었다. 그리고 실제로 티니의 은사는 헤라즈의 몸에 둘러쳐진 검은 실들에 맞닿자마자 힘없이 잘려 나갔다.

"……."

자신의 공격이 무위로 돌아갔지만 티니 역시 별로 신경 쓰지 않는 듯했다. 오히려 그녀는 지금까지 언제나 자신의 왼쪽 손목에 장착하고 있던 팔찌를 풀어 내던졌다.

"흐으으음……."

나직한 티니의 목소리와 함께 그녀의 몸 주위에도 가는 선들이 생겨나 그녀의 몸을 휘감았다. 다만 그녀의 그것이 헤라즈의 것과 다른 점이 있다면 헤라즈의 몸을 감고 있는 선이 검은색인 데에 반해 티니의 그것은 핏빛 붉은색이었다는 점이었다.

"헙……!"

"합……!"

둘의 작은 기합 소리라기보다는 숨 고르는 소리와 함께 헤라즈와 티니는 서로를 향해 손을 뻗었다. 그러자 각자의 몸을 휘감고 있던 수십, 수백 가닥의 실들은 서로를 향해 뻗어가기 시작했다.

찌이이잉—

두 가지 색의 실들이 서로 교차할 때마다 귀를 울리는 공명음이 주변을 진동했고, 그 소리가 커질수록 주변으로의 영향력 역시 심해져 갔다.

쿠르르르―

서로 간의 강한 마나가 검은 선과 붉은 선을 타고 넘나들 때마다 주변의 마나를 끌어들이며 격렬하게 충돌하거나 공명했고, 그로 인해 생겨난 폭풍은 주변에 존재하던 인간과 신족들을 날려 버리거나 쉽게 몸을 움직이지 못하게 했다.

"크으윽!"

"흐으윽!"

둘의 힘은 거의 엇비슷했다. 적어도 지금까지의 상태는 그러했다.

"헤라즈, 너 그거 알아?"

"……?"

강한 돌풍 속에서 들려온 티니의 목소리는 너무나도 나직했지만 헤라즈에게는 마치 마법이라도 걸린 듯 매우 뚜렷하게 그녀의 목소리가 들려오고 있었다.

"이 비술은 원래 엘프들이 만들어낸 것이라는 것을……."

"아, 잘 알고 있어."

조금은 당황할지도 모른다는 티니의 예상과 달리 헤라즈는 담담히 고개를 끄덕였다. 그는 우수에 젖은 눈으로 티니를 바라보며 대답했다.

"내가 이것을 익힌 것은 아버지로부터가 아니고 '그 책'을 통해서였으니까."

"그렇다면 그 비술을 인간이 익혔을 때의 부작용도 잘 알 텐데……."

"잘 알아. 하지만 그 당시의 나에게는 이것밖에 선택할 수 있는 길이 없었어."

"……."

"너무나도 잘 알아. 몸 안의 기운이 정순하고 안정된 엘프들과 달리

기운이 편중되어 있고 불안정한 인간이 이 비술을 익히면 어떻게 되는
지……."

"그렇다면 왜……?"

티니의 시선에 조금은 서글픔이 맺혔다. 그것은 그녀가 헤라즈의 눈을
보았기 때문이다. 그의 마음을 담은 눈빛을 보아버렸기 때문에.

덕분에 티니는 이미 헤라즈가 무슨 대답을 할지 알고 있었지만 그럼에
도 불구하고 그녀는 헤라즈에게 대답을 요구하는 눈빛을 보내고 있었다.

"…너를 위해서였으니까."

티니는 더 이상 아무 말도 하지 못했다. 단지 살짝 고개를 끄덕였을
뿐.

"하지만……."

헤라즈의 양팔에 힘이 들어갔다. 그리고 그의 육체는 양팔에 과다한
힘을 집중시키는 듯 그의 양팔의 힘줄이 불거지기 시작했다.

"나는 지금 너를 위해 익혔던 비술로 너를 죽이게 되었어."

비록 헤라즈의 목소리는 크지 않았지만 티니에게는 너무나도 크게 들
렸다.

갑자기 헤라즈의 힘이 강해졌다. 그로 인해 티니는 더 이상 헤라즈와
힘겨루기하는 상황을 유지할 수 없게 되었다. 그리고 그 순간 헤라즈의
등 뒤로부터 또 다른 검은 선들이 자신을 향해 뻗어오는 것 또한 보게 되
었다.

파각!

콰콰콰콱!

티니의 양팔에서 뻗어 나왔던 붉은색의 선들을 압도하고, 또한 헤라즈
의 등 뒤에서도 뻗어 나온 검은 선들은 한 치의 정도 없이 티니의 목숨을
노리고 있었다. 한순간에 빼앗겨 버린 기세는 그녀에게 쉽사리 반격의

기회를 주려고 하지 않았다. 하지만 아직까지 티니는 이렇다 할 공격을 받지 않은 채 힘겹게나마 헤라즈의 공격을 모두 피해내거나 받아내고 있었다.

그러던 중 문득 티니는 헤라즈의 얼굴을 보았다.

"끄으으윽……!"

그는 자신이 가지고 있던 모든 힘을 짜내기라도 하려는 듯한 모습이었다. 이제는 양팔뿐이 아닌 목과 얼굴 전체에까지 혈관이 튀어나와 있었고, 그것은 당장이라도 터져 버릴 듯 불끈거리고 있었다.

"왜 그렇게까지……."

티니는 작게 중얼거렸다. 그녀는 알 수 있었다. 지금 헤라즈는 자신의 생명을 태워가면서 자신을 공격하고 있다는 것을. 그리고 저 상태로 가면 자신의 정해진 수명을 모두 쓰거나, 하다못해 모두 태우지도 못한 채 육체가 견디지 못하고 죽게 될 것이라는걸.

"너를 죽여야……."

작은 티니의 중얼거림이었지만 헤라즈는 그것을 들었다. 그리고 그는 대답했다.

"너를 죽여야 내 슬픔이 멎을 수 있으니까!"

쿠콰콰콰쾅!

대답이 끝남과 동시에 헤라즈는 크게 팔을 휘둘렀고 그의 팔 움직임에 따라 검은 실들이 사방으로 퍼져 나갔다. 그리고 그로 인해 주변의 건물과 도로는 요란한 굉음을 내며 헤집어지기 시작했다.

"으아악!!"

"…이런!"

슈슉!

무너지는 건물 속에서 손해를 본 것은 인간들뿐이었다. 신족들의 경우

에는 공간 이동을 이용하여 무너지는 건물들 사이에서 쉽게 빠져나왔지
만 인간들의 경우, 특히 기사들의 경우에는 울퉁불퉁해진 도로 위를 달
려 무너지는 건물 사이를 빠져나온다는 것이 상당히 힘들었기 때문이다.

"끄아아아악!!"

쿠쿠쿠쿵!

대부분의 마법사와 기사들은 간신히 무너지는 건물들이 있던 곳으로
부터 안전하게 빠져나왔지만 운이 나쁘거나 부상의 정도가 심했던 일부
기사와 마법사들은 무너지는 건물 아래에 깔려 죽어버리고 말았다. 그리
고 그것은 미처 대피하지 못했던 문관이나 일반 백성들도 마찬가지였다.

하지만 그들에게는 슬퍼하거나 숨을 돌릴 수 있는 여유가 없었다. 그
러기에는 저 위에서 다시 자신들을 공격하기 위해 내려오는 신족들이 너
무나 위협적이었다.

슈파파팟!

파바바밧!

하지만 그 무너진, 또는 아직도 무너지고 있는 시가지 안을 누벼가며
싸우고 있는 이가 둘 있었다. 바로 티니와 헤라즈였다.

피슛!

헤라즈의 품으로부터 몇 개의 표창이 그의 손에 의해 꺼내어졌고 그것
은 이내 티니를 향해 날아갔다. 그리고 그것들은 날아가는 와중에도 몇
번이나 궤도를 바꿈으로써 피하는 대상을 번거롭게 하였다.

슛!

채챙!

까앙!

하지만 티니에게도 암기는 있었고 그녀는 그것들을 던져 자신에게 날
아오던 암기들을 맞춰 떨어뜨렸다. 그리고 일부 빗맞추었던 것들을 한

손으로 쳐내며 나머지 한 손을 헤라즈를 향해 뻗었다.

좌아악!!

수십 가닥의 붉은 실이 헤라즈를 향해 뻗었다. 그리고 그 뒤를 이어 또 한 무리의 붉은 선들이 그를 향해 뻗어 나갔다.

"타아앗!!"

이번에는 피하지 않았다. 오히려 헤라즈는 자신의 제어 하에 있는 모든 검은 실들을 자신의 몸에 감고 정면으로 티니를 향해 돌진했다.

째앵!

티앙!

티니의 붉은 선들과 검은 선을 온몸에 감은 헤라즈가 부딪쳤다. 잠시 동안은 붉은 실이 헤라즈를 밀어낼 듯하였지만 이내 그것들은 헤라즈에 의해 사방으로 흩어져 버렸다.

티잉!

"으아아아!!"

그리고 헤라즈는 그 여세를 몰아 티니에게 달려갔다. 티니는 자신의 공격을 튕겨내고는 자신을 향해 무서운 기세로 달려오는 헤라즈의 모습에 제법 당황하며 몸을 피하려고 했다. 하지만 방금 전의 공격이 튕겨진 데에 대한 반발로 인해 금방 몸을 빼지 못하였고 그러는 사이 어느 샌가 헤라즈는 티니의 눈앞에 와 있었다.

"우오오오!!"

헤라즈는 양팔을 머리 위로 모았다. 그의 전신을 감고 있던 검은 선들은 모두 그의 양팔에 집중되었고 이내 그는 티니를 향해 힘껏 팔을 휘둘렀다.

푸악!

뼈와 살을 가르는 소리와 함께 티니의 허리가 잘려 나갔다. 허공으로 붉은 피들이 흩뿌려졌고 바로 옆에 있던 헤라즈는 그것들을 뒤집어쓰게 되었다.

하지만 그것으로 끝난 것이 아니었다. 상반신과 하반신이 분리되어 이제는 티니가 죽었다고 생각한 헤라즈였다. 하지만 티니는 그것을 무시하기라도 하는 듯 자신의 몸을 수십 마리의 박쥐들로 변화시켰다.

찌익, 찌익.

박쥐들은 허공으로 날아올랐고 이내 다시금 원래의 인간형 모습으로 돌아가기 위해 뭉치려고 하였다.

치잉!

하지만 그것은 박쥐들을 향해 검은 선을 뻗은 헤라즈에 의해 무산되었다. 막 결합을 위해 뭉치려고 했던 박쥐들의 대부분이 헤라즈가 뻗은 검은 선에 의해 꿰어져 버린 것이었다.

"티니이이이이!!"

쫘아악!

애처롭다 못해 처절하기까지 한 헤라즈의 외침과 함께 그는 자신의 양팔을 좌우로 크게 펼쳤다. 그러자 그의 팔 움직임에 따라 박쥐들을 꿰뚫고 있던 검은 선들은 각각이 꿰뚫고 있는 박쥐들을 갈기갈기 찢어버렸다.

허공에 붉은 피와 함께 갈기갈기 찢겨진 박쥐들의 시체가 바닥으로 떨어졌다. 하지만 그것도 잠시, 바닥으로 떨어지던 박쥐 시체 조각들은 곧 새하얀 재가 되어 허공에 흩날려졌다.

"이걸로… 끝이다."

헤라즈의 목소리에는 힘이 없었고 그의 눈가에는 눈물이 고였다. 하지만 그러면서도 그는 일말의 주저없이 아직 남아 있는, 간신히 목숨만을 건진 채 바닥에서 파닥거리며 몸부림치는 나머지 박쥐들을 향해 다시금

한 무더기의 검은 실들을 날렸다.

"타앗!"
채채채채챙!
"흐럇!"
티잉!
아아크는 있는 힘껏 자신이 할 수 있는 최고의 공격을 하고 있었지만 그것도 애거트에게는 전혀 통하지 않고 있었다. 오히려 그가 지금 모닝스톰이 없는 맨손이었다면 그의 공격을 흘려내고 있는 애거트의 거대 차크람 인피니티에 의해 손이 날아갔을 것이다. 그것도 스스로 인피니티에 손을 가져가 절단하게 되는 꼴로 말이다.
"우리얍!"
부웅!
게다가 애거트는 지금까지 그에게 이렇다 할 반격을 '하지 않은' 채 그의 공격을 피하거나 흘려내고만 있었다.
"허억, 허억!"
그렇게 아아크가 맹렬한 기세로 애거트를 공격한 것도 이미 수분이 지났다. 하지만 애거트는 여전히 입가에 기묘한 웃음을 지은 채 멀쩡하게, 그것도 옷자락 하나조차 더럽혀지지 않은 상태로 서 있었고 반면 아아크의 경우 중간중간 애거트가 친 '장난' 덕에 이리저리 바닥을 굴러 생긴 흙먼지를 뒤집어쓴 채 숨을 헐떡이고 있었다.
"흐음… 확실히 그때에 비하면 훨씬 강해졌군."
애거트는 즐거운 듯 입가에 작은 미소를 머금은 채 대견하다는 시선으로 애거트를 바라보고 있었다. 그의 미소는 아무런 사심이나 거짓이 없는 미소였다.

"하지만 아직은 많이 모자라구나. 그 증거로 넌 아직 이 형님을 건드려 보지도 못했잖아?"

"누가 형님이라는 거야?!"

부웅!

악에 받친 고함을 지르며 주먹을 뻗는 아아크였지만 이번에도 그의 주먹은 허망하게 빗나갈 뿐이었다. 그리고 그런 그를 더욱 조롱하듯 애거트는 손바닥으로 그의 등을 살며시 두드리고 지나갔다.

"좀 더 힘내보라고."

"크윽……!"

순간 아아크의 양팔이 빛나기 시작했다. 그리고 그 빛은 어느새 그의 온몸을 타고 마침내 그의 전신을 감싸 버렸다.

"이제는… 정말 당신을 형이라고 생각하지 않겠어!"

파앗!

그의 주위고 제법 강한 바람이 지나갔다. 그리고 방금 전까지 애거트에게 농락당하는 아아크의 모습으로 인해 절망스러운 표정을 짓고 있던 기사와 성직자들은 얼굴에 희색을 띠기 시작했다.

아아크의 온몸이 백금빛으로 빛나고 있었다. 그의 몸은 단순히 빛나는 것뿐이 아니라 방금 전까지 애거트와의 싸움으로 인해 생겼던 상처들까지 아물어가고 있었다. 그리고 온몸으로 빛을 내는 그의 모습에서는 신성함과 위압감마저 풍겨 나왔다.

"오오, 드디어 나왔다."

"아아크 부단장의 성투기!"

"이제 이길 수 있을 거야."

만약 지금 싸우고 있는 아아크와 제다트가 저들에게 지게 되면 더 이상 자신들이 살 수 있는 방법은 없게 된다. 물론 이 나라에 속한 이 중 저들만한 실력을 가진 자가 아예 없는 것은 아니었으나 저 둘을 제외한 나머지는 외부로 수련을 나가 아직 돌아오지 못하거나 기타 사정이 있어 아직 본국으로 돌아오지 못해 참전이 불가능한 상태였기 때문이다.

덕분에 아아크와 제다트의 선전은 자신들의 목숨까지 쥐고 있는 것이었고 온몸으로 성투기를 발산하는 아아크의 모습은 보는 이들에게 희망을 주었다.

"호오, 아아크의 성투기가 저 정도까지……."

"싸움 중에 한눈파는 것 아냐!"

"아차차……."

카앙!

빈틈을 노린 켄의 주먹이었지만 제다트는 자신의 왼손에 들린 랜스를 들어 그것을 막았다. 켄의 주먹과 제다트의 랜스가 부딪치자 살과 금속이 맞부딪치는 것이 아닌, 마치 금속과 금속이 부딪치는 듯한 소리가 들려왔다.

"그렇다면 나도 더 이상은 질질 끌고 있을 수 없겠군."

"……!"

아아크에 이어 제다트에게서도 빛이 뿜어져 나왔다. 하지만 그것은 백금빛을 내는 아아크에게는 조금 못 미치는 은빛이었고 그 빛의 정도 역시 아아크에 비하면 옅었다.

"타아!"

하지만 그렇다고 해서 결코 그가 만만한 것은 아니었다. 그의 온몸에서 나오는 신성한 기운과 위압감은 결코 보통의 존재는 바라보지도 못하게 할 정도였으니 말이다.

"자, 시작해 볼까?"

그리고 한층 강화된 자신의 상태는 조금 불안해하기도 했던 아아크와 제다트에게 여유라는 것을 가지게 해주었다. 마치 장난감 취급을 당하고 있던 아아크나 방어하기에 급급했던 제다트 모두 상대에게 일방적으로 밀리고 있었지만 지금의 그들이라면 결코 그렇지 않을 것이기 때문이다.

"후후후후."

"푸훗."

둘의 모습에 켄과 애거트는 동시에 웃었다. 하지만 둘의 웃음은 조금씩 달랐다. 더욱 강렬한 싸움에 대한 기대감에 즐거운 웃음을 짓는 켄과는 달리 애거트의 웃음은 비웃음의 의미가 담겨 있었다.

"…지금 그 정도로 나에게 덤비겠다는 거냐?"

"뭐……?!"

"제법 수련을 했구나. 이 형은 기쁘다."

"……."

"하지만……."

애거트는 인피니티를 들어 올렸다. 그리고 그것을 아아크에게로 향하며 낮게 말했다.

"아까도 말했지만 너는 아직 나를 따라오기에는 너무 멀어."

파아앙!

애거트에게서도 방금 전의 둘과 같은 빛이 뿜어져 나왔다. 하지만 그 정도는 도저히 아아크나 제다트에 비교할 바가 아니었다. 그에게서 뿜어져 나오는 빛은 사방을 황금빛에 물들게 하였고, 그의 강한 위압감에 의해 주변에 있던 기사들과 신관들은 자신도 모르게 경외감을 가지며 무릎을 꿇었다.

그만큼 그의 성투기는 강대하다 못해 신성하기까지 했으며 그 위세는 아아크나 제다트의 것과는 감히 비교하기조차 송구스러울 정도였다.

"오오오……!"

모두의 입에서 탄성이 터져 나왔다. 특히 일전에 저 상태의 애거트에게 사정없이 당했던 켄의 경우에는 상당히 벙찐 표정을 하고 있었다.

'그때보다 더 강렬하잖아……!'

켄은 그야말로 할 말이 없는 상황이라는 것이 무엇인지 절실히 느껴야 했다. 그때 자신을 유린하던 때의 애거트도 자신은 범접할 수 없는 영역의 존재였는데 이래서는 올려다보기조차 힘든 존재가 되어버린 것이다.

"이 몸을 해하겠다면 그에 따른 정의, 힘을 보여라."

투앙!

애거트가 살며시 손을 들었을 뿐이지만 그 여파는 컸다. 그의 손짓으로 일어난 파동은 그의 앞에 있던 아아크와 제다트는 물론 그들의 뒤에 있던 기사와 성직자들마저 날려 버린 것이다.

"크으아악!!"

"크으윽……!"

쿠당탕!

밀려나 바닥을 구르는 아아크들과 기사, 성직자들로 인해 애거트의 전방은 순식간에 무너진 모래성과 같은 광경이 벌어졌다. 자욱한 흙먼지 아래에 있는 기사들과 성직자들, 그리고 아아크와 제다트는 처참한 모습으로 바닥을 뒹굴고 있었다.

"이, 이것이……!"

"신의 전사라고까지 불려지던 애거트의 진정한 모습인가……?!"

아아크는 느꼈다. 그것도 절실하게. 자신은 도저히 저 애거트라는 자를 어찌할 수 없다는 것을. 그리고 이제는 죽는다는 것을.

"운명은 불멸, 절대적, 그리고 지금 나는 운명에 따라 움직여 신의 의지를 행한다."

애거트가 발걸음을 옮겼다. 바닥에서 한 뼘 정도 떠 있는 그의 몸이었지만 그는 굳이 발걸음을 옮겼다. 그리고 그가 걸음을 옮길 때마다, 자신에게 가까워질 때마다 아아크의 공포는 더욱더 커져 갔다.

"으으으으……!!"

눈동자가 커진다. 숨이 가빠진다. 목이 마치 무언가로 인해 막힌 듯한 느낌을 받는다. 그리고 머리 속이 하얗게 물들어가고 있었다.

화악!

순간 아아크의 머리 속으로 무언가가 지나갔다. 그것은 말로는 표현할 수 없는 거대한 의지였고, 흐름이었으면서도 작고 가냘픈 움직임이었다. 살짝 건드려도 휘어지거나 부러질 것 같으면서도 한편으로는 너무나도 굳세고 강건했다. 너무나도 부조리적이었지만 너무나도 완벽했다.

'이것이… 운명……?!'

아아크는 직감적으로 느꼈다. 그리고 잠시 동안 접하는 '운명'이었지만 벌써부터 그의 작은 머리는 거대한 운명을 버티지 못하고 있었다.

'애거트는… 이런 것을 계속해서 견디어왔다는 건가?'

그리고 그가 느끼던 '운명'이 사라졌다. 그로서는 이 정도를 감당하는 것이 한계였던 것이다.

"잘 가라, 내 동생아. 부디 다음 운명의 갈래 위에서는……."

애거트의 눈가에 눈물이 고였다. 하지만 인피니티를 들고 있는 손은 아무 거리낌 없이 아아크의 목을 향해 움직이고 있었다.

"멈춰라!"

돌연 어디선가 누군가의 외침이 들려왔다. 하지만 애거트는 전혀 신경 쓰지 않는다는 듯 거침없이 아아크의 목을 향해 인피니티를 휘둘렀다.

타앙!

하지만 어디선가 날아온 충격파에 의해 아아크는 목숨을 부지할 수 있었다. 하지만 그 대가는 상당히 컸다. 어디선가 날아온 충격파로 인해 진로가 틀어진 애거트의 힘이 그의 뒤에 있던 기사와 병사들을 휩쓸어 버린 것이었다.

화아!

순식간에 수백 명이 죽었지만 비명 소리는 없었다. 피가 튀지도 않았고 잘려진 사람들의 몸뚱이들이 튀어 오르지도 않았다.

그들은 사라졌다. 마치 신기루처럼.

"비록 운명이라고 하는 것이 있다고 한다 할지라도 존재들이란 그 운명을 부수거나 바꿔가며 살아가는 것이다. 그것은 비단 인간만이 아닌 신들에게까지도 해당하는 사항이지."

하지만 방금 전 멈추라고 외쳤다가 그것이 통하지 않자 강압적인 방법으로 애거트의 공격 방향을 틀었던 자 역시 상당한 강적이었다. 그는 방금 전 신기루같이 사라지는 죽음을 맞이한 수백 명은 관심에도 없다는 듯 자신의 대사를 외치고 있었다.

"운명을 따르도록 강요한다는 것은 가능성을 빼앗는 잔혹한 행위. 그리고 그것은 곧 악! 나는 악을 용서하지 못하고, 그렇기에 운명을 고정시키려는 자를 용서할 수 없다!"

그는 광장 중앙에 있는 거대한 신상 위에 올라서 있었다. 그가 무슨 말을 지껄이든지에 앞서 신성한 신상 위에 올라서 있다는 것만으로 이 신성국의 기사들과 성직자들에 있어 저자는 신을 모독하는 악당이었다.

"모든 것에 자유가 있는 거대한 의지를 따르는 정의의 사자, 빛 속의 어둠! 나는 하늘과 땅과 불과 물의 뜻에 따라 결코 너희들을 용서하지 않겠다!"

신상 위에 있는 그림자는 애거트를 손가락으로 가리키며 크게 외쳤다. 그러던 중 그의 뒤에 있던 또 하나의 그림자가 무언가 이상한 점을 발견하고는 살며시 그에게 속삭였다.

"저기… 마스터, 빛 속의 어둠이 아니라 어둠 속의 빛 아닌가요……?"

"시끄러! 내가 그렇다고 하면 무조건 그런 거야. 따지지 마!"

"네……."

난데없이 등장해서는 신상 위에서 어린아이도 감히 입에 담지 않을 정도의 유치찬란한 대사들을 지껄이고 있는 것은 바로 히아스였다. 그리고 그의 옆에서 리엔이 그의 틀린 대사를 지적해 주었지만 이미 그를 말리기는커녕 뭐라고 할 수 있는 수준이 아니었다. 그는 마치 한이라도 맺혀 있다는 듯 그 이후로도 한참 동안을 주절거렸다. 그것의 대부분은 어린 이들이 보는 용사 이야기책에서나 나올 법한 유치찬란한 내용이 대부분이었다.

"…누구냐, 너는?"

결국 보다 못한 듯 애거트가 질문했다. 하지만 히아스의 대답은 히아스대로 가관이었다.

"네놈들에게 가르쳐 줄 이름 따윈 없다! 히야압!"

빠악!

"쿠악!"

난데없이 떨어져 내리며 꽂히는 히아스의 날라차기를 맞은 것은 애거트도, 켄도 아니었다. 다만 그들로부터 상당히 떨어져 있던 한 기사가 비명을 지르며 나동그라졌다.

쿠당탕!

수미터 위에서 떨어지며 얻은 가속과 히아스 자체의 무지막지한 힘으로 인해 그의 킥을 얻어맞은 기사는 수십 바퀴를 뒹굴며 굴러가다 결국 한 건물에 부딪쳐 제동이 걸렸다. 다행히 그 기사가 두꺼운 갑주를 입고 있었고 히아스가―비교적―큰 힘을 주지 않고 때린 덕에 심각한 상처를 입거나 하지는 않았다(물론 그렇다고 해서 결코 가벼운 상처를 입었다는 것은 아니지만).

그렇게 죄없는 기사 한 명을 날려 버린 히아스는 분기탱천한 모습으로 애거트를 향해 으르렁거리듯이 말하였다.

"으음… 나의 킥을 피하다니, 제법이구나."

"……."

'이럴 때 무슨 소리를 하면 좋을까?'

'저 사람 혹시 바보 내지 정신병자 아냐?'

모든 이들의 공통된 생각이었다. 대체 어떻게 하면 애거트—또는 켄— 와는 전혀 관계가 없는, 게다가 도저히 빗나가는 바람에 잘못 맞췄다고 는 말해 줄 수 없을 정도로 동떨어져 있는 이를 차서 날려 버려놓고서는 거기에다가 전혀 움직이지도 않은 당사자를 보고 '내 공격을 피하다니' 라는 투의 말을 할 수 있는 것인가?

"…누구냐?"

다른 이들은 난데없는 쇼맨의 등장으로 잠시 긴장감마저 잃은 채 황망 함에 빠져 있었지만 애거트만은 달랐다. 그는 지금 태어난 이래 최고로 긴장한 상태였고 거의 느껴보지 못한 '불안함' 이라는 감정마저 느끼고 있었다.

'운명이… 깨졌다?!'

그가 본 '운명' 에서 저 멍청한(…) 자의 등장은 전혀 있지도 않았던 것이다. 방금 전에 아아크는 분명이 자신의 인피니티에 의해 피 한 방울 남기지 않고 사라졌어야 하는 것이 정해진 운명이었던 것이다. 그렇기에 언제나 정해져 있던 운명이 그대로 현실이 되는 것을 보고, 경험하고, 자 신이 직접 운명대로 행동하던 애거트는 불안할 수밖에 없었다.

순간 보이지가 않았다. 갑작스러운 저자의 등장으로 인해 틀어진 운명 은 이제 산산이 깨져 그 조각조차 남아 있지 않았다. 처음으로 경험해 보는 기괴한 현상에 애거트는 알 수 없는 불안감이 전신을 덮치는 것을 느꼈다. 하지만 더불어 묘한 해방감도 느끼는 그였다.

'하지만… 운명은……'

그리고 잠시 후, 운명이 다시 보이기 시작했다. 산산이 깨졌던 운명은 언제 그랬냐는 듯 새로운 모습을 가지고 나타났다. 하지만 그것도 문제가 있었다.

'…보이지 않아!'

분명 운명이 보이기는 보였다. 하지만 너무나도 불투명하게 보이고 있었고, 그것은 한 치 앞도 예상할 수 없게 만들었다. 심지어는 지금 자신의 앞에 선 정체불명의 인물이 어떤 자인지에 대해서도 전혀 알 수 없었다. 단지 존재한다는 것 정도를 확인할 수 있는 수준이었던 것이다.

'이드 녀석과 만날 때랑 비슷하군.'

하지만 그것을 처음 느끼는 것은 아니었다. 물론 운명이 깨져 나간 것은 처음이었지만 이렇게 조금도 알아볼 수 없는 상태는 이미 경험한 적이 있던 그였다.

"마스터, 왜 무고한 사람을 때리는 거예요?"

그때 문득 한 여성의 목소리가 들려왔다. 가냘프고 작은 속삭임과도 같은 목소리였지만 모두가 조용한 상태였기에 그녀의 목소리는 충분히 애거트의 귀에 들릴 수 있었다.

"아아, 하지만 저 둘 모두 이런 요란스러운 공격은 맞을 것 같지가 않아서 말야. 그렇다고 쪽팔리게 헛방 날리면서 등장할 수는 없잖아?"

"그럼 그냥 조용히 내려오면 되잖아요."

"…아차, 그 방법을 생각하지 못했군."

"……"

요약하자면 저 30대 초중반 정도로 보이는, 제정신이 아닌 것으로 추측되는 인물은 폼을 잡기 위해 킥을 하면서 등장하려고 하는데 애거트나 켄은 맞아줄 것 같지 않다 보니 무고한 기사 한 명을 날려 버리며 등장했다는 이야기가 된다. 그의 황당무계한 모습에 애거트와 아아크를 비롯한 모든 이들은 잠시 어이없음에 할 말을 잃은 채 굳어버렸다.

"아아크님이십니까?"

문득 히아스는 아아크를 보며 아는 체를 하였고 갑작스러운 그의 태도에 아아크는 잠시 얼떨떨한 표정을 짓다가 간신히 대답했다.

"아… 네, 네. 제가 아아크 하스입니다."

"그렇군요. 그렇다면 지금 저기 금칠한 형광등처럼 빛나는 분이 당신의 형님이신 애거트 씨인가요?"

비록 '형광등' 이라는 단어가 무엇을 뜻하는지는 모르겠지만 지금은 그런 것을 물어볼 때가 아니었다. 히아스의 질문에 아아크는 말없이 고개를 끄덕였고, 그러자 곧바로 히아스의 모습이 흐릿해지더니 사라졌다.

"하앗!"

투앙!

"흐읍……!"

사라졌던 것 같았던 히아스는 곧바로 애거트의 옆에 나타나 그를 공격했다. 갑작스러운 그의 공격에 애거트는 당황하면서도 간신히 그의 공격을 막아내는 데 성공했다.

'뭐냐, 이자는 대체……!'

단순히 예정되었던 운명을 뒤집어엎은 정도가 아니었다. 그의 능력은 이미 인간의 그것이 아니었다. 그렇지 않고서야 어떻게 이렇게 순식간에 자신의 곁에 다가와 공격을 할 수 있단 말인가? 게다가 자신조차 그가 옆에 다가온 순간에야 간신히 그의 기척을 알아내고 몸을 막아낼 수 있었다.

“타아!”

파각!

“크윽……!”

“아직이다!”

파바바바박—

히아스는 한번 잡은 승기를 절대 내주지 않겠다는 듯 끊임없이 공격을 퍼부었다. 하지만 애거트는 애거트대로 어느 정도 당황감을 진정시킨 듯 이제는 침착하게 히아스의 공격을 받아내고 있었다.

“우오오……!”

병사들 사이에서 탄성이 터져 나왔다. 아아크, 제다트와 켄마저도 잠시 지금의 상황을 잊은 채 히아스와 애거트의 싸움을 바라보고 있었다.

“담장 넘기!”

빠악!

“쿠악……!”

거의 방어만을 하고 반격을 거의 하지 않았던 애거트의 기습적인 공격을 받은 히아스는 미처 그것을 방어하지 못하고 자신의 턱에 애거트의 뒤꿈치가 작렬하는 것을 허용하고 말았다. 그리고 그 충격으로 인해 히아스의 몸이 공중으로 떠올랐다.

“벽 딛고 서기!”

“교장권 제1식, 화려한 등장!”

애거트는 히아스를 향해 추가 타를 때리기 위해 발차기를 하였지만 어느새 공중에서 자세를 회복한 히아스는 그의 발차기에 맞춰 마주 대고 날아차기를 하였다. 간결하고 빠른 애거트에 비해 히아스의 날아차기는 상당히 멋에 그 중점을 둔 듯 그 자세가 화려했다.

“교장권 제29식, 여기 공기밥 추가!”

"물방울 가르기!"

투앙!

방금 전의 발차기의 교환으로 인한 반동을 이용해 반대쪽으로 몸을 회전시키며 뒤돌려차기를 하는 히아스의 공격에 애거트는 인피니티를 이용하여 그의 공격에 맞받아쳤다. 보통의 경우라면 히아스의 발은 인피니티에 의해 두 동강이 났어야 하겠지만 지금의 경우는 그렇지 않았다. 오히려 서로 '부딪치며' 커다란 울림음을 만들어냈을 뿐이었다.

"하아!"

빠악!

하지만 히아스라고 해서 공중에서 무한정 선공을 날릴 수 있는 것은 아니었다. 아무래도 공중에 떠 있는 만큼 땅 위에 서서 움직이고 있는 애거트에 비해 격투전에 불리에 것이 사실이었는데 그 결과 히아스의 복부에 애거트의 발뒷꿈치가 꽂혀 들어갔다.

"우켁!"

상당히 꼴사나운 비명과 함께 히아스는 뒤쪽으로 날려가 버렸지만 바닥을 뒹굴지는 않았다. 그는 날려가는 외중에도 자신의 몸을 컨트롤해서 안정적으로 땅 위에 설 수 있었다.

"…너는 누구냐?"

잠시간의 대치 상황을 이용해 애거트는 히아스를 향해 질문을 던졌다. 그의 질문에 히아스는 어깨를 으쓱하며 피식 웃어 보였다.

"내 이름을 묻는 거라면 히아스라고 해두지."

"내가 묻는 것이 그것이 아니라는 것 정도는 알고 있을 것이다. 대답해라. 너는 누구냐?"

애거트의 눈빛이 날카로워졌다. 그는 두 눈을 가늘게 뜬 채 히아스를 노려보고 있었다.

애거트는 지금 상당히 답답한 심정이었다. 자신이 살아가면서 이런 일. 즉, 정해진 운명이 순간 산산이 부서진 적은 없었기 때문이다.

정해졌던 운명이 바뀐 적은 있었다. 하지만 어디까지는 조금 틀어지는 정도였고, 그 운명이 바뀐다는 것 역시 운명이었기에 그다지 대수로운 일은 아니었다. 하지만 지금은 달랐다. 순간이었지만 자신에게 아무것도 보이지 않았던 것이다. 그것은 뒤늦게나마 그전의 운명이 부서질 운명이었다는 것을 알기는 했지만 그렇다고 해도 당황스럽기는 마찬가지였다.

애거트는 다른 무엇보다도 '이미 알 수가 없었던' 상황에 놀라고 있었다.

"이름이라고 하기에는 조금 그렇지만 굳이 그 명칭을 듣기 원한다면 말해 주지 못할 것도 없지. 하지만 이미 알고 있잖아? 내가 타락과 정화를 동시에 받은 자라는 것을."

히아스의 대답에 애거트의 표정이 굳어졌다. 그의 안색은 눈에 띄게 나빠졌고 꽉 쥔 그의 두 주먹은 가늘게 떨리고 있었다.

"역시… 그럼 너는……!"

"우리 장인어른 때문에 온 것이지!"

"……."

히아스의 대답에 애거트는 잠시 어깨에 힘이 빠지는 것을 느꼈다. 그것은 그가 대답을 하는 외중에 강조한 '장인어른' 이라는 단어 때문이었다.

'대단한 망상이군. 장인어른이라니…….'

이미 상대에 대해 자신이 알아낼 수 있을 만큼 읽어낸 애거트는 히아스의 입에서 나온 '장인어른' 이라는 단어에 황당함을 느꼈다. 그리고 아까도 바보 짓을 하더니만 이번엔 저런 어이없는 소리를 마치 당연하다는 듯이 지껄이고 있는 저자의 두뇌 구조가 의심스워지기 시작했다.

"뭐, 좋아. 상관하지 않겠다. 정히 우리를 방해하겠다면 나는 있는 힘을 다해 너를 막겠다."

애거트는 비장한 표정을 지으며 히아스를 향해 인피니티를 들어 올렸다. 그의 행동에 히아스는 피식 웃으며 오른손을 앞으로 내밀었다.

"나도 바쁘다고. 이제부터는 제대로 상대해 주지."

"……"

"각오하는 게 좋을 거야. 소환."

히아스의 나직한 부름에 따라 한 무리의 어둠이 그의 손앞에 생겨났다. 그것은 여섯 방향으로 가지가 뻗은 듯한 모양을 한 채찍이었다. 그것은 각각의 손잡이 길이가 약 0.5미터에 채편의 길이는 1미터 정도뿐이 되지 않았다. 마치 불가사리의 뼈대를 연상시키는 그의 기묘한 채찍에 애거트는 잔뜩 긴장하며 몸을 숙였다.

"…일단 한 개부터 시작해 볼까?"

그는 여섯 방향으로 나 있는 채찍의 손잡이 중 하나를 잡아당겼다. 그러자 그가 잡아당긴 채찍의 손잡이가 빠져나왔고, 그가 그것의 끝에 달린 버튼을 누르자 1미터 정도밖에 하지 않던 끈 부분이 거의 10미터 가까이 길어졌다. 그가 한 개의 채찍을 집어 들자 나머지 5개의 채찍은 나타날 때와 같이 신기루처럼 사라졌다. 히아스는 잠시 시범을 보이겠다는 듯 자신이 잡고 있던 채찍을 이리저리 살살 흔들어보았다.

"흐음… 감이 조금은 둔해진 것도 같……!!"

"흐랴!"

푸앙!

"크악!"

말 그대로 '눈 깜짝할 사이' 에 일어난 일이었다. 애거트는 가볍게 준비 운동 하듯 채찍을 움직여 보던 히아스에게 돌진하여 그의 복부에 강하게 팔꿈치를 꽂아 넣었던 것이다.

"으아아아아!!"

파파파파팍!

그것은 다른 이들이 볼 때 명백한 '비겁한 행동' 이었다. 하지만 애거트 자신은 지금 그런 것을 따질 때가 아니었다. 이렇게라도 하지 않으면 자신이 이길 확률은 희박했기 때문이다. 실제로 방금 전 자신의 운명은 이 히아스라는 자에게 죽기 직전까지 당하는 것이었다.

"타아!"

지잉—

그렇게 얼마 동안 히아스를 향해 맹공을 퍼붓던 애거트는 곧 이어 양 손으로 굳게 인피니티를 쥐며 히아스를 향해 휘둘렀다.

치지지직!

하지만 이미 그가 인피니티를 휘두르는 곳에서 히아스는 없어진 상태 였다. 이미 히아스는 멀찌감치 떨어져 그의 채찍이 인피니티를 휘감고 있었다. 그의 채찍은 마치 인피니티를 태우기라도 하는 듯 채찍이 휘감 은 부분에서 푸른색의 연기가 나고 있었다.

"젠장… 아프잖아."

히아스의 몰골은 가관이었다. 그의 코는 폭삭 주저앉아서는 양쪽 콧구 멍으로 진득한 코피가 흘러나오고 있었고 째진 입술에서도 피가 흘러나 오고 있었다. 양쪽 눈은 시퍼런 멍이 들어서 퉁퉁 부어 있었고 이마에는 제법 커다란 혹까지 하나 덤으로 붙어 있었다. 몸통이나 팔다리의 경우 입고 있는 옷에 가려 정확히는 알 수 없었지만 각이 잡혀 있던 정장이 모 두 찌그러지고 헤진 것으로 볼 때 결코 얼굴보다 양호하지는 않을 것 같 았다.

"네가 이러고도 악당이냐?! 악당이라면 모름지기 주인공이 무언가를 할 때까지 가만히 있어줘야 하는 것이 예의이거늘!"

"……?"

"아무리 주인공이 비겁한 수를 쓰는 한이 있어도 악당은 주는 대로 다 받아가며 쓰러져야 하는 것이 정해진 관례이거늘!"

"……."

"설령 한 명뿐인 악당에게 다수의 주인공들이 덤벼도 당당하게 웃으며 맞서는 것이 악당이 취할 자세이거늘!"

"……."

"₵ ¥ ♥ ★ ♂ ♀ ♨♨♨Ⓚ㈜"

그 뒤로도 히아스는 마치 한이라도 맺힌 듯 한참을 떠들어대었다. 그의 모습에 다른 이들은 또다시 뒤통수로 굵은 땀방울을 흘리며 한심하다는 생각을 하였지만 애거트의 경우에는 달랐다.

'빈틈이… 없다……!'

비록 겉으로 보기에는 아까 이상으로 헛점투성이로 보일 수도 있었다. 하지만 애거트는 알 수 있었다. 저 히아스라는 자는 지금 저렇게 떠들고 있으면서도 먼지 하나까지도 포함할 정도로 자신 주변에 있는 모든 움직임을 간파하고 있다는 것을. 그리고 그것을 알기에 애거트는 섣불리 몸을 움직일 수 없었다.

"…그래서! 이번에는 내가 정의의 심판을 내리겠다!"

그제야 할 말을 다 마친 듯 히아스는 애거트를 향해 채찍을 거누었다. 그리고 상대가 제대로 공격을 해올 것이라는 것을 눈치 챈 애거트는 잔뜩 긴장하며 방어 준비를 하였다.

파앙!

애거트가 작은 움직임을 보이는 순간 히아스의 채찍은 공간을 가르며 애거트를 향해 뻗었다. 그러나 그것은 본래의 목적을 달성하지 못한 채 인피니티의 옆면을 때렸다.

파카카캉!

연속적으로 강한 금속음이 주변으로 울려 퍼졌다. 하지만 그것은 단순한 금속음과 달리 마치 속이 비어 있는 듯한 울림 소리였다.

"젠장… 이 정도 망가진 얼굴 고치는 게 얼마나 번거로운지 알고나 있는 거야, 너는?"

이미 히아스의 얼굴은 원래대로 돌아와 있었다. 그는 애거트를 공격하는 동안 한 발짝도 움직이지 않은 채 한 손으로 채찍을 휘두르고 다른 한 손으로는 자신의 얼굴에 회복 마법을 시전하고 있었다.

히아스의 채찍은 날렵하고, 날카롭고, 집요했다. 처음에는 단순히 10여 미터 정도였던 그것은 최대 수십 미터까지 그 길이를 늘려가며 애거트의 빈틈을 노리고 뻗어왔다. 하지만 애거트 역시 그렇게 호락호락하지는 않은 듯 이리저리 몸을 움직이며 그의 공격을 피하고 있었다. 그리고 그렇게 히아스의 공격을 피하는 와중에도 간간이 충격파를 이용해 히아스에게 공격을 시도하고 있었다. 하지만 아직은 그 공격의 수준이 충분하지는 못한 듯 히아스에게 도달하기 전에 그의 채찍에 의해 충격파가 소멸하고 있었다.

쿠콰콰쾅!

퍼퍼퍼펑!

하지만 지금 이곳에서 히아스와 아아크가 어느 정도의 움직임을 내고 있는지 파악할 수 있는 이는 거의 없었다. 대부분의 이들은 히아스의 한쪽 팔이 사라진 것 같은 착각과 함께 그의 앞에서 '보이지 않는' 공격을 받고 부서지는 듯하더니 순식간에 가루가 되어 허공에 흩날리는 도로와 그로 인해 생겨난 먼지들과 함께 맹렬히 불고 있는 바람만을 알 수 있었다. 일부가 간신히 그들의 잔상 정도를 보고 있었지만 역시 일부에 불과

했다. 무엇보다도 주변에 휘몰아치는 먼지바람은 지금 싸우고 있는 둘을
볼 수 있게 하는 데에 너무나 방해가 되고 있었던 것이다.

다만 아아크, 켄, 제다트 정도가 그들의 움직임을 대강이나마 파악하
고 있을 뿐이었다.

"저, 저것이 인간이 낼 수 있는 수준의 싸움이란 말인가……?!"

셋은 물론 지금 벌어지고 있는 애거트와 히아스의 싸움을 보고 있던
이들의 공통적인 생각이었다. 물론 그들은 방금 전에 애거트가 내보인
어처구니없는 성투기를 느꼈고 그런 애거트 이상의 힘을 가진 히아스의
능력도 보았다. 하지만 이렇게 본격적으로 싸우는 것을 보니 그들은 또
다시 놀랄 수밖에 없었던 것이다.

"유감이다. 실로 유감이다."

히아스가 중얼거렸다. 하지만 중얼거림이라고 하기에는 조금 컸는지
애거트와 일부 청력이 좋은 이들은 그의 목소리를 들을 수 있었다.

"생각 같아서는 조금 더 놀아주고 싶다만 나는 지금 매우 바쁜 몸이라
서 말야. 소환!"

히아스의 외침과 함께 그의 채찍을 쥐고 있지 않던 손에 또 하나의 채
찍이 생겨났다. 그리고 그는 한 번에 강한 공격을 하려는 듯 방금 전까지
맹렬한 기세로 애거트를 몰아붙이던 채찍까지 거두었다.

"교장권 비기!"

그리고 그 짧은 틈은 애거트에게도 반격의 기회를 주었다. 애거트 역
시 이번 일격으로 결정을 내려는 듯 양손으로 인피니티를 잡으며 낮게
몸을 숙였다. 둘 모두 이번 한 번의 공격으로 끝을 내려는 의도가 명백하
였다.

"냅다 갈아 엎기!"

"진공 중력 가르기!"

히아스의 양손에 들려 있던 채찍이 애거트를 향해 뻗어 나갔고 두 개의 채찍 사이로 강한 충격파가 동반되었다. 그리고 애거트는 인피니티를 앞으로 내민 채 자신을 덮치려는 충격파를 가르며 히아스에게 돌진했다.

"애거트가……!"

"이긴다……?!"

아아크를 비롯한 모든 이들이 보기에는 이대로라면 히아스의 패배였다. 그도 그럴 것이 지금 애거트는 히아스의 충격파를 가르며 돌진하고 있었던 것이다.

하지만 히아스는 오히려 입가에 미소를 짓고 있었다. 그것은 승자가 여유를 부릴 때나 지을 수 있는 그런 미소였다.

"2중 비기, 갈아 엎은 것 한 번 더 뒤집기!"

히아스의 양손이 교차되었고 그의 움직임에 따라 채찍들 역시 크게 요동 쳤다. 하지만 이미 애거트는 히아스의 눈앞에까지 와 있었다.

슈팟!

작은 소리와 함께 둘은 서로를 교차하며 지나갔다. 그리고 잠시 동안 둘은 미동도 하지 않은 채 그 자리에 서 있었다.

콰드드득!

"쿨럭!"

털썩!

먼저 자세가 허물어진 것은 애거트였다. 돌연 그의 오른팔이 뒤틀리며 뼈마디가 박살나는 소리가 나는가 싶더니 연이어 그는 입으로 한 움큼의 핏덩이를 토하며 그대로 바닥에 쓰러졌다. 애거트는 방금 전의 히아스의 공격으로 인해 내장이 완전히 뒤틀린 상태가 되어버린 것이었다.

"제법 훌륭한 승부였다. 그리고 보통 이런 경우에는 먼저 쓰러진 자가 이기는 법이지."

파슛!

히아스가 한마디 하자 곧바로 그의 왼팔에 상처가 생겨났다. 그리고 그 상처는 어느새 히아스의 팔을 따라 길게 지나가고 있었다.

"하지만 가끔은 예외도 있는 법이지."

하지만 그것으로 끝이었다. 오른팔이 바스러지고 몸 안의 내장이 뒤틀린 애거트에 비하면 왼팔에 길게 상처가 난 것 정도는 별것 아니라고 할 수 있는 정도였다.

이미 애거트는 정신을 잃은 상태였다. 물론 그의 온몸을 감싸고 있던 황금색의 성투기 역시 사그라든 상태였다.

"어이, 거기 덩치."

문득 히아스가 켄을 불렀다. 그의 부름에 켄은 잔뜩 긴장한 모습으로 히아스를 노려보았다.

"아아, 그렇게 긴장하지 않아도 돼. 죽이지 않으니까."

그 말과 함께 히아스는 애거트에게 다가가 그를 들어 올렸다. 그리고는 정신을 잃은 애거트를 켄에게 던져 주며 씨익 웃어 보였다.

"그냥 그 녀석 데리고 도망쳐. 보내줄 테니."

"뭐야?!"

놀란 것은 켄뿐만이 아니었다. 아아크, 제다트, 그리고 그들 주변에 있느라 히아스가 뭐라고 말했는지를 들은 모든 이들이 자신의 귀를 의심했다.

"미리 말해 두겠는데 지금 이 둘을 막으면 내가 해치워 주겠다."

"…어째서냐?"

켄이 질문했다. 그의 질문에 히아스는 마치 비웃는 듯한 웃음을 지으며 대답하였다.

"죽고 싶다면야 말릴 생각은 없지만 유감스럽게도 너희들은 아직 죽을 운명이 아니라서 말야."

"……."

"뭐 하냐? 빨리 가지 않고."

마치 빈정대는 듯한 히아스의 대답에 켄은 배알이 뒤틀리는 것을 느꼈지만 감히 반항할 수는 없었다. 아무리 그렇고 해도 방금 전에 그가 보인 실력이 어느 정도인지 절실히 알기에 그는 더 이상 아무 말 없이 정신을 잃은 상태의 애거트를 짊어진 채 성을 빠져나갈 뿐이었다.

"후우… 무게 잡느라 힘들었다."

투두둑!

슈르륵!

켄이 사라진 것을 확인한 히아스는 긴장이 풀림과 함께 온몸의 힘이 빠져나가는 것을 느꼈다. 그리고 그와 동시에 그의 옷이 조각조각 잘려 바닥으로 흩어졌다. 모든 겉옷이 잘려 바닥으로 흩어지고 지금의 히아스는 반쯤 뜯겨진 너덜한 한 장의 트렁크 팬츠만을 걸친 채 멍하니 서 있었다.

푸슈슛!

촤아아아아악!

그리고 연이어 그의 온몸으로 크고 작은 상처가 생기며 각 상처에서 피가 흘러나오고 심한 상처의 경우에는 뿜어져 나왔다. 그런 상처를 입은 상태에서는 아무리 히아스라 해도 멀쩡하게 서 있을 수는 없었는지 그는 곧 앞으로 쓰러졌다.

털썩!

"마스터!"

히아스가 쓰러지자 리엔은 곧바로 그를 향해 달려갔다. 그리고는 이내 옆에 멘 가방으로부터 몇 개의 약병을 꺼내었다. 빠른 그녀의 움직임은 이미 상당히 많이 경험해 본 일인 듯 빠르고 정확했지만 이 정도의 부상은 꽤나 당황스러운 듯 그녀의 손은 조금씩 떨리고 있었다.

리엔은 빠르게 히아스에게 약을 먹이고 회복 마법을 걸었다. 그리고 어떤 약은 직접 상처 부위에 바르기도 하였다.

"어… 젠장, 스타일 구기네."

이미 상당히 회복된 상태인 히아스는 리엔의 무릎을 베고 누운 채 하늘을 올려보았다. 그는 넌더리가 난다는 표정을 지으며 자신의 머리맡에 있는 리엔은 물론 아무도 듣지 못할 정도로 작게 중얼거렸다.

"젠장! 애거트라는 자도 이 모양인데 나보고 어떻게 이드와 싸우라는 겁니까? 장인어른 미워……."

그의 투덜거림은 칭얼거리는 어린아이의 그것과 상당히 흡사했다. 더불어 같이 묻어나고 있는 장난기는 지금 그의 투정이 결코 본심이 아니라는 것을 의미했다.

"마스터, 치료를 완료했습니다. 옷을 내어드리겠습니다."

"…어."

막 상념에 빠져들려고 하던 히아스는 문득 들려오는 리엔의 목소리에 정신을 차렸다. 그리고 그제야 지금 자신이 팬츠 하나만을 걸치고 있는 상태라는 걸 알곤 재빨리 리엔이 건네주는 옷을 받아 입었다.

"쳇, 그 정장 마음에 든 옷이었는데."

"저택에 수십 벌이 더 있지 않습니까?"

어린아이같이 투덜대는 히아스의 모습에 리엔은 싱긋 웃으며 대답했다. 하지만 그런 말을 하는 리엔 역시 이 다음에 히아스가 뭐라고 할지에 대해 어느 정도 예측은 하고 있었다. 그것은 제법 오랜 시간을 같이 있어 온 경험에서 온 것이었고 그녀의 예감은 적중했다.

"쳇! 어디까지나 집에 있는 것이잖아. 이제 가방에는 여벌로 가져온

한 벌뿐이 없고."

어느덧 히아스는 리엔이 건네주었던 옷을 다 입은 상태였다. 지금 그가 입고 있는 옷은 아까 전 애거트와 싸울 때 입고 있던 정장과는 달리 제법 복식이 화려한 여행복이었다. 하지만 화려함 이상으로 실용성을 갖춘 옷이었기에 움직이거나 하는 데에는 전혀 무리가 없었다.

잠시 옷을 입은 상태에서 가볍게 옷매무새를 다듬은 뒤 히아스는 아직도 상황 파악이 되지 않은 듯 멀뚱한 시선으로 자신을 바라보고 있는 아아크에게 다가가 질문했다.

"아, 그런데 장… 이 아니라 라니오스님은 어디에……?"

"에?"

아아크는 두 가지 이유로 당황했다. 한 가지 이유는 그가 갑작스레 다가와 아무 인사나 격식 절차 없이 질문을 던진 것이고, 두 번째 이유는 그가 라니오스를 찾고 있었기 때문이다.

그가 라니오스를 찾는 것에 대해 당황한 이유 역시 두 가지였다. 하나는 그가 어떻게 란 형을 알고 있는가에 대한 것이었고, 다른 한 가지는 그가 지금 찾는 라니오스는 아예 다른 곳에 있었기 때문이다.

"저기… 란 형을 찾는 거라면 여기에 없는데요……."

"네? 여기 아이어 아닌가요?"

아아크는 또 한 번 당황해야 했다. 정확히 말하면 황당했다.

"여기는 소르바스의 수도 소르바스 시입니다. 잘못 찾으신 것 같으신데……."

"아차!"

그제야 히아스는 주변을 둘러보았다. 그리고 그렇게 약 십여 초를 두리번거린 다음에야 그는 자신이 목적한 곳과 다른 곳에 왔다는 것을 알아차리게 되었다.

“제, 젠장! 실례했습니다. 다음에 만날 땐 보다 많은 이야기를 하도록 하지요. 저는 그럼 이만……!”

“마, 마스터?”

“리엔, 빨리 이리 와.”

갑자기 안색이 변하며 다급해하는 히아스의 모습에 리엔은 고개를 갸웃하면서도 재빨리 히아스의 곁에 다가갔다. 그리고 히아스는 리엔이 곁에 오자마자 한 팔로 그녀를 껴안으며 주문을 외웠다.

“프롤릭!”

파앙!

곧 두 명의 난입자들의 모습이 사라졌다. 그리고 그제야 아아크와 제다트, 그리고 성기사들과 성직자들은 비로소 말문이 트인 듯 서로 수군거리기 시작했다.

그들의 질문 내용은 크게 몇 가지로 분류되었다.

“방금 저자들은 누구지?”

“글쎄, 아직은 알 수가 없지. 하지만 보통 인간이라고 하기에는 너무나도 강하군.”

거의 대부분의 이들이 방금 전의 싸움, 그리고 싸움 중에 난입한 히아스에 대해 이야기를 하던 도중 한 성직자의 입에서 다른 질문이 튀어나왔다.

“그런데 아까 그 거대한 차크람을 휘두른 자는 애거트님이 아니었나?”

그 한마디의 여파는 대단히 컸다. 방금 전까지만 해도 그나마 조용히 술렁거리던 병사들 사이에서 커다란 혼란이 일어난 것이다.

“그래, 그러고 보니 그자가 분명 아아크 부단장을 보고 동생이라고 했었어.”

"게다가 아아크 부단장이 분명 형이라고 했던 것 같아."

"외모도 닮았었잖아?!"

"혹시⋯⋯!!"

이미 이들에겐 방금 전 등장한 히아스라는 인물에 대한 생각은 사라진 지 오래였다. 지금의 그들은 자신의 적이 된 애거트에 대한 이야기로 혼란의 도가니에 빠진 상태인 것이었다.

"무, 무엇입니까?!"

내가 다시 정신을 차렸을 때 리히터는 크게 당황한 듯한 모습을 하고 있었다. 안 그래도 창백한 하얀색이었던 그의 안색은 이제 새파랗다 못해 보라색이 섞여 있을 정도로 파리하게 변해 있었고, 검을 들고 있는 손은 진작 검을 놓치지 않은 것이 오히려 더 이상할 정도로 눈에 띄게 떨리고 있었다.

"다, 당신은⋯ 당신은⋯⋯."

그의 모습은 도저히 내가 알고 있던 리히터가 아니었다. 그의 얼굴색은 시체보다 더욱 시체 같았고 온몸은 사시나무 떨듯 떨리고 있었다. 그리고 입으로는 마치 실성한 사람마냥 무언가를 계속 중얼거리고 있었다.

퍼억!

"크악!"

순간 무언가가 그의 가슴을 꿰뚫었다. 그것은 그의 등 뒤에서 관통한 것인 듯 그 끝이 내 쪽으로 튀어나와 있었다.

"너무 많은 것을 알아서는 좋을 게 하나도 없지."

"으⋯ 으아아아악!!"

리히터의 등 뒤로부터 들려오는 누군가의 목소리와 함께 연이어 그의 온몸 안에서 강한 기운이 요동 쳤다. 그 강한 기운을 직접 당하지 않은 내가 옆에서 간접적으로 느껴도 확실히 인식될 정도로 강한 기운이었다. 그리고 리히터의 몸은 그 강한 기운을 견디지 못한 듯 서서히 붕괴하기 시작했다.

"크어어억!"

그리고 결국 그의 몸은 재가 되어 허공에 흩날렸다. 리히터는 완전히 '죽은' 것이었다.

"사람들은 방금 전과 같은 때를 두고 '위기일발'이라고들 하죠."

리히터의 가슴을 꿰뚫었던 것은 채찍이었다. 그 채찍은 마치 살아 있는 생명체라도 되는 양 계속해서 허공에 꿈틀거리고 있었고, 그것의 손잡이를 쥐고 있던 사내가 나를 향해 다가왔다.

"무사하십니까, 라니오스님?"

그는 대략 30대 중반쯤으로 보이는 인간이었다. 오기 전에 무슨 일이 있었는지 조금 지저분하게 보이기는 했지만 전체적으로 나이에 비해 젊게 보이는 사람이었다. 다만 조금은 지저분하고 핏방울도 튄 얼굴이나 팔 부위와는 달리 상당히 화려하고 깔끔한 여행복을 입고 있는 그는 내 이름을 부르며 싱긋 웃고 있었다.

"네… 네, 저는 괜찮습니다만……."

"아, 다행이군요. 우선은 제 소개를 하지요. 제 이름은 히아스라고 합니다."

이윽고 그는 다짜고짜 내게 허리 숙여 인사를 하며 자신의 이름을 밝혔다. 그의 태도에 나 역시 당황하면서도 내 이름을 밝혔다.

"아… 저, 저는 라니오스라고 합니다만……."

"이미 알고 있답니다. 그런데 몸은 괜찮으십니까? 보아하니 복부에 제법 큰 상처가 있는 듯한데."

그제야 나는 내 복부에 작지 않은 상처가 있다는 점을 떠올렸다. 이윽고 긴장이 풀려 버린 내 몸은 그대로 바닥에 쓰러져 버렸다. 아니, 정확하게는 쓰러지려고 했었다.

턱!

"괜찮으십니까?"

막 바닥과 온몸으로 반가움의 인사를 하려던 나를 받아 든 것은 한 명의 아름다운 여성이었다. 하늘색 머리카락의 그녀는 매우 가냘퍼 보였지만 그것 나름대로 아름다웠다. 그것은 세린이나 티니와는 또 다르게 아름다운 것이었다.

"우선은 응급 처치를 하겠습니다. 후에 상황이 안정되고 난 뒤 내상을 치료해 드리겠습니다."

그녀는 옆에 메고 있던 가방에서 붕대와 약병 몇 개를 꺼내더니 순식간에 내 상처를 소독하고, 약을 바르고, 붕대를 상처 부위에 감아주었다. 그것은 매우 능숙하였고 단 몇십 초 사이에 모든 것이 끝났다.

"그건 그렇고, 자… 가 아닌 티니님을 구하는 것이 조금 늦어버렸습니다."

그리고 연이어지는 히아스라는 자의 한마디. 그의 말에 나는 순식간에 불안감에 휩싸이며 그에게 티니에 대해 질문하려 했으나 그의 대답이 더 빨랐다.

"아아, 그렇다고 해서 돌아가신 건 아니고 일부만 구해 드릴 수 있었습니다."

그제야 나는 그의 품에 무언가가 안겨 있다는 것을 알 수 있었다. 그것은 두 마리의 작은 박쥐들이었다.

"티니님 정도의 뱀파이어라면 일부라도 살아남은 경우 피의 보충을 통해 원래대로 재생할 수 있으니 걱정 마십시오."

이윽고 그는 자신의 품에 있던 박쥐들을 살살 건드려 깨우기 시작했다.

"티니님, 티니님, 정신 차리십시오."

그가 티니를 깨우려고 하는 동안 나는 문득 주변을 둘러보았다. 아직도 전투는 한참 진행 중이어서 수많은 신족과 인간들이 서로 싸우고 있었고, 또한 상당수의 시체들이 바닥에 널브러져 있었다.

"으아아아!"

"타아아아!"

챙챙챙!

쿠쾅쾅쾅!

그리고 그 시체들은 계속해서 늘어가고 있었다. 인간들도, 신족들도 이미 광기에 휩싸여 이성을 상실한 듯한 모습으로 자신의 '적' 으로 인식된 존재들을 죽여가고, 그리고 일부는 그 '적' 들에게 죽어가고 있었다.

"이것이… 전쟁."

누가 말했던가, '죽음의 냄새' 라는 단어를. 그리고 전쟁에는 항상 '죽음의 냄새' 가 풍기게 된다고. 이전까지는 그저 막연히만 알고 있었던 그 단어의 의미를 지금의 나는 처절히 깨달을 수 있었다.

지금 이곳 전체에서 나고 있었다. 죽음의 냄새가. 그리고 그것은 마치 새하얀 옷감 위에 번지는 먹물처럼 나의 머리 속을 서서히 검게 메워가고 있었다.

그리고… 무어랄까……?

'기분이 이상해.'

방금 전까지만 해도 싫은 광경이라고, 역겨울 정도로 끔찍한 광경이라고만 생각했는데…….

어째서인지 계속 보고 있으니까…

'아름다워.'

너무나도 멋진 광경이었다. 사방은 시체가 즐비하고 곳곳에서 막 죽은

이들의 원혼 냄새와 악에 찬 외침 소리가 느껴지는 것 같았다. 이곳저곳
으로부터 풍겨져 오는 피 냄새는 너무나도 감미로웠고, 아직도 계속해서
들려오는, 악귀가 되어버린 인간과 신족, 마족들의 악의에 가득 찬 외침,
그리고 고통과 절망에 가득 찬 비명 소리들은 묘한 하모니를 이루며 나
의 귀를 즐겁게 하였다.

'다 죽여 버릴까?'

지금 나의 앞에 서 있는 인간을 시작으로 해서 나의 뒤에 있는 여자,
그리고 지금도 계속해서 싸우고 있는 인간과 신족, 마족들.

더 많이 죽이면 더 많이 느낄 수 있을 것이다. 이 멋진 감각들을.

그래, 기왕이면 세린과 티니도 죽여 버리는 거다. 그 예쁜 머리를 부수
고 뇌를 휘젓는다. 그리고 손발을 조각조각 자른 뒤 배를 갈라 내장을 사
방에 흩뿌리는 거다. 분명 아름다운 비명 소리와 향기로운 피를 뿌리며
죽을 테지.

"아, 정신을 차리셨군요."

찌익.

내 정신을 다시 현실로 돌아오게 한 것은 히아스의 목소리와 힘없는
박쥐의 울음소리였다. 히아스는 마치 박쥐 상태의 티니를 얼르기라도 하
는 듯 어루만져 주며 말을 하였다.

"지금 티니님의 분지체 중 살아남은 것은 이분들뿐이군요. 우선은 이
상태라도 인간형으로 돌아오시는 게 좋을 듯합니다."

히아스는 티니를 보며 검지를 들어 올려 보였다.

"아, 그전에 이전까지의 사이즈로 변하려고 하시면 절대 되지 않습니
다. 지금 살아남은 분지체에 맞춰 그 크기를 줄인다고 강하게 생각하시
면서 변신해 보세요."

그러자 잠시 후 히아스의 품에 있던 두 마리의 박쥐가 서로 융합되는

가 싶더니 이내 그것은 인간형의 형태를 띠었다. 그리고 이내 그것은 완벽한 티니의 모습으로 돌아왔다.

다만 지금의 티니 모습과 이전의 티니 모습이 차이가 있다면 지금 티니의 몸은 전체가 고작 두 뼘이 조금 안 되는 정도, 즉 내 팔 전체의 반도 안 되는 수준이라는 점이었다. 인간형으로 돌아온 그녀는 알몸인 상태였지만 히아스는 미리 준비하고 있었다는 듯 제법 큼직한 손수건을 꺼내 그녀의 몸을 가려주었다.

"자, 일단 티니님은 라니오스님께서 보호하고 계십시오. 저는 잠시 상황을 정리하고 오도록 하지요."

히아스는 내게 그 작아진 티니를 내밀었다. 나는 조심스럽게 그에게서 티니를 받아 품에 안았다. 그리고 히아스는 내게 티니를 건네자마자 '토리아압, 아타!' 라고 하는 우렁찬 기합 소리와 함께 전장의 한가운데로 뛰어들었다.

"죄송해요, 주인 오빠."

내 품에 안긴 티니가 제일 먼저 한 말은 '죄송해요' 였다. 아무래도 또 한 번 달래주어야 할 것 같다는 생각이 벌써부터 들기 시작했다.

"제가 능력이 부족해서… 그만 이런 꼴을 당해… 주인 오빠한테 걱정을……."

역시나… 티니는 자책감에 막 울음을 터뜨리려고 하는 듯 눈동자가 글썽거리고 있었다. 가만히 놔두면 필시 울음을 터뜨릴 것이 뻔했기에 나는 재빨리 그녀를 달래기 시작했다.

"아니, 티니는 충분히 잘한 거야. 나는 티니가 이렇게 살아 있다는 사실만으로도 기쁜걸."

역시 이럴 때는 이런 계열의 말이 즉효약이다. 내심 조금은 낯간지러운 대사에 기분이 이상해지기는 했지만 다른 한편으로는 이미 울음을 진정시킨 채 미약한 웃음을 지으며 나를 바라보는 작은 티니의 모습에 기분이 좋아졌다.

"저 같은 자에게 그렇게까지 마음을 써주시다니… 티니는 정말로 기뻐요."

"아하하……."

문득 그녀를 보며 생각이 났다. 오히려 지금의 그녀 모습이 더 어울린다고. 안 그래도 귀여운 티니의 이미지는 이렇게 한 뼘 반 정도로 작아지고 나니 더욱 귀여워졌다는 생각이 들었다.

"흐랴아!!"

콰콰콰쾅!

쿠쿠쿠쿠쿵!

그때 저쪽에서 커다란 굉음이 들려왔다. 히아스의 것이라 생각되는 기합 소리가 장내를 울리는가 싶더니 이내 거대한 무언가가 무너지는 굉음과 함께 주변으로 피바람이 튀었다.

퍼퍼퍼퍽!

파가가각!

그리고 그 피보라를 이루는 것은 하나같이 신족의 광혈이었다. 히아스의 채찍은 마치 살아 있는 생명체처럼 움직이며 지금도 거의 동시에 수십 명 신족의 목숨을 앗아가고 있었다.

"으아아악!!"

"끄아아악!!"

계속해서 끊임없이 신족들의 비명 소리가 주변을 메웠다. 그리고 나는 그 사이로 문득 보고 말았다. 저 히아스라는 자가…….

씨익.

저 많은 신족들을 죽이며 미소를, 그것도 매우 잔혹한 미소를 짓고 있는 것을…….

그는 즐기고 있는 것이다. 생명을 죽인다는 행위를 말이다. 그가 지은 잔혹한 미소는 지금까지 그 누구에게도 볼 수 없었던 섬뜩한 미소였다.

하지만 그것보다 더 무서웠던 것은…….

'대체 방금 전의 내가 했던 그 생각들은……?!'

내가 이런 모습을 보며 멋지다고 생각하다니… 게다가 세린과 티니를 죽인다니?! 그리고서 즐겁다고?

대체 방금 전의 내가 했던 생각, 내가 느꼈던 그 끔찍한 감정들은 대체…….

라니오스는 히아스가 살육을 즐기며 잔인한 미소를 띠는 것이라고 생각했지만 정작 실상은 다른 것이었다.

'나이스! 장인어른께 점수 따기 성공!'

이 얼마나 멋진 등장이었는가? 위기일발의 그를 구해내며 '무사하십니까?' 라고 질문을 건네는 그의 억양은 가히 완벽 그 자체였다. 그렇게 그는 생각하고 있었다.

"나의 핑크 빛 미래를 방해하지 말란 말이다, 이 잔챙이들아!"

슈파바바밧!

"으아악!"

"크아악!"

사방에서 신족들의 비명 소리가 들려오고 있거늘, 이미 그의 귀는 그것을 비명 소리로 듣고 있지 않았다.

'맞습니다. 당신은 훌륭한 사윗감입니다!'

'나라도 딸이 있으면 당신 같은 분께 시집을…….'

어떻게 하면 최후의 비명 소리를 이렇게 해석할 수 있는지 모르겠으나 어쨌든 그는 이렇게 해석하고 있었다.

"크크크크… 하하하하!"

그는 승리의 확신에 가득 찬 웃음소리를 내고 있었으나 오히려 그것이 라니오스에게는 감점 요인이 되고 있음을 모르고 있었다.

● 외전

헤라즈

헤라즈

　"후우… 하아……."
　제법 거친 숨소리가 통로의 공기를 타고 울려 퍼졌다. 통로는 그다지 넓지 않았음에도 마치 넓은 홀 안에서마냥 그 소리가 울리며 넓게 퍼져 나갔다.
　"하아… 후우……."
　숨소리의 주인공은 아직 어린 소년이었다. 이제 막 10살을 넘었을까? 하지만 소년의 눈동자는 어린아이답지 않게 차갑게 가라앉아 있었고 표정은 침착하였다.
　"타아!"
　소년이 허공으로 날아오른다. 그리고 그 소년을 노리고 사방에서부터 작은 암기들이 날아온다. 소년은 자신을 향해 날아오는 암기들을 향해 양팔을 휘둘렀다.
　채카카캉!

자잘한 금속음들이 연속해서 발생하며 그에 따라 작은 금속 조각들이 땅으로 떨어진다. 어떤 것은 두 조각이 나고, 또 어떤 것은 한쪽으로 찌그러진 채 더 이상 사용할 수 없게 되어버린 암기의 파편들이었다.

"후욱… 하아……."

암기들을 모조리 쳐낸 뒤 깨끗한 자세로 땅 위에 착지한 소년은 곧바로 쉬지 않고 앞으로 내달렸다. 불빛 하나 없는 캄캄한 길이었지만 소년의 눈에는 그렇게 보이지 않는 듯 시원스럽게 앞으로 내달리고 있었다.

덜컹!

돌연 바닥이 밑으로 꺼진다. 하지만 소년은 침착하게 내려앉으려는 바닥을 차며 위로 도약하였다.

챠킹!

그가 위로 떠오르자 양 옆으로부터 날카로운 창이 튀어나온다. 하지만 소년은 공중에서 몸을 움직여 교묘하게 그것들을 피해냈다.

"흡……!"

소년은 팔을 뻗어 창대 중 하나를 잡았다. 그리고는 팔의 힘을 이용하여 창대를 중심으로 몸을 회전시키더니 그 원심력을 이용하려 앞으로 몸을 날렸다.

타닷!

피융!

그가 다시금 땅에 착지하자마자 어디선가 날아온 화살들이 그를 노린다. 하지만 그는 옆으로 몸을 날려 그것을 피해낸다.

파앗!

"……!!"

막 소년이 다시 자세를 고치며 앞으로 달려나가려는 순간, 칠흑같이 캄캄하기만 하던 주변이 갑자기 밝아졌다. 갑자기 눈 안으로 몰려오는 빛들로 인해 소년은 반사적으로 양팔을 들어 눈을 가렸다.

"거기까지다, 1865호."

어디선가 들려오는 굵직한 목소리. 그 근원지조차 모르는 목소리는 소년으로선 알 수 없는 위치에서부터 그를 향해 이야기하고 있었다.

"치잇!"

분한 듯 얇은 복면으로 가린 소년의 입가가 일그러진다. 아마 입술을 깨무는 듯하다.

"너의 훈련은 여기까지다. 돌아가 쉬어라."

"예."

'조금만 더 하면 됐을 텐데…….'

아쉬운 생각을 뒤로한 채 소년은 몸을 돌려 자신이 있던 장소, 훈련장 바깥으로 발걸음을 향하였다.

"젠장."

한 손에 음료가 든 잔을 든 채 소년이 작게 욕지기를 내뱉는다. 하지만 그의 주변에 있는 이들은 그렇지가 않은 모양이었다.

"대단해요, 선배."

"그래요, 조금만 더 시간이 있었으면 마지막까지 도달했을지도 모르는 일이었는데… 아까웠어요."

"너도 참 대단하다. 나는 한두 군데 다치겠다 생각하고 도전해도 그 정도는 무리일 텐데 말야."

주변에서는 연신 감탄의 목소리가 들려왔으나 여전히 소년의 표정은 밝아질 기색을 보이지 않고 있었다. 오히려 더욱 신경질을 내며 들고 있던 잔을 집어 던졌다.

땡강!

　금속 재질로 된 컵이 바닥을 뒹굴며 거친 소리를 내었다. 소년은 결국 성질이 폭발한 듯 거칠게 자리에서 일어서 성큼성큼 걸음을 옮겨 자신이 있던 장소를 빠져나갔다.

　"선배… 왜 저러지?"

　"좋은 기록이었는데 마음에 안 들었나?"

　그들로서는 알 도리가 없었다. 왜 그가 저렇게 화가 나 있는지…….

　"오늘도 통과 못했더구나, 헤라즈."

　막 소년이 자신의 숙소로 향하는 통로를 지나고 있을 무렵 30대 초반 정도로 보이는 남자가 그에게 말을 걸어왔다. 전체적으로 감정의 표현이 적은 느낌을 주는 사내는 헤라즈를 보며 가볍게 미간을 찌푸리고 있었다.

　"……."

　소년 헤라즈는 그런 그를 무시하며 지나가려 하였으나 중년 사내가 그를 가로막았다.

　"다음번이다. 다음번에는 반드시 통과해라."

　"……."

　"더 이상 '그 계집'에게 뒤처져서는 차기 길드장 자리를 차지할 수가 없다."

　"……."

　중년 사내는 계속 무어라 지껄이고 있었지만 헤라즈는 전혀 듣고 있지 않았다. 오히려 그에게 있어 이 중년 남자는 너무나도 진저리가 나는 듯 더욱 걸음의 속도를 빨리하여 그를 지나쳤다.

　"알았나? 다음번이다!"

　중년 남자는 마지막까지 그에게 각인을 시키겠다는 듯 계속해서 말을 하고 있었지만 정작 헤라즈는 듣지도 않은 채 통로 끝으로 사라졌다.

시작은 불과 한 달도 안 된 과거의 일이었다. 그는 한 명의 소녀를 보게 된다.

"2291호 시작하겠습니다."

이제 막 10살을 넘었을까? 뭐, 이곳 '라트라'에서는 10살부터 본격적으로 어쌔신 교육을 시키니까 이상할 것은 없었다. 하지만 어째서 저런 어린아이가 이런 상급 교육 코스에……?

팟!

헤라즈가 소녀에 대한 의문을 품는 순간 소녀가 도약하였다. 마치 한 마리의 새처럼 그녀의 도약은 가볍고, 자연스러웠으며, 아름다웠다.

'완벽하다……!!'

단지 도약을 했을 뿐이다. 그저 한 번의 도약을 했을 뿐인데…

왜 그녀의 움직임에서 눈이 떨어지지 않는 것일까?

덜컹!

슈팟!

챠킹!

파밧!

쿠르르르ー

타닷!

조금도 거침없는 움직임. 흐르는 물과 같은 동작들. 그것은 마치……!

'예술이다.'

일전에 '암살, 살인이라는 행위 역시 하나의 예술이다'라는 말을 들은 적이 있었다. 그때는 단순히 헛소리로 치부한 그 말이 지금은 이해되었다.

적어도 하나의 '행위'는 '예술'이 될 수 있었다. 그는 그렇게 생각했다.

탁!

그리고 그의 '감상' 의 시간이 끝났을 때 소녀는 이 훈련의 종착지에
도착해 있었다.

"수고했다, 2291호. 너는 훌륭하게 이 훈련을 완료하였다."

무뚝뚝한 길드장, 자신의 아버지의 목소리에 소녀는 고개를 끄덕이는
것으로 대답을 대신하며 복면을 풀어내었다.

사륵―

코 아랫부분과 귀 뒤쪽을 가리던 복면이 벗겨졌을 때 헤라즈의 두 눈
에 가장 먼저 들어온 것은 뾰족한 한 쌍의 귀였다.

"엘… 프?"

복면이 벗겨지고 그녀의 맨얼굴이 드러났을 때 헤라즈가 본 것은 차가
운 표정의 아름다운 소녀 얼굴이었다. 아직 어리기 때문인 듯 몸매로는
남자인지 여자인지 분간이 가지 않던 그는 어째서인지 상대가 여자라는
것을 단번에 짐작해 내었다.

"너의 훈련은 이것으로 끝이다. 내일부터는 정식 길드원의 자격이 주
어진다. 그때까지 숙소에서 대기하고 있어라."

"예, 마스터."

이윽고 몸을 돌려 훈련장을 벗어나는 소녀를 바라보며 헤라즈는 생각했
다. 이렇게 자신이 상대의 뒷모습을 보며 서운함을 느꼈던 적이 있던가?

"뭘 그렇게 멍한 표정으로 있는 거냐, 헤라즈?"

누군가 자신의 어깨에 손을 올리는 데도 상대의 손이 닿기 전까지 모
를 정도로 헤라즈는 넋이 나가 있었다. 그리고 상대가 자신의 어깨를 몇
번 두드리고 나서야 정신을 차린 듯 상대를 향해 고개를 돌렸다.

"저기 저 녀석, 2291호 때문이냐?"

자신의 어깨를 두드린 훈련생이 그에게 질문하였다. 헤라즈가 고개를
끄덕이자 그는 신이 난 듯 그 소녀에 대한 정보를 이야기해 주었다.

"아까 그 엘프 여자애, 티니 라트라라고 하는 녀석이야."

"티니… 라트라?!"

라트라. 이 암살 길드의 이름이기도 한 그것은 한 엘프의 성이기도 하였다. 아니, 정확히 말하면 이 길드는 엘프로서는 드물게 성을 사용하고 있는 그 가문에 의해 만들어졌다고 해도 과언이 아니었다.

"응. 그러니까… 983호였나? 그분의 딸이라고 하던데."

"983호라면……."

"그래, 전대 길드 마스터 말야."

983호. 이름은 모른다. 전대 길드 마스터였던 그는 무슨 이유에서인지 헤라즈의 부친에게 길드장의 자리를 내어주고 지금은 원로원의 자리에 머무르고 있었다.

"그건 그렇고 대단하지? 이제 11살이라고 하던데, 역시 엘프와 인간의 격차는 어쩔 수 없나 보다."

"11살……."

고작 11살이라니. 아무리 엘프라고 해도 그건 어이가 없을 정도의 능력이었다. 아니, 오히려 어린 엘프의 신체적 능력은 인간 이하일 텐데…….

'천재다……!'

자신도 남들을 뛰어넘는 재능이 있다고 생각했다. 그러나 뛰는 자 위에 나는 자가 있다고 했던가? 헤라즈는 그 말의 의미를 온몸으로 뼈저리게 느낄 수 있었다.

"…하지만 지지 않겠어."

과연 그 '지지 않는다' 는 것은 어떤 의미에서 한 말일까? 그것은 헤라즈 자신도 알 수 없었다.

"토리야압!"

쿠앙!

이것으로 마지막이다. 아마도 마지막이다. 더 이상은 없다. 끝이다.

"하아… 하아……."

민첩성에 있어서 자신은 그녀를 따라잡을 수가 없다고 생각한 헤라즈가 선택한 것은 공격력이었다. 다음 승급 시험을 보는 일주일 동안 그는 마나의 축적과 운용에 관련된 수련을 집중적으로 하였고, 그 결과 얻은 결과가 이것이었다.

쉬리리릭!

철컥!

눈앞의 바위를 부순 연검이 다시 그의 손목의 장치 안으로 수납되어진다. 보통이라면 은사를 넣는 것이 보통인 이것에 그는 그보다 두텁고 강한 연검을 넣어 사용하고 있었다. 덕분에 마치 스프링 줄자와 비슷한 형태를 하게 된 이 무기는 의외로 강력한 공격력을 헤라즈에게 부여해 주었다.

"수고했다, 1865호. 이것으로 자네의 훈련은 종료한다. 내일부터 정식 길드원의 자격이 주어지니 숙소에서 대기하도록."

"예."

지금까지 자신을 지도해 준 조교, 라트라의 원로원들, 그리고 길드장인 자신의 아버지에게 간단히 목례를 한 뒤 헤라즈는 시험장을 벗어났다.

"…아직이다."

훈련장을 나서며 그가 작게 중얼거린 한마디였다.

"합동 임무라고요?!"

기본적으로 '라트라'에서 맡게 되는 임무는 단독으로 수행한다. 그런데 공동이라니?

"아아~ 임무의 난이도와 기타 여러 가지 사항을 조합하였을 때, 이제 막 정식 길드원이 된 너희들에게는 단독으로 맡길 수준이 아니라 결정된 사항이다."

"그럼 다른 길드원에게 임무를 맡기면 되잖습니까?"

"유감스럽게 지금 대부분의 길드원이 임무를 맡을 수 없는 상황이다."

"어째서요?!"

"이유는 많지. 개인적인 외출, 부상으로 인한 임무 수행 불가, 다른 임무 수행 중 등등."

"……."

거짓말이다. 아니면 뭔가 조작된 일이다. 헤라즈는 그렇게 생각했다.

"대체 무엇 때문에 이 정도로 인원이 없다는 겁니까? 단체 휴가라도 갔답니까?"

"현재 200여 명의 길드원이 어느 한 임무에 투입되었다. 그리고 엘프인 길드원들 대부분이 '달의 날'을 앞두고 엘프의 숲에 갔다. 지금 이 길드에는 방어를 위한 최소한의 인원밖에 남아 있지 않아."

그 헤라즈의 부친은 탁상 밑에서 무언가를 꺼내며 이야기를 계속했다.

"하지만 의뢰가 떨어진 이상 무슨 일을 해서라도 수행하는 것이 우리 길드의 기본 규칙. 아직 정식 길드원이 된 지 얼마 지나지 않은 관계로 '예비'로 분류된 너희들에게 이 임무가 맡겨지게 된 것이다. 반 명분을 하는 녀석이 둘이니 한 명분은 하겠지."

"그 정도로 납득할……!!"

턱!

그가 무언가를 책상 위에 올려놓았다. 검은 천으로 둘둘 말아놓아 무엇인지 정확히는 알 수 없었지만 대략적인 형태로 미루어보아 아마도 단검인 듯하였다.

"하라면 해라. 길드의 명령은 절대적이다."

"…치잇!"

"이것을 가져가라. 필요하게 될 거다."

"흥!"

채어가듯 그것을 집어 들며 헤라즈는 곧바로 방문을 나섰다.

'뭔가 꿍꿍이가 있어……!'

그리고 헤라즈는 곧바로 자신의 짐작이 틀리지 않았음을 확인할 수 있었다. 자신의 부친의 '꿍꿍이'는 그가 준 것을 감싸던 천을 풀어내는 순간 곧바로 드러났다.

"이, 이건……!"

예상대로 그것은 단검이었다. 그리고 단검을 싸고 있던 검은 천에는 옷감에 접착이 되는 특수한 가루로 몇 개의 글씨가 써져 있었다. 그것은 라트라의 길드원조차 아는 이가 적은, 헤라즈의 집안에서만 사용하는 암호문이었다.

혼자서 돌아와라.

그것이 천에 쓰여 있는 메시지의 전부였다. 하지만 그것으로 헤라즈는 부친이 왜 자신에게 처음부터 무리해서 이런 임무를 맡겼는지 그 이유는 물론이요, 자신과 팀을 이룰 길드원이 누구인지까지 모두 짐작할 수 있었다.

스륵—

칼집에서 단검을 뽑아내자 진득한 느낌의 검은색으로 된 칼날이 모습을 드러내었다. 단순히 비반사 처리를 한 정도가 아니다. 아무리 인간보다 신체 면역이 뛰어난 엘프라고 하지만 이렇게까지 진한 맹독이라니. 이 정도의 독성이라면 즉사는 물론이요, 독에 침식된 피부가 녹아버릴 정도였다.

"방해물이라… 이건가?"

대체 무엇 때문인가? 무엇 때문에 이렇게까지 하면서 길드를 자신의 수하에 두려고 하는 것인가?

그는 궁금했다. 대체 무슨 이유로 그가 이렇게까지 하는지가.

쏴아아아—

"……."

얼마나 시간이 흘렀을까? 헤라즈는 간신히 의식을 되찾을 수 있었다.

"……?"

그가 의식을 되찾았을 때 가장 먼저 느낀 감각은 가슴에서 느껴지는 압박감이었다. 무엇에 깔린 것은 아니었다. 그것보다는 누군가가 지속적으로 자신의 가슴을 누르고 있었다.

그리고 가슴을 누르던 힘이 사라지고 헤라즈가 막 눈을 뜨려고 하는 순간 느껴진 것은 입술 위로 닿는 따뜻한 무언가였다.

"……!!"

당황하며 다급히 자신의 얼굴 위에 있는 무언가를 손으로 밀어내며 상체를 일으켰을 때 헤라즈가 본 것은 물에 흠뻑 젖은 아름다운 금색의 실루엣이었다.

"아……!"

공기의 위에서 그것의 흐름을 타고 너울거리는 금빛 실루엣은 그녀의 머리카락이었다. 안 그래도 몸에 착 달라붙는 디자인의 잠입복은 물에 젖어 더욱더 그녀를 아름답게 만들고 있었다.

"정신을 차리신 것 같군요."

분명 그것은 꽤나 아름다운 목소리였다. 하지만 왜 이렇게 딱딱하게 느껴질까?

"임무는 실패하였습니다. 퇴각하여야 합니다."

"실… 패?"

그렇다. 임무는 실패하였다.

너무나도 간단할 것 같은 암살 임무는 그 암살 대상을 만나는 순간 처절할 정도로 저지당하고 말았던 것이다.

"이것이 오늘 들어온 보고서와 시말서, 그리고 이쪽은 이달까지의 지출에 관한 서류와 다음 달의 예산 분배에 대한 서류입니다."

막 '지금 시도를 할까?' 라고 생각할 무렵에 누군가가 방 안으로 들어왔다. 기사인 듯 허리에 검을 차고 경장을 한 그는 품에 한 무더기의 서류를 가져왔다.

"히엑! 이게 다 뭐야?!"

암살 표적인 갈색 머리의 사내는 자신의 앞에 놓여지는 서류 더미를 보며 대경실색하였다.

"이, 이걸 오늘 내로 다 처리하라고?"

"네."

너무나도 당당하게 대답하는 상대 기사의 모습에 그는 할 말을 잃은 듯 입만 뻐끔거렸다.

"그럼 전 이만."

탁!

벙찐 표정으로 붕어마냥 입만 뻐끔거리던 그는 한참 후에야 툴툴대며 자리에 앉아 서류를 정리하기 시작했다.

철컥!

"단장, 아직까지 여기 계셨습니까?"

그가 한참 서류를 정리하고 있을 무렵, 방문이 열리며 또 한 명의 기사가 안으로 들어왔다. 이번에는 또 무슨 일로 들어온 녀석일까?

"아, 제다트. 무슨 일로 여기까지 온 거냐?"

"아, 그것이……."

제다트라고 불린 기사는 우물쭈물하면서도 등 뒤에 감추고 있던 상자와 꾸러미를 앞으로 내밀었다.

"단장의 생일, 축하드립니다."

그제야 상대는 오늘이 자신의 생일임을 기억해 낸 듯 머리를 탁 치는 것이었다.

"아차! 그러고 보니 오늘이 내 생일이었지?"

"이것은 저희 단에서 공동으로 드리는 선물이고, 이것은……."

제다트는 무언가 더 줄 것이 있는 듯 품 안에 손을 집어넣어 작은 상자를 하나 더 꺼내었다.

"이것은 아아크가 드리는 선물입니다."

그렇게 두 개의 크고 작은 상자와 제법 커다란 꽃바구니를 책상 위에 놓아둔 뒤 '그럼 전 이만…' 이라고 말하며 문을 나섰다.

"훗, 귀여운 녀석들."

입가에 작은 미소를 머금으며 꽃바구니를 바닥에 내려놓은 뒤 선물이 들어 있을 상자의 포장을 뜯어내려던 그의 손이 갑자기 멈추었다.

"가만……!"

그는 조심스럽게 상자를 책상 위에 올려놓으며 나지막하게 중얼거렸다.

"운명… 이런… 예정… 없… 어떻게……?"

너무 작은 목소리라 정확히 알아들을 수는 없었지만 대강 알아들은 단어는 아마도 이런 의미였을 것이다. 그런데 왜 갑자기 저런 소리를 웅얼대는 것일까?

"…재미있군."

그리고는 갑자기 걸음을 옮겨 문을 열고 집무실을 빠져나가는 것이다.

'무슨 저런 놈이 다 있어?'

지금까지 천장 위에 숨어 그의 행동을 엿보고 있던 헤라즈는 속으로 툴툴대면서도 그를 따라 움직이기 시작했다. 그리고 그와 행동을 함께하고 있는, 이 기분 나쁠 정도로 조용한 소녀도 그의 뒤를 따라 움직였다.

"그래… 그랬었지."

전혀 강해 보이지 않던 상대는 오히려 너무 강했다. 자신과 티니가 전력을 다해 협공을 하였음에도 상대는 마치 어린애 장난을 대하듯이 가볍게 자신들을 제압하였다.

"임무는… 실패인가?"

그야말로 '압도적인' 힘의 차이. 그 강대한 힘 앞에서 헤라즈가 택한 것은 '도주'였다. 한계의 벽 너머에서 그 모습을 드러낸 공포라는 괴물에 질려 아무 생각 없이 배수로에 몸을 던진 그는 물속에 뛰어든 다음에서야 지금이 우기인 관계로 물이 많이 불었다는 것을 떠올릴 수 있었다.

"네가… 나를 구한 건가?"

"이 작전의 지휘는 당신이 맡고 있습니다. 저는 당신의 선택에 따른 것일 뿐입니다."

게다가 물속에서 죽을 뻔한 자신을 구해주었다는 것인가? 아마도 방금 전 그녀가 자신에게 하고 있던 행동은 인공호흡이었을 것이다.

"어떻게 하시겠습니까? 목표의 소재는 이미 파악해 둔 상태이므로 재시도가 가능합니다."

문득 헤라즈는 지금 티니가 자신에게 보이고 있는 행동에 대하여 아쉬움을 느꼈다. 그녀의 모습에서 그는 아무 감정도 느낄 수 없었던 것이다.

'원래 감정 표현이 적은 게 아니다.'

일부러 나에게는 차가운 반응을 보이고 있다. 그렇게 그는 생각했다.

'보다 따뜻한 모습의 너를 보기 원해.'

가슴 한편이 아려왔다. 어째서일까? 고작 이런 엘프 계집이 뭐가 어떻길래?

"재시도한다고 해서 성공할 수 있을 상대가 아냐. 후퇴한다."

"하지만……."

"어차피 시도해 봐야 개죽음 외에는 아무것도 안 돼. 어떻게 해서도 죽을 거라면 하다못해 길드에 보고라도 하고 죽겠어."

개죽음? 보고라도 하고 죽는다? 궤변이다. 라트라의 규칙 중에는 '죽는 한이 있어도 임무는 수행한다' 는 조항이 있다. 물론 해석하기에 따라 조금 다를 수도 있겠지만 이것은 실패하더라도 죽을 때까지 임무를 수행한다는 의미이리라. 그 조항을 깨고 뻔뻔스럽게 살아서 돌아간다? 길드 내에서 처형당하지 않는다고 해도 평생을 비겁자라는 불명예 속에서 살아가게 될 것이다.

그렇다면 왜?! 어째서 그를 대적하려 하지 않는 것인가?

"……."

헤라즈의 말을 들은 티니는 잠시 동안 생각에 빠진 듯 고개를 숙인 채 있더니 이내 고개를 끄덕였다.

"그렇게 하겠습니다."

결국 임무는 실패하였다. 하지만 헤라즈는 임무를 실패한 것보다 티니가 자신에게는 언제나 차가운 표정만을 보이는 것에 더욱 안타까움을 느끼고 있었다.

"자, 귀환하도록 한다."

“예.”

헤라즈가 몸을 일으키는 동안 티니는 퇴로를 확보하기 위해 주변을 살펴보려는 듯 조심스레 움직이기 시작했다. 그리고 그 결과 그녀는 헤라즈에게 등을 보이게 되었다.

혼자서 돌아와라.

문득 가슴 안쪽에 숨긴 단검으로부터 느껴지는 감촉이 더욱 특별해진다. 돌연 심장 박동이 빨라지며 머리 속이 어지러워진다.

두근.

이럴 때 자신은 어떻게 해야 하는가? 아버지이고 길드 마스터인 그의 명령에 따라 티니를 제거해야 하는가? 아니면 이대로 모른 척한 채 함께 귀환을 해야 하는가?

“그 녀석들은 우리들에게 있어 너무나도 큰 방해물이다. 특이 그 계집, 미리 제거하지 않으면 후에 크게 후회할 것이다.”

그건 당신 생각이야! 나는 길드장 따위에 욕심이 없다고!

하지만 이상하게도, 마치 최면에 걸린 양 그의 손은 서서히 단검으로 향하고 있었다.

‘처치한다. 제거한다. 방해물…….’

‘아버지’ 라는 것은 둘째 치더라도 길드 마스터의 특명이다. 그렇게 생각하며 헤라즈는 단검의 손잡이를 움켜잡았다.

사륵!

작은 금속의 마찰음과 함께 단검이 뽑혀 나왔다. 하지만 그는 그것으로 티니의 등을 찌르지 않았다. 아니, 할 수 없었다.

'뭐지……?'

그것은 능력적인 문제가 아니었다. 어째서인지 자신의 육체는 머리 속에서 내려지는 '티니의 등 쪽 심장에 이 단검을 박아 넣어라' 라는 명령을 들어먹으려 하지 않는 것이다.

"주변에 위험 요소는 없는 듯합니다."

그러는 중 주변을 살피던 티니가 다시 자신을 돌아보며 말했다. 그리고 그녀는 자신이 새카맣게 변할 정도로 진하게 독을 바른 단검을 들고 있는 것을 보았다.

"……."

"……."

잠시 서로 간의 대치가 이루어졌다. 전신이 긴장으로 물들어 꼼짝도 하지 못하는 헤라즈를 바라보던 티니는 이내 그로부터 몸을 돌렸다.

"이쪽입니다."

"……."

결국 헤라즈는 들고 있던 단검을 다시 칼집 안에 집어넣었다. 그리고는 고개를 숙인 채 그녀의 뒤를 따라갔다.

'나는… 대체…….'

방금 전 그녀가 자신을 돌아보았을 때, 그리고 다시 자신에게서 돌아섰을 때 그는 결코 풀릴 수 없는 마법에 걸리고 말았다.

"따라와라."

처분이 결정되었다. 3년 동안의 금고형. 라트라 길드의 긴 역사에 임무 실패라는 치욕의 상처를 입힌 것치고는 상당히 가벼운 처분이라 할 수 있었다.

‘아마 아버지의 입김이 강하게 들어갔겠지.’

전후좌우에서 포위된 채 길드 지하에 마련된 독방을 향해 걸어 들어가던 헤라즈의 품 안에는 한 권의 책이 있었다.

“뭐야!?”

3년의 형이 끝나고 독방에서 나온 헤라즈가 가장 먼저 느낀 감정은 분노였다.

“어찌 된 일이야? 티니… 아니, 2291호 역시 독방에 들어갔던 게 아니었나!?”

“그, 그것이…….”

그는 애꿎은 어째신 한 명의 멱살을 붙잡은 채 악을 쓰고 있었다.

“혀를 자르다니?! 게다가 길드원에서 추방? 노예 등급으로 강등? 어떤 개자식이 이런 말도 안 되는 처분을 내린 거야!?”

‘어떤 녀석이야?’ 라는 식으로 질문했지만 그는 이미 짐작하고 있었다. 길드 마스터, 즉 자신의 아버지가 한 짓이리라.

“그, 그것이… 길드장님과 원로원의 결정이었습니다.”

“원로원까지? 원로원 중에는 983호, 그녀의 아버지도 있잖아? 그분마저 그 의견에 찬성하기라도 했다는 거냐?!”

“그게… 엘프 원로 분들이 ‘달의 날’ 로 외출하신 도중에…….”

알 만하다. 그 녀석은 애초부터 그 순간을 노리고 있었던 것이다.

“이 빌어먹을 자식을 그냥……!”

그는 더 이상 참지 못하고 그대로 자신의 아버지가 있을 방으로 달려갔다.

이 비술은 신체 내의 마나의 흐름과 구성을 순간적으로 흐트러뜨려 그것으로 인해 얻어지는 충돌의 에너지를 이용한 것이다. 단, 체내의 마나의 흐름이 자체적으로 안정적이며 그 깊이가 깊은 엘프의 경우라면 그다지 큰 무리가 없겠지만 인간의 신체일 경우 이 정도의 불균형화를 감당해 낼 수가 없다. 이 비술의 사용이 잦아질수록 마나의 불안정 정도는 심해져 종국에는 이성마저 상실하고 폐인이 될 수도 있음을 명심해야 할 것이다. 이것을 막을 수 있는 방법은 현재로서는 없으며 다만 늦출 수는 있다. 그 방법은…….

헤라즈가 자신의 부친의 방에 들어섰을 때 가장 먼저 본 것은 사람이 아닌 '짐승'이었다.

"어떠냐? 기분 좋지 않느냐?"

"마… 마스터… 아학… 꺄악!"

그는 반쯤 풀려 있는 눈동자로 자신의 마음을 사로잡은 그녀를 강간하고 있었다. 그것도 매우 변태적인 방법으로.

혀가 잘려서인지 그녀의 목소리는 매우 듣기 거북했고 그녀는 그런 목소리로 연신 비명을 지르며 자신의 부친에게 애원하고 있었다. 그만 해 달라고.

짜악!

하지만 그는 그런 그녀의 말에도 아랑곳하지 않았다. 오히려 그럴 때마다 그녀에게 돌아간 것은 거센 채찍질과 더욱 죄어드는 밧줄, 쇠사슬의 아픔이었다.

"뭐… 하는… 거야……?"

헤라즈의 입으로부터 작은 분노의 목소리가 흘러나왔다. 하지만 상대는 전혀 들리지 않는다는 듯하던 짓을 계속하고 있었다.

"그만 해……."

철썩!

"그만……."

“아아악!!”

“그만 하란 말야, 이 개자식아!!”

온몸으로부터 우러나오는 증오의 목소리와 함께 헤라즈의 몸에서 수십, 수백 가닥의 검은 실낱들이 형성되었다.

“…….”

다시 그에게 도전하였다. 그것은 티니를 원래의 길드원 신분으로 되돌리기 위한, 자신의 곁에 두기 위한 그의 노력이었다.

하지만 실패하였다. 제정신이 아닌 듯한 상태로 성을 뛰쳐나와 어딘가로 달려가는 그의 모습에서 애거트는 승리의 가능성을 보았다고 생각하였으나 결과는 처참할 정도로 일방적인 패배였다.

“뭐냐… 너는… 운명… 예정… 크흑……!”

상대는 여전히 머리 속이 혼란한 듯 한손으로 머리를 감싸 쥔 채 비틀거리고 있었지만 헤라즈는 그를 공격할 수 없었다.

털썩!

간신히 땅 위에서 몸체를 유지하던 다리의 힘이 풀렸다. 더 이상 몸체를 지탱시켜 줄 것이 없는 헤라즈의 육체는 그대로 땅 위로 쓰러졌다.

“아직… 변수… 아냐… 그렇다는 것… 무언가…….”

온몸을 금색으로 물들인 채 상대는 연신 알 수 없는 소리를 하고 있었다.

‘티니… 미안. 나, 널 구해줄 수 없을 것 같아.’

그렇게 되뇌이며 모든 것을 포기한 그는 눈을 감았다.

“너… 변수… 연결… 아직…….”

그러나 상대는 그를 죽이지 않았다. 이내 헤라즈로부터 몸을 돌린 상대는 비틀거리며 그에게서 멀어져 갔다.

“3차 방어마저 돌파당했습니다!”

현 길드장을 죽였기에 간단한 절차를 거친 뒤 다음 길드 마스터가 된 헤라즈는 지금 당황하고 있었다. 정체를 알 수 없는 누군가가 자신들의 길드에 직접 쳐들어온 것이었다.

“이건 대체……!”

“적이 이쪽을 향하고 있습니다. 위험합……!”

콰앙!

한 길드원이 상황을 보고하러 온 듯 달려오자마자 위험하단 말을 전하려 하였으나 그럴 필요가 없어지게 되었다. 어느새 그 ‘적’은 자신이 있는 곳까지 도착한 것이었다. 거칠게 문을 걷어차며 등장한 그는 다짜고짜 질문을 던져 왔다.

“누가 이곳의 길드 마스터지?”

검은 머리칼을 짧게 다듬은 그는 양손에 들고 있는 검을 아래으로 내리며 자신들을 훑어보았다. 이곳까지 오면서도 아무런 상처를 입지 않은 상대의 모습에 헤라즈는 놀라움과 공포감을 품으며 대답하였다.

“내가 길드 마스터다. 무슨 이유로…….”

“날 따르라.”

“……!?”

그것이 그와 헤라즈의 만남이었다.

〈제6권 끝〉

후기

개굴
항상 허접한 그림 보아주시는 분들께 감사하고 죄송할 따름⋯⋯.
욕하시고픈 분은 msn:gtfrog9999@hotmail.com,
http://frogpoo.wo.to 로 놀러 오세요.

AAKHS
6권은 재미있게 읽으셨는지요?
6권에도 어김없이 철썩 붙어 있는 부록 페이지입니다.
5권에서 날림이라는 소리를 들어서인지 개굴 녀석이 이번에는 신경을 썼다고
하는데 과연 독자 분들의 눈에는 어떻게 보일지 궁금합니다.
원래는 여기에 이미지 일러스트도 하나 들어갈 예정이었으나
개굴의 SP가 바닥나는 바람에 7권으로 미루어지게 되었군요.
7권도 기대해 주시길 바라며 부록 페이지 시작하겠습니다.

개굴 프로필
이름 : 이성호 · 건국대학교 디자인 휴학중 · 현재 소속팀 소프트 코어 캣(soft core cat) · 닉 네임 : 개굴

●라니오스 여아 [女兒]

성별: L
신장: 130㎝
체중: 29㎏
이하 전과 같음

AAKHS: 치마로 해달랬잖아!
개굴: 배 째!

●라니오스 여성 [女性]

성별: L
신장: 169㎝
체중: 51㎏
이하 전과 같음

AAKHS: 이거… 뭔가 아닌 것 같은데…….
개굴: 어디가 어때서?
AAKHS: 가슴이 너무 빈약…….
개굴: 꺼져!

●히아스

종족: 인간
성별: M
나이: 불명
신장: 172㎝
체중: 61㎏
취미: 발명, 브레이크 스타(게임 명), 책 수집
특기: 망상, 시체놀이
좋아하는 음식: 고기, 붕어빵
싫어하는 것: 데스틴, 마족전대 세바탄즈, 신족전격대 라프리아, 잔소리

AAKHS : 이게 뭐야아아아!!
개굴: 이건 또 뭐의 어디가 어때서어어어!!
AAKHS : 너무 늙어 보여어어어어!!
개굴: 30대 외모라며어어어!!
AAKHS : 아차, 그랬었지. 미안혀어어어!!

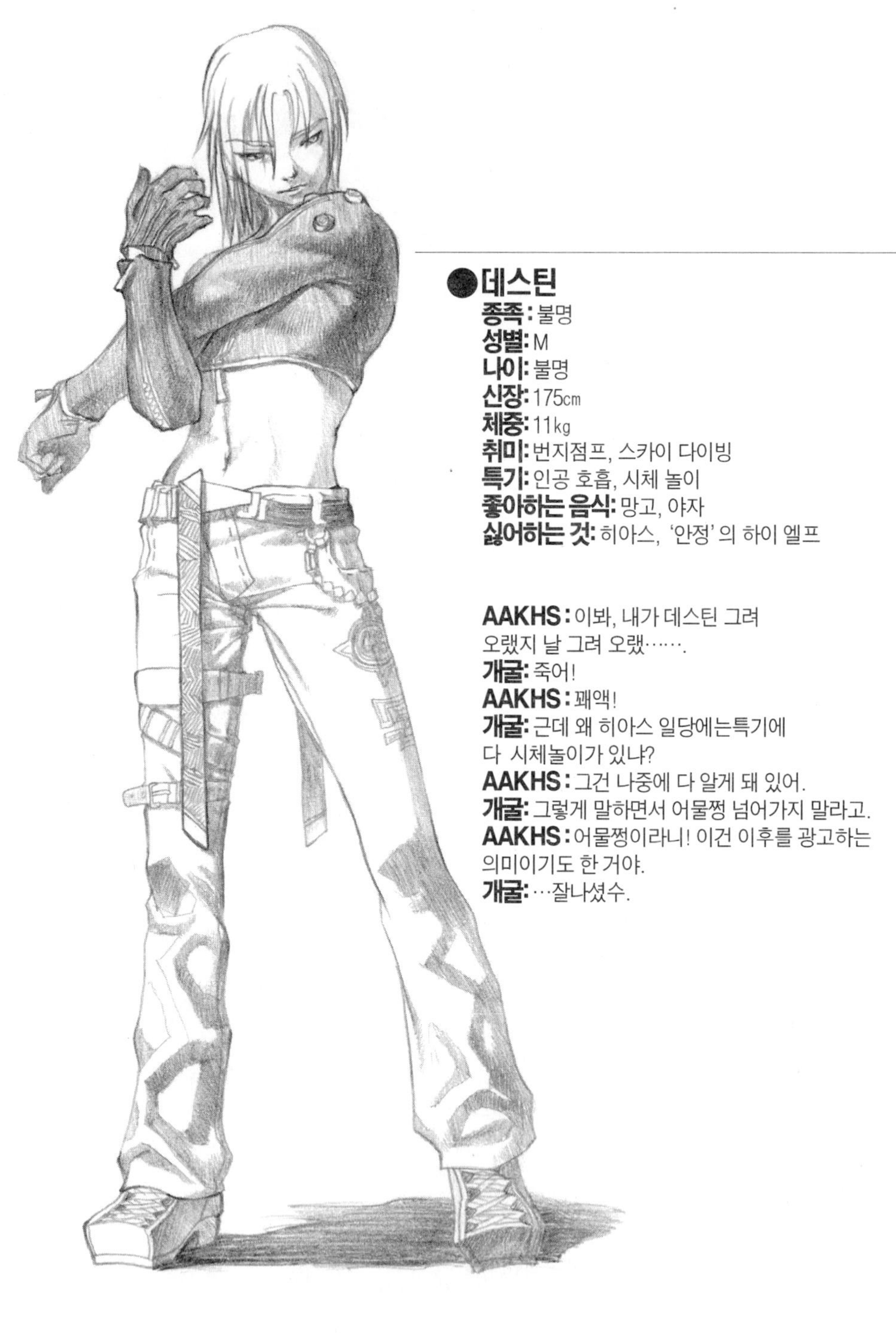

●데스틴

종족 : 불명
성별: M
나이: 불명
신장: 175㎝
체중: 11㎏
취미: 번지점프, 스카이 다이빙
특기: 인공 호흡, 시체 놀이
좋아하는 음식: 망고, 야자
싫어하는 것: 히아스, '안정'의 하이 엘프

AAKHS : 이봐, 내가 데스틴 그려
오랬지 날 그려 오랬…….
개굴: 죽어!
AAKHS : 꽤액!
개굴: 근데 왜 히아스 일당에는특기에
다 시체놀이가 있냐?
AAKHS : 그건 나중에 다 알게 돼 있어.
개굴: 그렇게 말하면서 어물쩡 넘어가지 말라고.
AAKHS : 어물쩡이라니! 이건 이후를 광고하는
의미이기도 한 거야.
개굴: …잘나셨수.

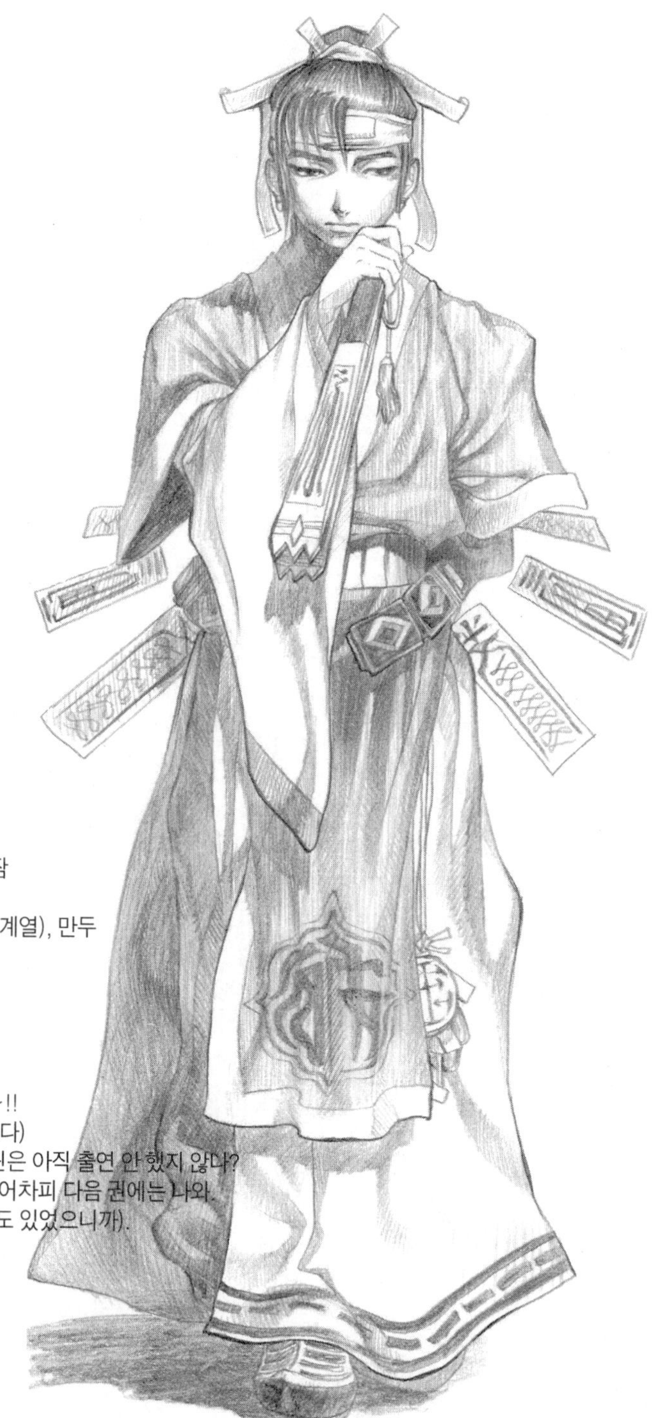

●이니어스

종족: 인간
성별: M
나이: 불명
신장: 173㎝
체중: 56㎏
취미: 장기, 대무, 다도, 낮잠
특기: 시체놀이, 발경
좋아하는 음식: 술(담백한 계열), 만두
싫어하는 것: 더위

AAKHS : 장원 급제!
개굴: 암행어사!
AAKHS & 개굴: 출두야~!!
(이상 의미 불명의 쇼였습니다)
개굴: 근데 이 녀석과 데스틴은 아직 출연 안 했지 않나?
AAKHS : 괘안어, 괘안어. 어차피 다음 권에는 나와.
개굴: ……(뭐, 리엔의 경우도 있었으니까).

●세인
종족: 인간
성별: M
나이: 26세
신장: 171㎝
체중: 51㎏
취미: 브레이크 스타(게임 명), 축구
특기: 브레이크 스타
좋아하는 음식: 컵라면, 3분 카레, 피자
싫어하는 것: 지네

AAKHS: 복장에 비해 총이 좀 단순하지 않나?
개굴: 원래 실용적일수록 단순하게 생긴 거야.
AAKHS: 글고 착 달라붙은 거 위에 방어구 덧대는 식이라고.
개굴: 니 말대로 하니까 너무 촌시러지더라. 그래서 좀 수정했다.
AAKHS: 그런가……?
개굴: 그리고 이 정도면 충분히 달라붙는 편이야.
AAKHS: 그런 것 같기도 하고…

●스프린

종족: 가디언
성별: L
나이: 9세
신장: 132㎝
체중: 29㎏
취미: 헌혈, 노래
특기: 사격
좋아하는 음식: 건빵, 우유
싫어하는 것: 당근, 대파, 멸치

AAKHS : 웬일로 뒷모습으로 그려 오셨을까?
개굴 : 라니오스(여아)랑 외모는 거의 같다길래 기왕 뒷모습으로 해봤지.
AAKHS : 왼다리가 너무 휘어 보이지 않나?
개굴 : 신경 꺼. 안그래도 SP 모잘라 죽겠는데.
AAKHS : 너 같으면 신경 안 쓰게…….
[개굴이(가) 사시미을(를) 장비하였습니다.]
AAKHS : …안 쓸게…….

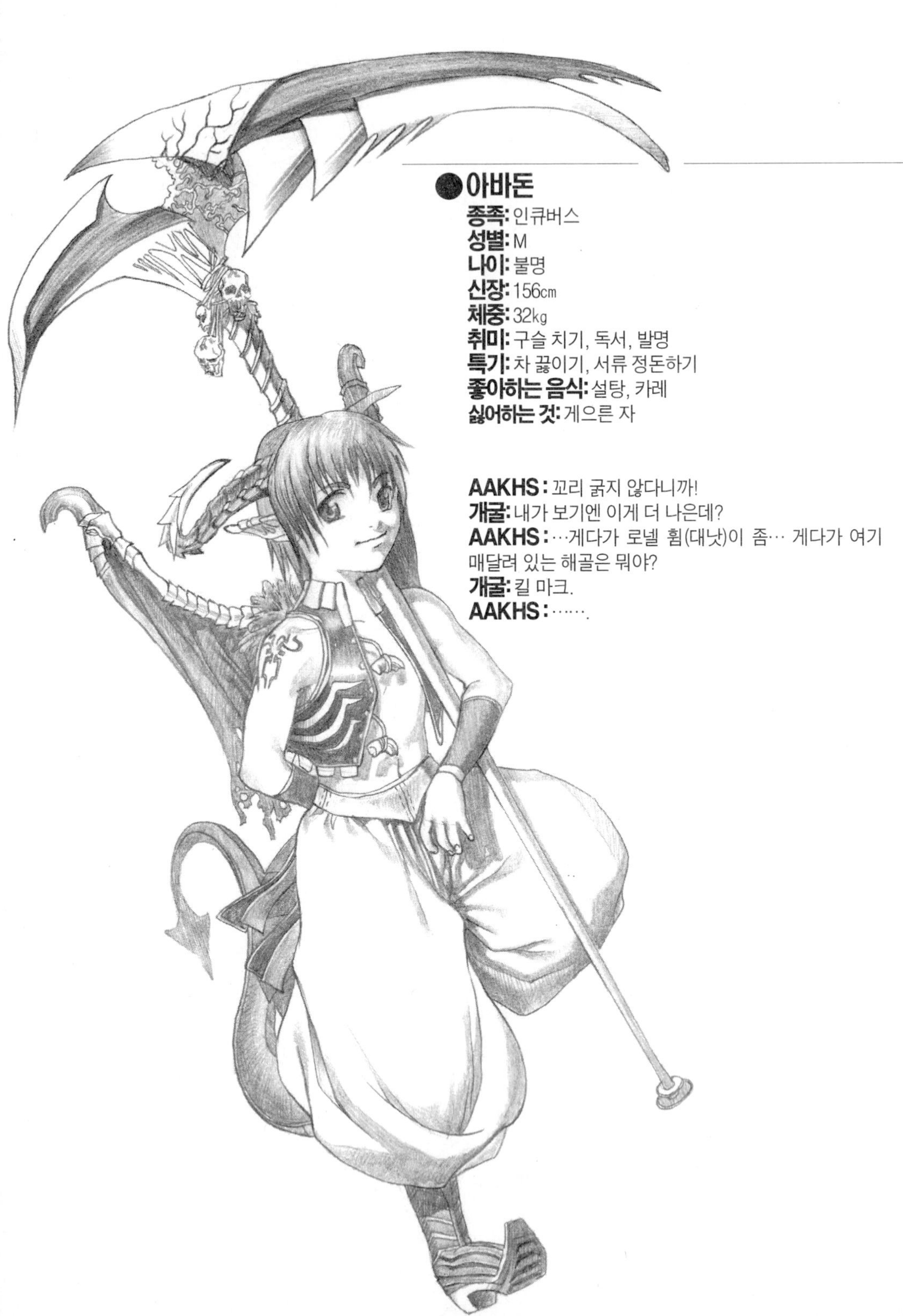

●아바돈
종족: 인큐버스
성별: M
나이: 불명
신장: 156㎝
체중: 32kg
취미: 구슬 치기, 독서, 발명
특기: 차 끓이기, 서류 정돈하기
좋아하는 음식: 설탕, 카레
싫어하는 것: 게으른 자

AAKHS: 꼬리 굵지 않다니까!
개굴: 내가 보기엔 이게 더 나은데?
AAKHS: …게다가 로넬 휨(대낫)이 좀… 게다가 여기 매달려 있는 해골은 뭐야?
개굴: 킬 마크.
AAKHS: …….